D0792574

ESCUCHA LA CANCIÓN DEL VIENTO
y PINBALL 1973

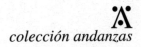

colección andanzas

Obras de Haruki Murakami
en Tusquets Editores

HARUKI MURAKAMI
ESCUCHA LA CANCIÓN DEL VIENTO
y PINBALL 1973

Traducción del japonés
de Lourdes Porta

TUSQUETS
EDITORES

Título original: *Kaze no uta o kike* y *1973-nen no pinbooru*

Escucha la canción del viento: © 1979, Haruki Murakami
Pinball 1973: © 1980, Haruki Murakami

© 2015, Lourdes Porta Fuentes, de la traducción
Diseño de la colección: Guillemot-Navares

© 2015, Tusquets Editores España, S.A. – Barcelona, España

Reservados todos los derechos de esta edición para:
© 2015, Tusquets Editores México, S.A. de C.V.
Avenida Presidente Masarik núm. 111, Piso 2
Colonia Polanco V Sección
Deleg. Miguel Hidalgo
C.P. 11560, México, D.F.
www.tusquetseditores.com

1.ª edición en Andanzas en Tusquets Editores España: octubre de 2015
1.ª edición en Andanzas en Tusquets Editores México: octubre de 2015

ISBN: 978-607-421-714-8

Impreso en los talleres de Litográfica Ingramex, S.A. de C.V.
Centeno núm. 162-1, colonia Granjas Esmeralda, México, D.F.
Impreso en México – *Printed in Mexico*

Índice

El nacimiento de las novelas escritas en la mesa de la cocina
Prólogo a dos novelas breves

Muchas personas —y con ello me refiero, en la mayoría de los casos, a la sociedad japonesa— terminan primero sus estudios, después encuentran un empleo y, por último, tras un corto intervalo de tiempo, se casan. Esto era lo que yo también, en un principio, tenía la intención de hacer. Al menos era lo que, a grandes rasgos, pensaba que acabaría haciendo. Pero, en realidad, resultó que primero me casé, empecé luego a trabajar y entonces, por fin (como pude), acabé mis estudios. Es decir, que seguí un orden completamente inverso al habitual.

Estaba casado, pero me desagradaba la idea de trabajar para una empresa, así que decidí abrir un negocio. Un establecimiento donde se pusieran discos de jazz y se sirvieran cafés, bebidas y comidas. Me movía la idea, muy simple y en algún sentido optimista, de que, como me gustaba el jazz, me iría como anillo al dedo un trabajo donde pudiera escuchar música de la mañana a la noche. Pero un estudiante casado no tiene dinero, por supuesto. Así que, durante tres años, mi esposa y yo estuvimos trabajando para varios sitios a la vez y ahorrando tanto como pudimos. Y también fuimos pidiendo dinero prestado aquí y allá. Con la cantidad que conseguimos reunir abrimos un local en Kokubunji (una ciudad donde residen muchos estudiantes), en la periferia al oeste de Tokio. Esto ocurría en 1974.

En aquellos tiempos, a una persona joven no le costaba una suma de dinero tan exorbitante como ahora abrir un negocio. De modo que muchos de los que, como yo, «no querían trabajar para una empresa» abrían pequeños negocios. Cafeterías, restaurantes, bazares, librerías. Sin ir más lejos, en los alrededores de nuestro local había muchos establecimientos regidos por gente de mi generación. El recuerdo de la contracultura aún perduraba y abundaban los individuos que parecían recién salidos de las movilizaciones estudiantiles. En aquella época, todavía quedaban espacios libres, una especie de «resquicios», en el conjunto de la sociedad.

Llevé al bar el viejo piano vertical que había tocado tiempo atrás en casa de mis padres, y los fines de semana ofrecía conciertos de música en vivo. En Kokubunji vivían muchos músicos de jazz jóvenes que, incluso por poco dinero, se prestaban de buena gana (creo) a tocar. Hoy en día muchos de ellos son músicos conocidos y a veces me los encuentro en los clubes de jazz que hay en diversos puntos de Tokio.

Por más que estuviera haciendo lo que me gustaba, debía un montón de dinero y, por lo tanto, ir devolviéndolo era mi mayor empeño. Había solicitado un préstamo al banco, también había pedido dinero prestado a mis amigos. En una ocasión en que no habíamos conseguido apañárnoslas de ninguna de las maneras para reunir la mensualidad que debíamos reembolsarle al banco, mi esposa y yo caminábamos de madrugada cabizbajos cuando nos encontramos el dinero que nos faltaba. No sé si debería llamarlo sincronía o señal de algo, pero era la cantidad exacta que necesitábamos en aquel momento. Era la suma de dinero que debíamos ingresar a la mañana siguiente, así que puede decirse que, realmente, nos salvamos de milagro. (A lo largo de mi vida me han ido sucediendo cosas misteriosas de este tipo.) En principio, tendríamos que haberlo llevado a la policía, pero, en aquel momento, no estábamos en situación de quedar bien.

No obstante, disfrutaba mucho. De eso tampoco cabe la menor duda. Era joven, tenía muy buena salud, podía pasarme el día escuchando la música que me gustaba y era dueño de mi propio negocio, aunque pequeño, y no dependía de nadie. No necesitaba subirme a trenes atestados de gente para ir al trabajo, no necesitaba asistir a reuniones aburridas, y tampoco debía inclinarme ante un jefe que no me gustara. Además, tenía la oportunidad de tratar con gente interesante.

Así pues, consagré la década de mis veinte años, de la mañana a la noche, al trabajo físico (hacer sándwiches, preparar cócteles, echar del local a borrachos malhablados) y a la devolución del préstamo. Entretanto, decidieron reconstruir el edificio de Kokubunji donde se encontraba el local, de modo que tuvimos que dejarlo y trasladarnos a Sendagaya, al centro de la ciudad. Renovamos y ampliamos el bar, y ya pudimos poner un piano de cola, pero, con las reformas, volvieron a aumentar las deudas. Por lo visto, no podía vivir tranquilo. Si pienso en aquella época, lo único que recuerdo es: «¡Cuánto trabajo!». Seguro que cuando uno se imagina la vida de un veinteañero normal es más divertida, pero yo apenas podía permitirme el lujo, ni en lo que se refería a tiempo ni en lo que se refería a dinero, de «disfrutar de mi juventud». Sin embargo, incluso entonces, en cuanto disponía de un momento libre cogía un libro y leía. Por más trabajo que tuviera, por más dura que fuese mi vida, por más agotado que estuviese, leer un libro, lo mismo que escuchar música, continuó siendo, siempre, un gran placer. El único placer que nadie podía arrebatarme.

Cuando me acercaba al final de la veintena, la gestión del local de Sendagaya empezó a mostrar por fin síntomas de estabilidad. Aún tenía deudas, había altibajos en los ingresos según la temporada y todavía no podía confiarme, por supuesto, pero era evidente que, si continuaba esforzándome como lo estaba haciendo, lograría salir adelante.

Una radiante tarde de abril de 1978 fui a ver un partido de béisbol al estadio Jingû-kyûjô, que estaba cerca de mi casa, en Tokio. Era el primer encuentro de la temporada de la Central League de aquel año y jugaban los Yakult Swallows contra los Hiroshima Carp. Un partido diurno que empezaba a la una de la tarde. Yo soy seguidor del Swallows desde aquella época y, cuando daba un paseo, a menudo iba a parar al campo de béisbol.

En aquellos tiempos, el Swallows era un equipo débil (su nombre, golondrina, ya lo indica), eterno miembro de la clase B; el club era pobre y no tenía ningún jugador estrella que llamara la atención. Así que era lógico que no gozara de una gran popularidad. Por más partido de inicio de temporada que fuese, en las localidades del área de *outfield* casi no había nadie. Yo estaba solo, tumbado en el área de *outfield*, mirando el partido mientras me tomaba una cerveza. En aquella época, en las localidades del área de *outfield* del estadio Jingû-kyûjô no había asientos de ningún tipo, sólo una pendiente cubierta de césped. El cielo estaba completamente despejado; la cerveza a presión, muy fría; en el césped verde del campo, la pelota blanca brillaba destacándose con nitidez. El bateador en cabeza del Swallows era un tipo esbelto, un jugador desconocido, llegado de Estados

Unidos, que se llamaba Dave Hilton. Fue el primero en el turno de los bateadores. El cuarto sería Charlie Manuel, quien más adelante adquiriría fama como entrenador de los Indians y los Phillies, pero que ya en aquella época era un bateador muy poderoso y viril, a quien los aficionados al béisbol japoneses llamaban «el Diablo Rojo».

El lanzador inicial del Hiroshima creo que fue Sotokoba. El inicial del Yakult fue Yasuda. En la segunda parte de la primera vuelta, cuando Sotokoba realizó el primer lanzamiento, Hilton bateó con un bonito golpe efectuado hacia el ala izquierda y logró avanzar hasta la segunda base. El sonido limpio del bate dándole a la pelota resonó por todo el estadio Jingû-kyûjô, y se oyeron unos pocos y dispersos aplausos por los alrededores. En aquel instante, sin antecedente ni fundamento alguno, pensé de pronto: «Sí. Quizá también yo pudiera convertirme en novelista».

Todavía recuerdo con claridad lo que sentí en aquel momento. Fue como si algo descendiera despacio, revoloteando, del cielo y yo pudiese cogerlo limpiamente con ambas manos. ¿Por qué razón fue a parar aquello *por casualidad* a las palmas de mis manos? No lo sé. No lo sabía entonces y sigo sin saberlo ahora. Pero, fuera cual fuese la razón, *aquello,* en definitiva, ocurrió. Aquello, no sé muy bien cómo llamarlo, supuso una especie de revelación. Quizá la palabra que mejor lo defina sea «epifanía». Y, a raíz de aquello, mi vida cambió por completo. En el instante en que Dave Hilton dio, como primer bateador, aquel hermoso y certero golpe en el Jingû-kyûjô.

Después del partido (recuerdo que ganó el Yakult) cogí el tren, fui a Shinjuku y compré papel de escribir y una pluma estilográfica. En aquella época aún no se había generalizado el uso de los procesadores de texto ni de los ordenadores personales, así que no quedaba más remedio que ir escribiendo a mano una letra tras otra. Pero también encontré en ello una sensación fresca y novedosa. Recuerdo que mi corazón palpitaba de emoción. Porque ir trazando caracteres con una estilográfica era algo que hacía por primera vez en mucho tiempo.

Por la noche, ya tarde, después de trabajar en el local, me sentaba frente a la mesa de la cocina y escribía una novela. Porque aparte de aquellas horas que precedían al amanecer, apenas disponía de tiempo libre. De este modo invertí alrededor de medio año en acabar *Escucha la canción del viento*. Cuando terminé el primer borrador, estaba acabando también la temporada de béisbol. Dicho sea de paso, aquel año, y contra todo pronóstico, los Yakult Swallows fueron campeones de Liga y derrotaron a los Hankyû Braves, un equipo que contaba con los mejores lanzadores de la Competición de Campeones de Japón. Aquella temporada de béisbol fue realmente emocionante y milagrosa.

Escucha la canción del viento es una novela breve, más cercana a una *novelette* que a una novela propiamente dicha. A pesar de ello, me costó mucho escribirla. Aparte del hecho evidente de que apenas contaba con tiempo libre, no tenía, para empezar y ante todo, la menor idea de cómo se escribía una novela. A decir verdad, yo era un apasionado lector, entre otras, de la novela rusa del siglo XIX y de novela negra americana, pero he de admitir que jamás había tocado una novela contemporánea japonesa. De modo que desconocía qué novelas se leían en el Japón de entonces y tampoco tenía muy claro cómo debía escribirse una novela en japonés.

Pero pensé: «Será algo así», e invertí algunos meses en redactar algo que se pareciera a lo que había imaginado.

16

Sin embargo, cuando terminé de escribir y la leí, ni siquiera a mí acabó de convencerme. Aunque tenía la forma de una novela, su lectura no despertó mi interés y, al terminar de leerla, no había nada en ella que me conmoviera. «Si quien la ha escrito piensa esto cuando lee el texto, al lector seguro que le pasa igual», me dije. Y, decepcionado, pensé: «Definitivamente, no tengo el talento necesario para escribir novelas». En una situación normal, hubiera renunciado sin más y ahí hubiese acabado el asunto, pero en mis manos todavía continuaba muy viva aquella sensación de epifanía que había experimentado en mi localidad del área de *outfield* del Jingû-kyûjô.

Reconsideré la cuestión y me dije que era natural que no hubiese sido capaz de escribir bien una novela. No había escrito ninguna en toda mi vida y no podía esperar escribir algo excelente a la primera, así, sin más. Quizás el error radicara en el punto de partida, al pretender escribir una buena novela. Me dije: «Si, de todos modos, no puedo escribir una buena novela, ¿no debería dejar de lado ideas preconcebidas del tipo: "una novela es así", "la literatura es así" y escribir tal cual, libremente, a mi gusto, lo que siento o lo que me viene a la cabeza?».

Claro que «escribir tal cual, libremente, al gusto de uno, sobre lo que uno siente o le viene a la cabeza» no es tan fácil de hacer como de decir. Es una labor extremadamente difícil, en particular para quien no ha escrito nunca una novela. Para cambiar mi concepción de raíz, ante todo, decidí renunciar al papel de escribir y a la pluma estilográfica. Con la pluma y la hoja de papel ante los ojos, acababa adoptando, lo quisiera o no, una postura «literaria». A cambio, saqué una Olivetti con teclado alfabético inglés que tenía guardada en el armario empotrado. Con ella decidí empezar a escribir una novela en inglés a modo de prueba.

Con el propósito de hacer algo distinto a lo habitual, fuera lo que fuese.

Por supuesto, mis aptitudes para redactar en inglés no iban mucho más allá. Sólo era capaz de escribir frases usando un vocabulario limitado y un número limitado también de estructuras gramaticales. Las frases me salían, como es lógico, cortas. Por complejas que fuesen las ideas que abarrotaban mi cabeza, me resultaba imposible expresarlas así. El contenido lo traducía con las palabras más simples que podía encontrar, la intención la parafraseaba de manera que fuera fácil de entender, a las descripciones las desposeía de la carne superflua: hacía que el conjunto adoptase una forma compacta ya que no tenía más remedio que disponerlo todo para que cupiera en un recipiente de tamaño limitado. De todo ello, resultaba una prosa muy tosca. Pero a medida que escribía de ese modo, entre grandes esfuerzos, fue surgiendo, poco a poco, mi propio ritmo en la prosa.

Desde pequeño siempre he hablado, como nativo, japonés en mi vida cotidiana, de modo que mi propio sistema lingüístico está atiborrado, igual que un granero repleto hasta los topes, de palabras y expresiones japonesas. Por lo tanto, cuando me dispongo a plasmar en un texto mis propias emociones o imágenes, a veces estos contenidos van y vienen aceleradamente, se agolpan y colisionan. Sin embargo, cuando voy a plasmarlos en una lengua extranjera, en la medida en que el número de palabras y expresiones es limitado, esto no se produce. En aquel momento descubrí que, aunque el número de palabras y expresiones fuera limitado, si uno era capaz de ensamblarlas de modo efectivo, las emociones y las ideas podían expresarse muy bien. En resumen, que «no hacía falta poner una palabra complicada tras otra», que «no hacía falta utilizar expresiones hermosas para despertar la admiración de la gente».

Mucho después descubriría que la escritora Agota Kristof había escrito varias novelas brillantes utilizando un estilo que poseía esa misma efectividad. Era húngara, pero durante la sublevación de Hungría de 1956 se exilió en Suiza y allí escribió, medio a la fuerza, una novela en francés. Para ella el francés era una lengua extranjera que había aprendido (había tenido que aprender) como segunda lengua. Sin embargo, logró crear con éxito un estilo propio y original utilizando una lengua que no era la suya. Consiguió un ritmo poderoso al combinar frases cortas; un lenguaje directo, sin circunloquios; unas descripciones precisas, sin aspavientos. Aunque no haya escrito algo muy importante, la atmósfera que logra es enigmática, como si hubiera algo oculto detrás. Recuerdo muy bien que la primera vez que leí una novela suya encontré en ella algo familiar. Dicho sea de paso, ella escribió su primera novela en francés, *El gran cuaderno,* en 1986, y yo había escrito *Escucha la canción del viento* en 1978, es decir, siete años antes.

Tras «descubrir» el interesante efecto de escribir en una lengua extranjera y adquirir mi propio ritmo al redactar un texto, devolví la máquina de escribir con teclado inglés al armario empotrado y saqué de nuevo el papel de escribir y la pluma estilográfica. Luego me senté frente a la mesa y fui «traduciendo» al japonés la extensión aproximada de un capítulo que ya había escrito en inglés. Aunque hable de traducción, no se trataba de una rígida traducción literal, sino, más bien, de algo que se acercaba a un «trasplante» libre. De ese modo, inevitablemente, surgió un nuevo estilo en japonés. Aquél era, además, mi propio y singular estilo. Un estilo que yo había *encontrado* con mis propias manos. En aquel instante, pensé: «¡Ah, claro! Lo que debo hacer es ir escribiendo en japonés de este modo». En fin, que se me cayó la venda de los ojos.

De vez en cuando me dicen: «Tus textos suenan a traducción». No acabo de comprender del todo qué significa exactamente sonar a traducción, pero creo que, por un lado, aciertan, y por el otro lado yerran. Puesto que en sentido literal realmente «traduje» aquel primer capítulo al japonés, da la sensación de que este comentario puede tener una parte de razón, pero aquello no fue más que un procedimiento práctico. Lo que yo pretendía era conseguir un estilo ágil, «neutro», desprovisto de componentes superfluos. Lo que yo buscaba no era escribir un texto en «un japonés desleído», sino escribir una novela con mi propia voz natural utilizando un japonés lo más alejado posible del llamado «lenguaje novelístico». Para ello tenía que arriesgarme. Podría decir incluso que, para mí, en aquel momento, el japonés no era más que una herramienta funcional.

Al parecer, hubo quien lo consideró un agravio a la lengua japonesa. Sin embargo, un idioma es básicamente algo vigoroso, con una capacidad de resistencia probada a lo largo de la historia. Se lo trate como se lo trate, aunque se lo trate con cierta rudeza, no por ello va a verse menoscabada su autonomía. Experimentar valiéndose de las diversas posibilidades que ofrece una lengua es un derecho inherente a todo escritor, y si no existe este espíritu de aventura, no nacerá nada nuevo. Mi estilo en japonés es diferente del estilo de Tanizaki y es distinto también del estilo de Kawabata. Pero esto es natural. Porque yo soy un escritor independiente que se llama Haruki Murakami.

Un domingo por la mañana de aquella primavera me llamó un redactor de la revista literaria *Gunzô* diciéndome que la novela *Escucha la canción del viento*, que yo había presentado al Premio para Escritores Noveles, se hallaba entre las finalistas. Había transcurrido casi un año desde aquel partido de inicio de temporada en el Jingû-kyûjô y yo ya había cumplido los treinta años. Debían de ser las once de la mañana pasadas, pero la noche anterior había trabajado hasta tarde y, cuando sonó el teléfono, todavía estaba durmiendo profundamente. Cogí el auricular medio atontado por el sueño, de manera que no entendí muy bien de qué me estaba hablando. La verdad es que me había olvidado por completo de que había enviado el manuscrito a la redacción de *Gunzô*. Cuando acabé de escribirlo y se lo confié a alguien, aquella sensación de «quiero escribir algo» remitió por completo. Escribí la obra, por así decirlo, como un desafío, de corrido, poniendo lo que me venía a la cabeza, tal cual: jamás imaginé que una pieza así pudiera quedar finalista en un premio. Ni siquiera había sacado copias. De modo que, si no hubiera sido seleccionada como finalista, la obra habría desaparecido para siempre (no devolvían los originales). Y quizás yo no hubiera vuelto a escribir ninguna novela más. La vida es un misterio.

Según el redactor, las obras finalistas, incluyendo la mía, eran cinco en total. Pensé: «¡Caramba!», pero, debido en gran parte al sueño que tenía, aquello no me pareció real. Me levanté de la cama, me lavé la cara, me vestí y salí a dar un paseo con mi esposa. Estábamos andando cerca de una escuela primaria del barrio, cuando descubrí una paloma mensajera acurrucada detrás de unos arbustos. Al alzarla del suelo, vi que tenía un ala herida. En la pata llevaba prendida una chapa metálica. Sosteniéndola con cuidado entre las manos, llevé la paloma hasta la comisaría de policía más cercana, la de Aoyama-Omotesandô. Mientras andaba por las callejuelas de Harajuku, sentía en las palmas de las manos el tacto tembloroso y cálido de la paloma herida. Era un domingo con el cielo completamente azul, hacía fresco, y, a mi alrededor, los árboles, los edificios y los escaparates de las tiendas brillaban, hermosos y alegres, bajo los rayos del sol de primavera.

Y, entonces, se me ocurrió de pronto que ganaría el Premio Gunzô para Escritores Noveles. Y que sería escritor y lograría cierto éxito. Parecerá terriblemente pretencioso por mi parte, pero yo, en aquel momento, estaba seguro de ello. Completamente seguro. Más que de lógica, se trataba de intuición.

Pinball 1973 la escribí al año siguiente como continuación de *Escucha la canción del viento*. También esta novela la escribí mientras llevaba el bar, sentado ante la mesa de la cocina a altas horas de la noche. A estas obras yo las llamo, con afecto y cierto pudor «las novelas de la mesa de la cocina». Poco después de escribir *Pinball 1973* tomé la decisión de vender el local, me convertí en novelista a tiempo completo y empecé a escribir una auténtica novela larga: *La caza del carnero salvaje*. Creo que ésta es la obra que marca el verdadero inicio de mi carrera como novelista.

Pero, al mismo tiempo, las dos «novelas de la mesa de la cocina» son también obras decisivas, difícilmente reemplazables, dentro de mi carrera como novelista. Son como las viejas amistades del pasado. Quizás ya no quedemos y charlemos, pero jamás olvido su existencia. Porque en aquellos tiempos fueron algo inestimable, insustituible para mí. Me alentaron, reconfortaron mi corazón.

Aún recuerdo claramente el tacto de aquello que bajó revoloteando y se posó sobre las palmas de mis manos una radiante tarde de primavera de hace más de treinta años en el estadio Jingû-kyûjô; y en esas mismas palmas aún permanece igualmente el recuerdo de la tibieza de la paloma herida que recogí cerca de la escuela primaria de Sendagaya, también un día de primavera poco después de mediodía. Y cuando pienso en el sentido de «escribir una novela», siempre aflora el recuerdo de aquellas sensaciones. Porque el significado que tiene para mí este recuerdo es creer en *algo* que debe de existir dentro de ti y soñar con la posibilidad de cultivarlo. Seguir conservando estas sensaciones todavía ahora es algo maravilloso.

Junio de 2014

Escucha la canción del viento

1

«La escritura perfecta no existe. De la misma forma que tampoco existe la desesperación absoluta.» Esto me lo dijo un escritor al que conocí por casualidad cuando yo era estudiante universitario.

Sólo mucho tiempo después logré comprender el auténtico significado de aquellas palabras, o al menos supe interpretarlas de modo que me proporcionaran algún consuelo: «La escritura perfecta no existe».

Sin embargo, como era previsible, a la hora de escribir me sumía siempre en la desesperación. Porque el ámbito de las cosas sobre las que podía escribir era demasiado reducido. Aunque lograse contar, por ejemplo, algo sobre los elefantes, sería incapaz de decir ni una sola palabra sobre quién se servía de ellos. A eso me refiero.

Durante ocho años me vi inmerso en este dilema... Ocho años. Eso es mucho tiempo.

Claro que envejecer no es tan duro si te mantienes receptivo a aprender lo que sea sobre cualquier cosa. Al menos eso dicen.

Poco después de cumplir los veinte, adopté esta postura vital y desde entonces siempre me he esforzado en mantenerla. Como consecuencia de ello, los demás me han asestado duros golpes, me han engañado, han malinterpretado mis palabras; pero, al mismo tiempo, he vivido un sinfín de experiencias insólitas. Mucha gente distinta se ha acercado a contarme sus historias, ha pasado sobre mí con fuertes y sonoras pisadas, como si cruzara un puente, y luego se ha alejado y no ha vuelto jamás. Mientras tanto, yo he permanecido inmóvil, con la boca cerrada, sin pronunciar palabra. Y así he llegado al final de la veintena.

Ahora voy a contar una historia.

Ni que decir tiene que aún no he resuelto ningún problema y que, cuando acabe de contarla, es posible que la situación siga siendo justo la misma. Porque, en definitiva, escribir no es un método de autoayuda: como mucho, es una humilde tentativa.

Sin embargo, hablar con sinceridad es algo terriblemente difícil. Cuanto más sincero intento ser, más se van hundiendo las palabras en la oscuridad.

No intento justificarme. Al menos estas líneas son, hoy por hoy, lo mejor de mí mismo. No tengo nada más que añadir. Con todo, pienso lo siguiente: «Si todo va bien, dentro de mucho tiempo, años o décadas, tal vez descubra que me he redimido. Y, entonces, quizás el elefante vuelva a la llanura y yo pueda empezar a describir el mundo con palabras más hermosas».

*

Gran parte de lo que sé sobre escritura lo he aprendido de Derek Heartfield. Quizá debería decir que casi todo. Desafortunadamente, el propio Heartfield era, en todos los

28

sentidos, un escritor estéril. Quien lea su obra lo entenderá. Sus textos son difíciles de leer; sus argumentos, absurdos; sus temas, pueriles. Con todo, también fue uno de los contados escritores excepcionales que lograron esgrimir su prosa como un arma. Comparado con autores coetáneos suyos como Hemingway o Fitzgerald, no creo que la postura combativa de Heartfield desmerezca en absoluto la de aquéllos. En fin, ésa es mi opinión. Sólo que, por desgracia, Heartfield no fue capaz de vislumbrar claramente, hasta el final, cuál era la figura de su adversario. A fin de cuentas, eso es lo que significa ser estéril.

Tras librar esta lucha estéril durante ocho años y dos meses, Heartfield murió. Una soleada mañana de domingo del mes de junio de 1938 saltó al vacío desde la azotea del Empire State Building con un retrato de Hitler en la mano derecha y un paraguas abierto en la izquierda. Su muerte dio tan poco que hablar como lo había dado su vida.

Durante las vacaciones de verano de tercero de secundaria, mientras sufría una grave afección cutánea en la entrepierna, cayó en mis manos una copia del primer libro de Heartfield, cuya edición ya estaba agotada. Me la dio mi tío, quien, tres años después, padecería un cáncer intestinal y acabaría muriendo con gran sufrimiento. La última vez que lo vi, los médicos lo habían intubado de arriba abajo por todos los orificios de entrada y de salida de su cuerpo y estaba tan arrugado y con un color de piel tan achocolatado que parecía un viejo mono de rostro astuto.

*

Yo tenía tres tíos en total. Uno murió en las afueras de Shanghái. Tres días después de acabar la guerra, pisó una mina que él mismo había enterrado. Mi tercer tío, el único que me queda, es prestidigitador y va recorriendo los balnearios de todo el país.

*

Sobre un buen texto literario, Heartfield decía lo siguiente: «El acto de escribir, justamente porque es un acto, consiste en medir la distancia que existe entre el yo y las cosas que nos rodean. Lo que se necesita no es sensibilidad, sino *una regla» (Si tú estás bien, ¿dónde está lo malo?*, 1936).

Sería el año en que murió el presidente Kennedy cuando yo empecé a observar tímidamente cuanto me rodeaba con una regla en la mano, y desde entonces ya han transcurrido quince años. Durante estos quince años me he ido desprendiendo realmente de muchas cosas. Igual que un avión con el motor averiado que, para aligerar peso, arroja el equipaje, arroja los asientos y, por último, arroja a los infelices auxiliares de vuelo, a lo largo de estos quince años me he ido desprendiendo de casi todo y, como contrapartida, no he conservado casi nada.

No puedo tener la certeza de haber obrado bien. Es cierto que hacerlo me ha producido alivio, pero me aterra pensar qué ocurrirá cuando envejezca y se acerque la hora de mi muerte. Porque después de incinerarme no quedará de mí ni un solo hueso.

«Quien tiene el corazón oscuro sólo puede tener sueños oscuros. Quien los tiene aún más oscuros ni siquiera sueña», solía decir mi difunta abuela.

La noche en que mi abuela murió, lo primero que hice fue alargar la mano y cerrarle suavemente los ojos. Mientras le bajaba los párpados, los sueños que ella había abrigado a lo largo de setenta y nueve años se esfumaron en silencio, sin dejar rastro, igual que las gotas de un aguacero de verano revientan contra el asfalto de la calle.

*

Voy a decir una cosa más sobre la escritura. Y será la última.

Para mí, escribir es una tarea terriblemente angustiosa. Hay veces en que soy incapaz de escribir una sola línea en todo un mes, otras en las que todo lo que escribo de corrido durante tres días y tres noches resulta ser, a fin de cuentas, un despropósito.

A pesar de ello, la tarea de escribir también puede ser divertida. Porque, en comparación con las adversidades de la vida, al escribir es muy sencillo darle sentido a todo.

Fue en mi adolescencia cuando descubrí este hecho y me quedé tan sorprendido que no logré articular palabra durante una semana entera. Sólo con que prestara atención a cuanto sucedía a mi alrededor podría disponer del mundo a mi voluntad, cambiaría todos los valores, alteraría el curso del tiempo...

Por desgracia, no me di cuenta de que era una trampa hasta mucho después. Un día tracé una línea en mitad de la página de un cuaderno: a la izquierda, apuntaría todo lo que había ganado, y a la derecha, todo lo que había perdido. Las cosas que había perdido, las cosas que había pisoteado, las cosas que había abandonado mucho tiempo atrás, las cosas que había sacrificado, las cosas que había traicionado..., eran tantas que no fui capaz de acabar la lista.

Se abría una profunda brecha entre lo que me esforzaba en comprender y lo que realmente comprendía. Y, por más larga que fuera la regla que sostuviera en la mano, jamás podría medir una profundidad semejante. Lo único que fui capaz de hacer fue elaborar una simple lista. No era una novela, no era literatura, tampoco era arte. No era más que la hoja de un cuaderno con una línea trazada en medio. Aunque si hablamos de enseñanzas, tal vez sí me deparara alguna.

Si te interesan el arte, o la literatura, lee a los griegos. Porque, para que sea posible crear verdadero arte, la esclavitud resulta imprescindible. Como en la Antigua Grecia. Allí los esclavos cultivaban la tierra, preparaban la comida, remaban en los barcos y, mientras tanto, los ciudadanos, bajo el sol del Mediterráneo, se dedicaban a componer poemas, a resolver problemas matemáticos. Eso es arte.

Alguien que a las tres de la mañana rebusca en el interior de la nevera de su cocina no puede escribir más que esto que escribo.

Y esto que escribo soy yo.

2

Esta historia empieza el 8 de agosto de 1970 y acaba dieciocho días después, es decir, el 26 de agosto del mismo año.

—¡Los ricos, que se vayan todos a la mierda!

Acodado en la barra, el Rata me escupió estas palabras a voz en grito fulminándome con la mirada. O quizá sus gritos se dirigieran a una máquina de moler café que había a mis espaldas. Porque sentados a la barra, el uno junto al otro, no había necesidad alguna de vociferar de aquel modo. Fuera como fuese, después de dar aquel grito, el Rata siguió bebiendo cerveza con aire satisfecho, como de costumbre.

Nadie a nuestro alrededor prestó la menor atención a los alaridos del Rata. Porque el pequeño local estaba atestado de clientes y todos vociferaban de modo semejante. Una escena parecida a la de un barco de pasajeros a punto de irse a pique.

—¡Garrapatas! —exclamó el Rata ladeando la cabeza—. Son un hatajo de inútiles. A mí, en cuanto veo la jeta de un rico, me entran ganas de vomitar.

Con el fino borde del vaso de cerveza pegado a los labios, asentí en silencio. El Rata, sin añadir nada más, se quedó contemplando absorto sus dos manos, de dedos delgados, posadas sobre la barra mientras, como si estuviera exponiéndolas al fuego de una hoguera, iba dándoles la vuelta repetidas veces. Resignado, dirigí la vista al techo. Hasta que no hubiera acabado de examinar con atención, uno tras otro, sus diez dedos, no proseguiría. Era lo habitual en él.

Aquel verano, el Rata y yo, como poseídos por algo, bebimos tanta cerveza que podría haberse llenado con ella una piscina entera de veinticinco metros, y cubrimos todo el suelo del Jay's Bar con una capa de cinco centímetros de cáscaras de cacahuete. Era la única manera de sobrevivir a un verano tan aburrido como aquél.

Detrás de la barra del Jay's Bar colgaba una litografía deslucida por el humo del tabaco. Cuando me moría de aburrimiento, me quedaba contemplándola horas y horas, sin cansarme. El dibujo, que habría podido utilizarse para el test de Rorschach, me sugería la figura de dos monos de color verde, sentados uno frente al otro, lanzándose una pelota de tenis que hubiera perdido su consistencia.

Cuando se lo comenté a Jay, el barman, éste, tras observarla atentamente unos instantes, me dijo con indiferencia que tal vez tuviese razón.

—¿Qué debe de significar? —le pregunté.

—El mono de la izquierda eres tú y el de la derecha soy yo. Cuando yo te lanzo una botella de cerveza, tú me arrojas el dinero.

Convencido, me tomé un trago de cerveza.

—¡A mí me dan ganas de vomitar!

Tras concluir un rápido examen de sus dedos, el Rata repitió esas palabras.

No era la primera vez que el Rata despotricaba de los ricos: es más, los odiaba con todas sus fuerzas. De hecho, el mismo Rata pertenecía a una familia bastante adinerada, pero cada vez que se lo hacía notar, me decía: «No es culpa mía». A veces (generalmente, cuando yo había bebido más cerveza de la cuenta) le replicaba: «Sí, sí que es culpa tuya» y, luego, invariablemente, me sentía fatal. Porque el Rata no dejaba de tener sus razones.

—¿Y tú por qué crees que odio a los ricos?

Aquella noche, el Rata prosiguió su discurso. Era la primera vez que lo llevaba más lejos.

Negué con la cabeza en señal de ignorancia.

—Porque, hablando claro, los ricos no piensan. Ésos, si no tienen una linterna y una regla, no atinan a rascarse el culo.

«Hablando claro» era la expresión favorita del Rata.

—¿Ah, sí?

—No piensan nada que valga la pena. Sólo simulan que piensan... ¿Y eso por qué te crees que es?

—¡Uf! Pues...

—Pues porque no les hace ninguna falta. Para hacerte rico necesitas un poco de cabeza, claro. Pero, para seguir siéndolo, no necesitas nada de nada. Igual que un satélite artificial no necesita gasolina. Le basta con dar vueltas y vueltas alrededor del mismo sitio. Pero ¿sabes?, yo no soy así. Y tú también eres distinto. Para vivir, tenemos que pensar todo el rato. Desde el tiempo que hará mañana hasta el tamaño del tapón del baño. ¿O no?

—Sí —dije.

—Pues a eso me refiero.

Cuando el Rata concluyó cuanto quería decir, se sacó del bolsillo un pañuelo de papel y se sonó la nariz ruidosamente y con aire de fastidio. Yo era incapaz de discernir hasta qué punto estaba hablando en serio.

—Bueno, en definitiva, todos nos moriremos —aventuré yo.

—Pues sí. Todos nos moriremos un día u otro. Pero ¿sabes?, antes tienes que vivir unos cincuenta años, y vivir cincuenta años pensando en ello todo el rato es, hablando claro, mucho más cansado que vivir cinco mil años sin pensar en nada. ¿O no?

Tenía razón.

4

Había conocido al Rata hacía tres años, en primavera. Fue el año de mi ingreso en la universidad y, aquel día, los dos íbamos muy borrachos. Por lo tanto, no recuerdo en absoluto bajo qué circunstancias acabamos juntos, pasadas las cuatro de la madrugada, en su Fiat 600 de color negro. Seguramente teníamos algún amigo común.

En todo caso, los dos íbamos muy borrachos y, además, la aguja del velocímetro señalaba ochenta kilómetros por hora. De modo que sólo puede atribuirse a la buena estrella el hecho de que acabáramos sin un rasguño tras llevarnos por delante el seto de un parque, aplastar unos arbustos de azaleas y empotrarnos con el coche, a toda velocidad, contra una columna de piedra.

Cuando, ya repuesto del susto, derribé de un puntapié la portezuela atrancada y salí al exterior, me encontré con que el capó había salido disparado a unos diez metros de una jaula de monos, el morro del coche mostraba una abolladura con la forma de la columna de piedra, y había un montón de monos furiosos por haber sido arrancados del sueño sin contemplaciones.

El Rata seguía con las dos manos sobre el volante, el cuerpo doblado, replegado sobre sí mismo, pero no había resultado herido, sólo estaba vomitando sobre el salpicadero la pizza que se había comido una hora antes. Me encaramé encima del coche y atisbé hacia el interior por el techo corredizo.

—¿Estás bien?

—¡Uf! Sí. Pero he bebido un poco más de la cuenta. ¡Mira que vomitar!

—¿Puedes salir?

—Tira de mí hacia arriba.

Tras apagar el motor y embutirse en el bolsillo una cajetilla de tabaco que había sobre el salpicadero, el Rata trepó despacio, agarrándose a mi mano, hasta el techo del coche. Sentados, el uno junto al otro, en el techo del Fiat, nos quedamos fumando en silencio con la vista clavada en el cielo, que empezaba a clarear. No sé por qué, pero me acordé de una película bélica protagonizada por Richard Burton. El Rata no sé en qué pensaría.

—Tú y yo tenemos mucha suerte —me dijo el Rata unos cinco minutos más tarde—. ¡Mira esto! Y nosotros aquí, sin un solo rasguño. ¿Te lo puedes creer?

Asentí.

—Pero el coche está destrozado.

—No te preocupes. Puedo comprarme otro, pero la suerte no se compra con dinero.

Me lo quedé mirando un poco sorprendido.

—¿Eres rico?

—Eso parece.

—¡Qué bien!

El Rata no replicó, pero meneó varias veces la cabeza en señal de descontento.

—Sea como sea, tenemos mucha potra.

—Pues sí.

El Rata apagó el cigarrillo restregándolo contra la suela de su zapatilla de tenis y, dándole impulso con la punta de un dedo, catapultó la colilla en dirección a la jaula de los monos.

—Oye, ¿por qué no formamos equipo tú y yo? Seguro que todo nos sale de maravilla.

—¿Y qué hacemos primero?

—Pues vamos a tomarnos unas cervezas.

Compramos media docena de latas de cerveza en una máquina expendedora que había por allí, caminamos hasta la orilla del mar y, tras bebérnoslas todas tendidos perezosamente en la arena, nos quedamos contemplando el horizonte. Hacía un tiempo fantástico.

—Llámame Rata —me dijo.

—¿Cómo es que tienes un nombre así?

—Ya no me acuerdo. Hace mucho tiempo de eso. Al principio me fastidiaba que me llamaran así, ¿sabes? Pero ahora me da igual. Uno se acostumbra a todo.

Tras arrojar las latas vacías al mar, nos cubrimos la cabeza con la trenca y dormimos alrededor de una hora. Al despertar, una extraña vitalidad me invadía. Era una sensación rara.

—Ahora mismo podría correr cien kilómetros —le dije al Rata.

—Yo también —me contestó él.

Sin embargo, lo que tuvimos que hacer fue pagarle al ayuntamiento, a plazos, durante tres años, el coste de la reparación más los intereses.

5

Era increíble lo poco que leía el Rata. La única letra impresa que lo vi leer fueron diarios deportivos y folletos publicitarios. Clavaba los ojos en el libro que yo leía para matar el tiempo con el mismo pasmo con el que una mosca observaría un matamoscas.

—¿Y tú por qué lees libros?

—¿Y tú por qué bebes cerveza?

Le respondí sin mirarle siquiera mientras alternaba un bocado de jurel encurtido con otro de ensalada. El Rata se quedó reflexionando y, cinco minutos después, repuso:

—Lo bueno de la cerveza es que acabas meándola toda. Es como una jugada doble de la primera base. Que todo queda en nada. —Tras decir estas palabras, se me quedó mirando mientras yo comía—. ¿Por qué sólo lees libros?

Después de tragar el último trozo de jurel acompañado de un trago de cerveza, retiré el plato, cogí *La educación sentimental,* que tenía a medio leer y que había apartado a un lado durante la comida, y lo hojeé.

—Porque Flaubert ya ha muerto.

—¿No lees libros de autores vivos?

—Los autores vivos no tienen ningún valor.

—¿Por qué?

—Me da la impresión de que a los muertos se les pueden perdonar muchas cosas.

Le respondí mientras miraba la reposición de *Route 66* en un televisor portátil que había sobre la barra. El Rata se quedó reflexionado una vez más.

—Oye, ¿y qué pasa con los vivos? ¿A los vivos no se les pueden perdonar muchas cosas?

—Pues no lo sé. Nunca he pensado seriamente en eso. Pero, si me apuras, te diré que quizá no. Quizá no se las perdonaría.

Jay se acercó y dejó dos botellas de cervezas llenas frente a nosotros.

—Y si no se las perdonaras, ¿qué harías?

—Pues me agarraría a la almohada, o lo que fuese, y me dormiría.

El Rata sacudió la cabeza con aire de apuro.

—¡Qué cosas tan raras dices! No te acabo de entender —dijo.

Le llené el vaso de cerveza, pero él siguió unos instantes replegado sobre sí mismo, reflexionando.

—La última vez que leí un libro fue el verano pasado —dijo el Rata—. He olvidado el título y quién lo escribió. Tampoco me acuerdo de por qué lo leí. En todo caso, lo había escrito una mujer. La protagonista era una diseñadora de moda famosa, de unos treinta años, y el caso es que pensaba que tenía una enfermedad incurable.

—¿Qué enfermedad?

—No me acuerdo. Cáncer, supongo. ¿Qué enfermedad incurable hay aparte de ésa? Bueno, pues el caso es que se va a un lugar de veraneo en la playa y se está masturbando desde el principio hasta el final. En el baño, en el bosque, en la cama, dentro del mar... En todas partes.

—¿Dentro del mar?

—Sí... ¿Te lo puedes creer? ¿Hasta eso tienen que contar en una novela? Habrá otras cosas mejores sobre las que escribir, ¿no te parece?

—¡Uf! Pues...

—A mí que no me vengan con ese tipo de novelas. Me dan ganas de vomitar.

Asentí.

—Yo escribiría una novela completamente distinta.

—¿Por ejemplo? —pregunté.

El Rata estuvo pensando mientras deslizaba la punta de los dedos por el borde de su vaso.

—A ver, ¿qué te parece esto? El barco en el que voy naufraga en medio del Pacífico. Y yo, agarrado a un salvavidas, voy flotando a la deriva, completamente solo, mirando las estrellas en el mar de la noche. Es una noche serena y hermosa. En ésas, veo a una mujer joven, agarrada también a un salvavidas, que se acerca a mí nadando.

—¿Una tía buena?

—Claro.

Tomé un trago de cerveza y sacudí la cabeza.

—¡Vaya bobada!

—¡Escúchame! Luego, mientras estamos flotando juntos en el mar, charlamos. Del pasado y del futuro, de nuestras aficiones, del número de mujeres con las que me he acostado, de los programas de la tele, de lo que habíamos soñado la noche antes: en fin, de ese tipo de cosas. Y nos tomamos unas cervezas.

—¡Eh! Espera un momento. ¿Y de dónde sacas tú las cervezas?

El Rata discurrió unos instantes.

—Pues estaban flotando por allí. Venían del comedor del barco. Junto con unas latas de sardinas. ¿Satisfecho?

—Sí.

—Entre una cosa y otra, amanece. «¿Y qué piensas hacer ahora?», me pregunta la mujer. «Yo voy a ir nadando hacia donde parezca que puede haber alguna isla», me dice. «Pero tal vez no haya ninguna», le digo yo. «Si nos quedamos aquí, tomándonos unas cervezas, seguro que viene un avión a rescatarnos.» Pero la mujer se va nadando sola.

Llegado a este punto, el Rata suspiró y tomó un trago de cerveza.

—La mujer nada y nada sin parar durante dos días y dos noches y, al final, logra llegar a una isla. Y a mí el avión me rescata con una resaca terrible. Y, luego, ¿sabes?, unos años después, los dos nos reencontramos por casualidad en un pequeño bar de Yamanote.

—Y entonces os tomáis unas cervezas, supongo.

—¿No te parece triste?

—Pues... —dije.

6

La novela del Rata tenía dos puntos notables. Uno era que no había ninguna escena de sexo; otro, que no se moría nadie. Y es que para que la gente muera y haga el amor no hace falta hacer nada. Las cosas son como son.

*

—¿Crees que estaba equivocada? —le pregunta la mujer al Rata.

Éste toma un trago de cerveza y menea la cabeza despacio.

—Hablando claro, todos estamos equivocados.

—¿Por qué lo dices?

—¡Uf! —gime el Rata y se pasa la lengua por los labios. No tiene respuesta.

—Nadé tanto para llegar a la isla que casi se me cayeron los brazos. Fue tan duro que pensaba que me moría. Además, me perseguía la idea de que quizás yo me había equivocado y de que tú tenías razón. ¿Cómo era posible que, mientras yo estaba sufriendo tanto, tú estuvieras allá, sin hacer nada, flotando en el mar?

Tras decir esto, la mujer suelta una risita y permanece unos instantes cubriéndose con las manos el rabillo de ambos ojos con melancolía. El Rata, incómodo, busca frenéticamente, sin objeto alguno, en sus bolsillos. Por primera vez en tres años tiene unas ganas incontenibles de fumarse un cigarrillo.

—¿Deseaste mi muerte?

—Un poco.

—¿*Sólo* un poco?

—... Ya no me acuerdo.

Enmudecen durante unos instantes. El Rata tiene la impresión de que debe añadir algo.

—¿Sabes? La vida es injusta con el hombre desde su nacimiento.

—¿Quién dijo eso?

—John F. Kennedy.

7

De niño, era un muchacho terriblemente callado. Mis padres, preocupados, me llevaron a ver a un psiquiatra que conocían.

La casa del médico estaba en un terreno elevado con vistas al mar, y en cuanto me senté en el sofá de una bonita sala de estar inundada por la luz del sol, una elegante señora de mediana edad me trajo un zumo de naranja frío y un par de donuts. Me comí medio donut con cuidado para que no se me cayera el azúcar sobre las rodillas y me bebí todo el zumo.

—¿Quieres un poco más? —me preguntó el médico, y yo negué con un movimiento de cabeza. Estábamos los dos solos, cara a cara. Desde la pared de enfrente, un retrato de Mozart me miraba con fijeza, con aire reprobador, como un gato miedoso.

—Hace tiempo, en cierto lugar, vivía una cabra bonachona.

Un principio estupendo. Cerré los ojos e intenté imaginarme la cabra bonachona.

—La cabra acarreaba siempre un pesado reloj de oro colgado del cuello e iba de un lado para otro jadeando. Además de pesar, el reloj estaba estropeado, no funcionaba. Entonces, un día, un conejo amigo suyo le dijo: «Señora cabra, ¿por qué lleva siempre colgado al cuello un reloj que no funciona? Tiene pinta de pesar mucho y no sirve para nada». «Sí, es muy pesado», respondió la cabra. «Pero es que me he acostumbrado, ¿sabe?, a que el reloj pese tanto, y a que no funcione.»

Tras decir eso, el médico se tomó su zumo de naranja y me miró sonriendo alegremente. Mudo, yo esperaba a que prosiguiera el relato.

—El día del cumpleaños de la cabra, el conejo le regaló una cajita adornada con un bonito lazo. Dentro había un reloj nuevo, brillante, muy ligero y que, además, señalaba la hora con precisión. Contentísima, la cabra se lo colgó del cuello y fue a enseñárselo a todo el mundo.

Aquí acababa de pronto la historia.

—Tú eres la cabra, yo soy el conejo, el reloj es tu corazón.

Me sentí obligado a asentir, con la sensación de que me habían tomado el pelo.

Una vez por semana, el domingo por la tarde, cogía el tren y el autobús e iba a casa del médico, y, una vez allí, recibía tratamiento mientras comía pastelillos de café, tarta de manzana, tortitas y cruasanes cubiertos de miel. La terapia duró alrededor de un año y, gracias a ella, tuve que ir también al dentista.

—Cultura es comunicación —me dijo—. Lo que no se puede expresar no existe. ¿Me entiendes? Es igual a cero. Supón que tienes hambre. Puedes decirlo con facilidad: «Tengo hambre». Yo te doy una galleta. Sí, puedes comértela. —Yo cogí una galleta—. Si tú no dices nada, no hay galletas. —Maliciosamente, el médico escondió el plato de galletas debajo de la mesa—. Ahora son cero. Lo comprendes, ¿verdad? Tú no quieres hablar. Pero tienes hambre. Y quieres expresarlo sin palabras. Vamos a jugar a hacer gestos. ¡Va! Adelante.

Me llevé las manos a la barriga y puse cara de dolor. El médico se rió. Aquello era una indigestión. Una indigestión...

A continuación, hicimos una asociación libre.

—Dime algo, cualquier cosa, sobre un gato.

Fingí pensar y meneé la cabeza.

—Lo primero que se te ocurra.

—Es un animal con cuatro patas.

—El elefante también lo es.

—Es mucho más pequeño.

—¿Y qué más?

—Vive en el interior de las casas y, cuando le apetece, mata ratas.

—¿Qué come?

—Pescado.

—¿Y salchichas?

—También salchichas.

Así iba la cosa.

El médico estaba en lo cierto. Cultura es comunicación. Cuando ya no tiene nada que expresar y transmitir, una civilización desaparece. ¡Clic!... OFF.

La primavera en que cumplí los catorce años, por más increíble que parezca, empecé a hablar de repente como si me hubieran dado cuerda. No recuerdo de qué, pero estuve hablando sin parar durante tres meses, como si quisiese compensar aquel espacio en blanco hasta los catorce años. Cuando dejé de hablar, a mediados de julio, me subió la fiebre hasta los cuarenta grados y tuve que faltar tres días a la escuela. Al bajarme la temperatura, me había convertido en un muchacho normal, ni callado ni charlatán.

8

Debía de tener sed, porque me desperté antes de las seis de la mañana. Cuando abro los ojos en casa ajena, me siento siempre como un alma a la que hubieran embutido a la fuerza en un cuerpo que no le perteneciese. Me levanté con gran esfuerzo de la estrecha cama y, tras beber como un caballo un vaso de agua tras otro en un sencillo fregadero que había junto a la puerta, me volví a la cama.

A través de la ventana abierta de par en par se veía un trozo de océano. Las pequeñas olas reflejaban, centelleantes, los rayos del sol que acababa de alzarse en el cielo, y aguzando la vista distinguí unos sucios buques de carga que flotaban en el agua con aire de hastío. Aquel día prometía ser caluroso. Las casas de los alrededores aún dormían en silencio, no se oía más que algún chirrido en la vía del tren y la tenue melodía del programa de gimnasia radiofónico.

Todavía desnudo, me recosté en la cabecera de la cama y, tras encender un cigarrillo, miré a la mujer acostada a mi lado. Los rayos de sol que penetraban por la ventana orientada al sur bañaban por completo su cuerpo. Estaba sumida en un profundo sueño, con la colcha de felpa retirada hasta los pies. De vez en cuando, su respiración se agitaba y sus senos bien moldeados oscilaban de arriba abajo. Tenía el cuerpo muy moreno, pero, con el paso de los días, el color había perdido lustre y la parte sin broncear, que reseguía con nitidez las líneas del traje de baño, mostraba una blancura extraña que recordaba la carne medio descompuesta.

Después de fumarme el cigarrillo me pasé diez minutos intentando recordar el nombre de la mujer, pero fue en vano. Para empezar, ni siquiera recordaba si lo había sabido alguna vez o no. Resignado, bostecé y volví a mirarla. Tendría apenas veinte años y era más bien delgada. Con los dedos extendidos fui midiendo, a partir de la cabeza, su estatura. Ocho veces la extensión de mi mano abierta y, al final, al llegar al talón, me sobraba el dedo pulgar. Es decir, unos 158 centímetros.

Debajo del seno derecho tenía una mancha del tamaño de una moneda de diez yenes que parecía salsa derramada. En su bajo vientre el fino vello púbico se arremolinaba vivaz como las hierbas de un arroyo tras una inundación. Además, en la mano izquierda tenía cuatro dedos.

9

Ella tardó todavía tres horas en despertarse. Y, entonces, necesitó otros cinco minutos para ordenar, más o menos, sus ideas. Entretanto, yo permanecí inmóvil, con los brazos cruzados, contemplando cómo las gruesas nubes que flotaban en el horizonte iban cambiando de forma y discurrían hacia el este.

Poco después, cuando me volví, ella estaba envuelta hasta el cuello en la colcha y alzaba hacia mí sus inexpresivos ojos mientras luchaba contra los vapores del whisky que aún tenía en el fondo del estómago.

—¿Y tú... quién eres?

—¿No te acuerdas?

Negó con un solo movimiento de cabeza. Encendí un cigarrillo y le ofrecí otro, pero ella lo rechazó.

—Explícamelo todo.

—¿Desde qué momento?

—Desde el principio.

No tenía la menor idea de en qué punto había comenzado todo ni de cómo debía contárselo para que me entendiera. Podía salir bien o ser un desastre. Tras reflexionar diez segundos, empecé a hablar.

—Ayer fue un día agradable pese al calor. Por la tarde estuve nadando en la piscina y, después de volver a casa y echarme un rato la siesta, comí algo. Serían las ocho pasadas. Cogí el coche, salí a dar una vuelta. Me detuve en el paseo marítimo y me quedé un rato contemplando el mar mientras escuchaba la radio. Siempre hago lo mismo.

»Media hora después, me entraron ganas de ver gente. Cuando llevo un buen rato contemplando el mar, me entran ganas de ver gente; cuando llevo un buen rato con gente, me entran ganas de contemplar el mar. Es curioso. Así que decidí ir al Jay's Bar. También me apetecía tomarme una cerveza, y allí, normalmente, suelo encontrarme a un amigo. Pero no estaba. Así que decidí beber solo. En una hora me tomé tres cervezas.

Al llegar a este punto me interrumpí, dejé caer la ceniza del cigarrillo en el cenicero.

—Por cierto, ¿has leído *La gata sobre el tejado de zinc?*

No me respondió. Con los ojos clavados en el techo y la colcha estrechamente enrollada alrededor de su cuerpo, parecía una sirena arrojada a la playa. Sin darle importancia, proseguí.

—Es que cada vez que bebo solo me acuerdo de esta obra. Para ver si, al llegar a cierto punto, oigo un clic dentro de mi cabeza y empiezo a sentirme mejor. Pero, en la práctica, eso no funciona. Jamás he oído algo, ¿sabes? En fin que, entre una cosa y otra, me harté de esperar, así que llamé a casa de mi amigo. Quería proponerle que viniera a tomarse unas copas conmigo. Pero fue una mujer la que se puso al teléfono. Me produjo una sensación muy rara. Porque él no es de ese tipo. Es de los que contestaría él mismo a la llamada aunque hubiera llevado cincuenta mujeres a su casa y estuviera borracho perdido. ¿Comprendes?

»Fingí que me había equivocado de número, pedí disculpas y colgué. Al hacerlo, me entró un ligero malhumor. Aunque no sé por qué, la verdad. Y me tomé otra cerveza. Pero el malhumor no se me pasó. Entiendo que era una estupidez, claro. Pero así sucedió. Al acabarme la cerveza llamé a Jay, pagué la cuenta y decidí volver a casa, escuchar los resultados del béisbol en las noticias deportivas y acostarme. Jay me dijo que me lavara la cara. Está convencido de que si te lavas la cara, podrás conducir aunque te hayas bebido una caja entera de cervezas. No me quedó más remedio que ir a lavarme la cara al lavabo. A decir verdad, no tenía ninguna intención de lavármela. Sólo fingiría hacerlo. Es que el lavabo tiene el desagüe atascado y siempre está lleno de agua. No me apetecía nada entrar allí. Pero anoche, cosa rara, no había agua. A cambio, estabas tú tirada por el suelo.

Con un suspiro, ella cerró los ojos.

—¿Y entonces?

—Te incorporé, te saqué del lavabo y fui por todo el bar preguntando si te conocían. Pero nadie sabía quién eras. Después, Jay y yo te curamos la herida.

—¿La herida?

—Al caer al suelo te golpeaste la cabeza con el canto de algo. Pero no era gran cosa.

Ella asintió, sacó una mano de debajo de la colcha y, con la yema de los dedos, se palpó suavemente la herida de la frente.

—Entonces Jay y yo hablamos sobre lo que teníamos que hacer. Al final, decidimos que yo te llevara en mi coche a tu casa. Volcamos el contenido del bolso sobre la mesa y encontramos un monedero, un llavero y una postal dirigida a ti. Pagué tu cuenta con el dinero del monedero, te acompañé hasta aquí, a la dirección que había escrita en la postal, abrí con la llave y te acosté. Sólo eso. La cuenta está dentro del bolso.

Ella lanzó un profundo suspiro.

—¿Y por qué te quedaste?

—¿...?

—¿Por qué no te esfumaste después de traerme a casa?

—Un amigo mío murió de intoxicación etílica aguda. Se había hinchado a beber whisky y, tras despedirse tranquilamente de la gente, se fue andando y llegó a su casa sin problemas, ¿sabes? Se cepilló los dientes, se puso el pijama, se fue a dormir. Por la mañana, lo encontraron frío, tieso. ¡Ah! El funeral fue magnífico.

—Y, entonces, tú te quedaste velándome toda la noche, ¿no?

50

—La verdad es que pensaba volver a casa alrededor de las cuatro. Pero me quedé dormido. Esta mañana, al despertarme, quería irme. Pero al final no lo he hecho.

—¿Por qué?

—Porque he pensado que, como mínimo, tenía que explicarte qué había pasado.

—*Eres muy amable,* ¿no?

Encogiéndome de hombros, me tragué el veneno que rezumaban sus palabras. Dirigí los ojos hacia las nubes.

—Yo... ¿dije algo? —preguntó.

—Algo, sí.

—¿Qué?

—Algunas cosas. Pero ya no me acuerdo. Nada importante.

Todavía con los ojos cerrados, dejó escapar un gemido desde el fondo de su garganta.

—¿Y la postal?

—Está en el bolso.

—¿La leíste?

—¡Pero qué dices!

—¿Por qué no?

—¿Qué necesidad tenía de leerla?

Le respondí con hastío. En el tono de su voz había algo que me irritaba. Aunque, aparte de eso, ella me hacía sentir cierta nostalgia. De algo que pertenecía a un pasado remoto. Como si creyera que, de habernos encontrado en circunstancias más normales, tal vez hubiésemos podido pasar juntos unas horas mejores. Una sensación así. Pero, en realidad, no recordaba en qué consistía encontrarse con una chica en circunstancias normales.

—¿Qué hora es? —me preguntó.

Sintiendo cierto alivio me levanté y, después de mirar el reloj eléctrico de encima de la mesa, le llené un vaso de agua y volví a la cama.

—Las nueve.

Tras asentir con lasitud, ella se incorporó sobre la cama y, apoyada en la pared, se bebió toda el agua de golpe, sin respirar.

—¿Bebí mucho?

—Bastante. Yo, en tu lugar, estaría muerto.

—Yo estoy a punto, no creas.

Cogió un cigarrillo de la cajetilla que estaba a la cabecera de la cama, lo encendió y, después de exhalar una bocanada de humo junto con un suspiro, arrojó de pronto la cerilla hacia el puerto a través de la ventana abierta.

—Pásame algo para vestirme.

—¿Qué?

Todavía con el cigarrillo entre los labios, volvió a cerrar los ojos.

—Cualquier cosa. Y, por favor, no me hagas preguntas.

Abrí la puerta del armario ropero que estaba frente a la cama y, tras titubear unos instantes, elegí un vestido azul sin mangas y se lo di. Ella, sin ponerse siquiera ropa interior, se lo pasó, tal cual, por la cabeza, se cerró ella misma de un tirón la cremallera de la espalda y suspiró de nuevo.

—Tengo que irme.

—¿Adónde?

—A trabajar.

Soltó estas palabras como si las escupiera y luego se levantó tambaleante de la cama. Yo, sentado aún en el borde del lecho, me quedé mirando, sin más, cómo se lavaba la cara y se cepillaba el pelo.

La habitación estaba ordenada, pero sólo hasta cierto punto, como si no valiese la pena el esfuerzo. Un aire de resignación ante lo inevitable flotaba por su interior y me oprimía.

En aquel pequeño cuarto, atestado de muebles de mala calidad, apenas quedaba el espacio suficiente para que se tendiera una persona. Ella estaba ahí, de pie, peinándose.

—¿De qué trabajas?

—Y a ti qué te importa.

Tenía razón.

Enmudecí durante el tiempo que tarda un cigarrillo en consumirse por completo. Dándome la espalda, ella iba resiguiendo ante el espejo las negras líneas que le habían aparecido bajo los ojos con las yemas de los dedos.

—¿Qué hora es? —preguntó de nuevo.

—Poco más de las diez.

—Ya no tengo tiempo. Rápido, vístete tú también y vete a tu casa —dijo ella rociándose con un espray agua de colonia en las axilas—. Porque tendrás casa, supongo.

Le dije que sí, que tenía casa. Me pasé la camiseta por la cabeza y, sentado todavía en la cama, volví a mirar hacia fuera.

—¿Adónde vas?

—Cerca del puerto. ¿Por qué?

—Te llevo en coche. Así no llegarás tarde.

Asiendo el cepillo del pelo con una mano, me miró fijamente con ojos de echarse a llorar de un momento a otro. Yo me dije que, si lloraba, seguro que luego se sentiría mejor. Pero no lo hizo.

—Oye, quiero que te quede clara una cosa. Ya sé que bebí más de la cuenta y que estaba borracha. Así que, si sucedió algo desagradable, la culpa es mía.

Tras decirlo, se golpeó repetidas veces, de modo casi mecánico, la palma de la mano con el mango del cepillo del pelo. Esperé en silencio a que prosiguiera.

—¿No es así?

—Sí, así es.

—Pero un tipo que se acuesta con una chica inconsciente... Eso es *lo último*.

—¡Pero si no he hecho nada!

Ella enmudeció unos instantes para controlar su nerviosismo.

—¿Y cómo es que estaba desnuda?

—Te desnudaste tú sola.

—No me lo creo.

Arrojó con violencia el cepillo sobre la cama, embutió en el bolso el monedero, el lápiz de labios, un analgésico y otros pequeños objetos.

—¿Puedes demostrar que realmente no hiciste nada?

—Puedes averiguarlo por ti misma.

—¿Cómo?

Ella parecía muy enfadada.

—Te lo juro.

—No me lo creo.

—Pues no te queda más remedio que creerme.

Me había puesto de malhumor.

Ella no añadió nada más, me hizo salir y cerró la puerta con llave.

Sin despegar los labios, recorrimos el camino asfaltado que bordeaba el río hasta el descampado donde había dejado el coche.

Mientras yo limpiaba el polvo del parabrisas con un pañuelo de papel, ella rodeó el coche despacio, con recelo y, tras dar la vuelta, se quedó mirando fijamente, durante unos instantes, la gran cara de vaca de color blanco que había pintada en el capó. La vaca llevaba un gran aro en la nariz y sonreía, sosteniendo una rosa blanca entre los dientes. Su sonrisa era terriblemente vulgar.

—¿La has pintado tú?

—No. El propietario anterior.

—¿Y por qué pintaría una vaca?

—¡Uf! Pues... —dije yo.

Ella retrocedió dos pasos, contempló de nuevo el dibujo de la vaca, apretó los labios como si se arrepintiera de haber hablado demasiado y se subió al coche.

Dentro del coche hacía un calor espantoso y, hasta que llegamos al puerto, ella permaneció muda, secándose con una toallita el sudor que le caía a chorros y fumando sin cesar. Encendía un cigarrillo y, tras dar tres caladas, observaba con atención el carmín que manchaba el filtro, aplastaba el cigarrillo en el cenicero del coche y encendía otro.

—Oye, volviendo a lo de anoche, ¿de qué diablos hablaba?

Me lo preguntó de pronto, cuando llegó el momento de apearse del coche.

—Pues de varias cosas.

—¿De qué? Dime una al menos.

—Hablabas de Kennedy.

—¿De Kennedy?

—De John F. Kennedy.

Ella sacudió la cabeza y suspiró.

—No me acuerdo de nada.

Antes de bajar del coche incrustó, sin decir una palabra, un billete de mil yenes detrás del retrovisor.

10

Era una noche terriblemente calurosa, en la que hubiesen podido cocerse unos huevos pasados por agua.

Tras abrir empujando de espaldas, como siempre, la pesada puerta del Jay's Bar, aspiré el frescor del aire acondicionado. La atmósfera estaba fuertemente impregnada de olor a tabaco, a whisky, a patatas fritas, a sobaco y a desagüe, olores bien superpuestos, uno sobre otro, como las capas de un *Baumkuchen*.

Me senté, como de costumbre, en un taburete del extremo de la barra y, recostado en la pared, barrí el interior del bar con los ojos. Había tres marineros franceses uniformados a los que no había visto nunca, dos mujeres que los acompañaban y una pareja de veinteañeros. Sólo eso. Ni rastro del Rata.

Tras pedir una cerveza y un sándwich de carne de vaca en conserva, saqué un libro y me dispuse a esperar tranquilamente al Rata.

Más o menos diez minutos después, una mujer de unos treinta años, con unos pechos como pomelos y un llamativo vestido, entró en el bar, se sentó a mi lado y, tras echar una mirada alrededor, tal como había hecho yo, pidió un *gimlet*. Después de tomar un sorbo se levantó, realizó una interminable llamada telefónica y, al acabar, se metió el bolso bajo el brazo y entró en el lavabo. En cuarenta minutos repitió tres veces lo mismo. Un sorbo de *gimlet,* una larga llamada telefónica, el bolso, el lavabo.

Jay, el barman, se me plantó delante y me dijo con cara de fastidio:

—A ésa se le va a gastar el culo.

Es chino, pero habla el japonés mejor que yo.

Al regresar del lavabo por tercera vez, tras lanzar un vistazo a su alrededor, se deslizó en el asiento contiguo al mío y me dijo en voz baja:

—Oye, perdona, ¿tienes suelto?

Asentí, saqué todas las monedas pequeñas que llevaba en el bolsillo y las deposité sobre la barra. En total eran trece monedas de diez yenes.

—Gracias. Me haces un gran favor. Si le pido al del bar que me dé más cambio, me pondrá mala cara.

—De nada. Gracias a eso, ahora peso menos.

Ella asintió sonriendo, recogió las monedas deprisa y desapareció en dirección al teléfono.

Abandoné la idea de seguir leyendo, le pedí a Jay que pusiera el televisor portátil sobre la barra y me dispuse a ver la retransmisión del partido de béisbol mientras me tomaba la cerveza. El partido valía la pena. En sólo cuatro vueltas, dos lanzadores marcaron dos *home runs,* encajaron seis golpes, un jugador del perímetro de campo sufrió una lipotimia debido al esfuerzo, y, durante el relevo de los lanzadores, pusieron seis anuncios. De cerveza, de seguros de vida, de vitaminas, de una compañía aérea, de patatas fritas, de compresas.

Uno de los marineros franceses, que al parecer se había quedado sin pareja, se acercó con el vaso de cerveza en la mano, se puso a mis espaldas y me preguntó en francés qué estaba mirando.

—Béisbol —le respondí en inglés.

—¿Béisbol?

Le expliqué las reglas del juego en cuatro palabras. Aquel hombre lanza la pelota, éste la golpea con el bate, dan una vuelta corriendo y ganan un punto. El marinero permaneció unos cinco minutos con los ojos fijos en el televisor, pero, al empezar los anuncios, me preguntó por qué no había ninguna canción de Johnny Hallyday en la máquina de discos.

—Porque no es conocido —le dije.

—¿Y qué cantantes franceses son conocidos aquí?

—Adamo.

—Ése es belga.

—Michel Polnareff.

—*Merde!*

Tras decir eso, el marinero volvió a su mesa.

Ya había empezado la quinta vuelta cuando, finalmente, regresó la mujer.

—Gracias. Déjame invitarte a algo.

—No se preocupe.

—Es que yo soy de una manera que, si no devuelvo los favores, no me quedo tranquila. Para bien o para mal.

Intenté sonreír sin conseguirlo, de modo que me limité a asentir en silencio. La mujer llamó a Jay moviendo un solo dedo y le dijo que a mí me sirviera una cerveza y, a ella, otro *gimlet.* Jay asintió exactamente tres veces con la cabeza y desapareció por un extremo de la barra.

—«Quien espera desespera», ¿eh? ¿Y tú?

—Eso parece.

—¿Esperas a una chica?

—A un hombre.

—¡Vaya! Igual que yo. Veo que coincidimos.

Asentí. ¿Qué otra cosa podía hacer?

—Oye, ¿cuántos años me echas?

—Veintiocho.

—¡Qué mentiroso!

—Veintiséis.

La mujer rió.

—Pero no me lo tomaré a mal. ¿Dirías que estoy soltera o casada?

—¿Hay premio?

—Puede.

—Estás casada.

—¡Hum!... Has acertado a medias. Me divorcié el mes pasado. ¿Habías hablado antes con una mujer divorciada?

—No. Pero he visto una vaca loca.

—¿Dónde?

—En el laboratorio de la universidad. Hicieron falta cinco personas para meterla dentro.

La mujer se rió, divertida.

—¿Vas a la universidad?

—Sí.

—Yo también fui. A principios de los sesenta. Aquélla fue una buena época, ¿sabes?

—¿En qué sentido?

En vez de responder, la mujer soltó una risita, tomó un sorbo de *gimlet* y, de repente, miró su reloj de pulsera.

—Tengo que telefonear otra vez —dijo y se levantó con el bolso en la mano.

Cuando desapareció, mi pregunta permaneció unos instantes, sin responder, flotando en el aire.

Tras beber media cerveza, llamé a Jay y pagué la cuenta.

—¿Sales huyendo? —preguntó Jay.

—Sí.

—¿No te gustan las mujeres mayores que tú?

—La edad no tiene nada que ver. En todo caso, si viene el Rata, salúdalo de mi parte.

Mientras yo salía del bar, la mujer acababa de colgar y se disponía a meterse en el lavabo por cuarta vez.

De vuelta a casa, estuve silbando todo el rato. Era una melodía que había oído en alguna parte, pero no lograba recordar, de ninguna de las maneras, cómo se llamaba. Era una canción de hacía muchísimo tiempo. Detuve el coche en el paseo marítimo y, mientras contemplaba el mar, me esforcé en recordar el título. Era *La canción del club de Mickey Mouse*. Creo que la letra decía lo siguiente:

«Ven y canta una canción, únete a la fiesta MIC-KEY-MOUSE».

Sin duda, aquélla fue una buena época.

11

ON

¡Hola! ¡Buenas noches! ¿Cómo estáis? A mí el buen humor me brota a raudales y quiero compartirlo con todos vosotros. Aquí Radio NEB. Es la hora de vuestro programa *Llámanos y solicita tus canciones pop*. Desde este momento y hasta las nueve disfrutaremos de dos fantásticas horas de sábado por la noche. Pondremos las canciones más modernas, las más sofisticadas. Las melodías que añoráis, las melodías de vuestros recuerdos, las melodías divertidas, las melodías que os dan ganas de bailar, las melodías que os fastidian, las melodías que os hacen vomitar. Cualquier melodía. ¡Llamadnos! ¡Ahora! Llamadnos sin parar. Ya conocéis nuestro número de teléfono, ¿verdad? Pues no os equivoquéis al marcar. Llamaríais para nada y molestaríais a la gente. Equivocarse de número, poner una sílaba de más al componer un poema... ¡Qué cosas! Por cierto, desde que hemos abierto las líneas, a las seis, los diez teléfonos de nuestra centralita no han parado de sonar ni un segundo. ¿Cómo? ¿Queréis oír los timbres?... ¿Qué? ¿Qué os ha parecido? Increíble, ¿no? ¡Muy bien! ¡Seguid así! Llamad, llamad sin parar hasta que se os rompan los dedos. Por cierto, la semana pasada recibimos tantas llamadas que saltaron los fusibles y se armó un follón. Pero no os preocupéis. Ayer instalamos un cable especial. Un chisme tan grueso como la pata de un elefante. Y la pata de un elefante es mucho más gruesa que la pata de una jirafa. Así pues, ¡tranquilos!, llamad hasta enloquecer. Porque, aunque todos los que estamos en la emisora nos volvamos locos, *los fusibles seguro que no saltarán*. ¿A que no? ¿Verdad? Hoy vuelve a hacer un calor espantoso, pero eso se olvida enseguida escuchando nuestro fantástico rock. ¿Verdad? ¿Estáis de acuerdo? Para eso tenemos la buena música. Igual que las chicas bonitas. ¿OK? Aquí va la primera melodía. Escuchadla en silencio. Es un gran tema. Olvidaréis el calor, creedme. Brook Benton con *Rainy Night in Georgia.*

OFF

... ¡Uf! ¡Qué calor! No hay quien lo aguante...

... ¡Eh! ¿Está al máximo el aire acondicionado?... Esto es un infierno. ¡Aquí!... Dame un respiro. Es que yo, ¿sabes?, sudo enseguida...

... Sí, vale. Así...

... Oye, tengo sed. ¿Alguien puede traerme una Coca-Cola bien fría?... Que no. Que no pasa nada. Que no me voy a mear encima. Es que yo, ¿sabes?, tengo una vejiga impresionante... Sí, sí, eso, la vejiga...

... Gracias, Mitchan. ¡Eres estupendo!... Sí, está muy fría...

... ¡Eh! Que no tengo abrebotellas...

... ¡Qué tontería! No voy a abrirla con los dientes, digo yo... ¡Eh! ¡Que se está acabando el disco! No hay tiempo. ¡Vaya bromita!... ¡Eh! ¡Un abrebotellas!

... ¡Maldita sea!...

ON

Fantástico, ¿no? Esto es música. Brook Benton. *Rainy Night in Georgia* nos ha refrescado un poco, ¿verdad? Por cierto, ¿qué temperatura máxima creéis que hemos alcanzado hoy? Pues 37 grados. ¡37 grados! Por más que estemos en verano, esto es demasiado. Esto es un horno. A 37 grados, creedme, uno está más fresco abrazado a una chica que solo y plantado como un palo. ¿No os lo creéis? ¡OK! Bueno, basta de charlas. Ahora toca poner música. Un disco tras otro. Creedence Clearwater Revival con *Who'll Stop the Rain*. ¿Qué? ¿Te animas, *baby*?

OFF

... ¡Eh, tú! ¡Que ya no me hace falta! La he abierto con el pie del micro...

... ¡Caramba! ¡Qué buena está!

... ¡No pasa nada! A mí nunca me da hipo. Tú te preocupas por todo, ¿eh? Mira que...

... Oye, ¿cómo va el béisbol?... Lo están retransmitiendo por otro canal, ¿verdad?

... ¡Eh! ¡Espera un momento! ¿Me estás diciendo que

no hay un solo aparato de radio en toda la emisora!? ¡Esto sí tiene delito!...

... ¡Vale! ¡Vale! ¡Para ya! Entonces, la próxima vez me tomaré una cerveza. Una cerveza bien fría, ¡fua!

... ¡Oh, no! ¡Qué horror! ¡Me está dando hipo!

... ¡Hip!

12

A las siete y cuarto sonó el teléfono.

Yo estaba repantigado en un sillón de mimbre de la sala de estar picando galletitas de queso mientras me bebía una lata de cerveza.

—¡Hola! ¡Buenas noches! Aquí el programa *Llámanos y solicita tus canciones pop* de Radio NEB. ¿Estás escuchando la radio?

Con un sorbo de cerveza me tragué precipitadamente las galletitas de queso que tenía en la boca.

—¿La radio?

—Sí, la radio. El mejor aparato... ¡hip!... que ha creado la civilización. Mucho más exacto que la aspiradora eléctrica, mucho más pequeño que la nevera, mucho más barato que el televisor. ¿Qué estabas haciendo ahora?

—Estaba leyendo.

—¡Vaya, vaya! ¡Muy mal! Tienes que escuchar la radio. Leer te aísla de los demás. ¿No crees?

—Sí.

—Un libro es una cosa que lees, sosteniéndolo con una mano, para matar el tiempo mientras hierven los espaguetis. ¿Comprendido?

—Sí.

—¡Perfecto!... ¡hip!... Parece que tú y yo vamos a entendernos. Dime, ¿habías hablado antes con un locutor con un ataque de hipo?

—No.

—Entonces ésta es la primera vez. Bueno, imagino que será la primera vez para todos los que me estáis escuchando, ¿verdad? Por cierto, ¿sabes por qué te estamos llamando en antena?

—No.

—Pues porque hay una chica... ¡hip!... que quiere dedicarte una canción. ¿Sabes quién es?

—No.

—La canción que ha solicitado para ti es *California Girls*, de los Beach Boys. Esta melodía te traerá muchos recuerdos, ¿no es así? ¿Qué? ¿Caes en la cuenta ahora?

Tras reflexionar unos instantes, le dije que no tenía ni idea.

—¡Vaya! ¡Pues menudo problema! Si aciertas, te enviaremos la camiseta especial del programa. ¡Vamos! ¡Trata de recordar!

Volví a pensar. Esta vez, aunque muy levemente, logré atisbar algo en un rincón de mi memoria.

—*California Girls*... Beach Boys... ¿Qué? ¿Lo recuerdas?

—Pensándolo bien, una chica de mi clase me prestó ese disco hace unos cinco años.

—¿Qué chica?

—Durante un viaje escolar, la ayudé a buscar una lentilla que se le había caído y, como muestra de agradecimiento, me prestó el disco.

—Conque una lentilla, ¿eh?... Por cierto, el disco, ¿se lo devolviste?

—No, lo perdí.

—¡Muy mal! Podías haberle comprado otro, ¿no? A las chicas... ¡hip!... hay que devolverles lo que te prestan, ¿comprendido?

—Sí.

—¡Vale! Pues la chica que hace cinco años perdió la lentilla en ese viaje escolar está ahora escuchando la radio, claro que sí. ¡Ah! ¿Y sabes cómo se llama?

Le dije el nombre que, finalmente, pude recordar.

—¿Has oído, chica? Dice que va a comprarte el disco y que te lo va a devolver. ¡Qué bien! ¿No?... Por cierto, ¿cuántos años tienes?

—Veintiuno.

—Es una edad fantástica. ¿Estudias?

—Sí.

—¿Cuál es tu especialidad?

—Biología.

—¡Ah, caramba!... ¿Te gustan los animales?

—Sí.

—¿Qué te gusta de ellos?

—... Pues, que no se ríen.

—¡Ah, caramba! ¿Los animales no se ríen?

—Bueno, los perros y los caballos un poco.

—¡Ah, caramba! ¿Y cuándo se ríen?

—Cuando se divierten.

Por primera vez en años estaba empezando a enfadarme.

—Entonces... ¡hip!... podría haber un perro humorista.

—Tú podrías ser uno de ellos.

—¡Ja! ¡Ja! ¡Ja! ¡Ja! ¡Ja!

13

Las chicas de la Costa Este son sofisticadas
y la moda les va.
Las chicas del Sur tienen un modo de andar y de hablar
que me deja sin sentido.
Las dulces chicas campesinas del Medio Oeste
me roban el corazón.
Las bonitas chicas del Norte
te mantienen extasiado y en calor.

Si todas las chicas hermosas
fueran California Girls...

14

La camiseta me llegó por correo una tarde, tres días
después.
Era una camiseta como ésta:

15

A la mañana siguiente, tras pasear un rato por el puerto con mi camiseta recién estrenada, que me picaba un poco, abrí la puerta de una pequeña tienda de discos que descubrí al pasar. En el interior de la tienda no había ningún cliente, sólo una dependienta sentada detrás del mostrador repasando con cara de aburrimiento unos recibos mientras bebía una lata de Coca-Cola. Tras recorrer las estanterías un rato, de pronto me di cuenta de que la conocía. Era la chica a la que le faltaba el dedo meñique y que una semana atrás había hallado tendida en el suelo del lavabo del Jay's Bar. Le dije: «Hola». Un poco sorprendida, me miró a la cara, miró mi camiseta y, luego, se bebió de un trago la Coca-Cola que le quedaba.

—¿Cómo has sabido dónde trabajo? —preguntó con resignación.

—Por casualidad. He venido a comprar un disco.

—¿Cuál?

—Un elepé que incluya *California Girls,* de los Beach Boys.

Tras asentir con aire suspicaz, se levantó, se dirigió a grandes pasos hacia una estantería y, como un perro bien adiestrado, volvió con un disco.

—¿Te parece bien éste?

Asentí y, con las manos embutidas en los bolsillos, lancé una mirada a mi alrededor.

—También quiero el *Concierto para piano n.º 3* de Beethoven.

Sin despegar los labios, esta vez vino con dos elepés.

—¿Cuál prefieres: Glenn Gould o Backhaus?

—Glenn Gould.

Dejó uno sobre el mostrador y devolvió el otro a la estantería.

—¿Qué más?

—Uno de Miles Davis que incluya *A Gal in Calico*.

En esta ocasión tardó un poco más, pero me trajo el disco, como era previsible.

—¿Y qué más?

—Nada más. Gracias.

Alineó los tres discos sobre el mostrador.

—¿Son para ti?

—No, son para regalar.

—¡Qué generoso!

—Eso parece.

Ella se encogió de hombros, incómoda, y me dijo:

—Cinco mil quinientos cincuenta yenes.

Pagué y cogí el envoltorio con los tres discos.

—Bueno, gracias a ti, he vendido tres discos antes del mediodía.

—¡Qué bien!

Con un suspiro, tomó asiento en una silla detrás del mostrador y empezó de nuevo a revisar los recibos del fajo.

—¿Siempre te encargas tú sola de la tienda?

—Hay otra chica. Pero ha salido a comer.

—¿Y tú?

—Yo iré cuando ella vuelva.

Saqué un cigarrillo del bolsillo, lo encendí y me quedé un rato mirando cómo trabajaba.

—Dime, ¿te apetece que comamos juntos?

Ella negó con la cabeza sin despegar los ojos de los recibos.

—Me gusta comer sola.

—A mí también.

—¿Ah, sí? —Con pereza, apartó los recibos, puso el nuevo disco de Harpers Bizarre en el plato del tocadiscos y bajó la aguja—. Entonces, ¿por qué quieres comer conmigo?

—Porque, de vez en cuando, me gusta cambiar de costumbres.

—Pues cambia tú solo. —Atrajo hacia sí los recibos y reanudó su trabajo—. Y a mí déjame en paz.

Asentí.

—Creo que ya te lo dije, pero tú eres lo peor de lo peor.

Tras decir esas palabras, con los labios fruncidos, fue pasando los recibos con sus cuatro dedos.

16

Cuando entré en el Jay's Bar, me encontré al Rata con los codos hincados en la barra y el entrecejo fruncido leyendo una larguísima novela de Henry James, más gruesa que un listín telefónico.

—¿Es interesante?

El Rata alzó la mirada del libro y sacudió la cabeza en señal negativa.

—Pero ya llevo leído un buen trozo, no creas. Desde el otro día, cuando estuve hablando contigo. ¿Te suena lo de: «Prefiero una falsedad espléndida a una pobre realidad»?

—No.

—Roger Vadim. Un director de cine francés. También hay otra: «Una inteligencia brillante es aquella capaz de conjugar a un tiempo, de modo satisfactorio, las funciones de dos conceptos que se contraponen el uno al otro».

—¿Y quién dijo eso?

—No me acuerdo. ¿Crees que es cierto?

—Es mentira.

—¿Por qué?

—Supón que te despiertas a las tres de la madrugada con hambre. Abres la nevera, pero dentro no hay nada. ¿Qué tendrías que hacer?

Tras reflexionar unos instantes, el Rata se echó a reír a carcajadas. Llamé a Jay, le pedí una cerveza y patatas fritas, saqué el paquete de discos y se lo entregué al Rata.

—¿Y esto qué es?

—Un regalo de cumpleaños.

—Pero si es el mes que viene.

—Es que entonces yo ya no estaré.

Con el envoltorio en la mano, el Rata se quedó pensativo.

—¡Vaya! Cuando te vayas, te voy a echar de menos.

Tras decir eso, abrió el paquete, sacó los discos y se los quedó mirando.

—Beethoven, *Concierto para piano n.º 3*. Glenn Gould, Leonard Bernstein. ¡Hum! No lo he escuchado nunca. ¿Y tú?

—Tampoco.

—Bueno, gracias. Si te soy sincero, estoy muy contento.

17

Me pasé tres días buscando el número de teléfono de aquella chica. De la chica que me había prestado el elepé de los Beach Boys.

Fui a la secretaría del instituto, consulté el registro de graduados y lo encontré. Pero, al marcar el número, me salió un mensaje anunciándome que, en la actualidad, no existía ninguna línea en servicio con aquella numeración. Llamé al servicio de información telefónica y di su nombre, pero la operaria, tras una infructuosa búsqueda de cinco minutos, me dijo que no había ningún abonado que se llamara así. Me gustó lo de: «Que se llame así». Le di las gracias y colgué.

Al día siguiente telefoneé a algunos antiguos compañeros de clase y les pregunté si sabían algo de ella, pero nadie sabía nada; en realidad, la mayoría ni siquiera se acordaba de ella. El último al que llamé, no sé por qué razón, me soltó que no quería hablar conmigo y me colgó.

Al tercer día, volví a la escuela y pregunté en secretaría el nombre de la universidad donde había ingresado al terminar el bachillerato. Resultó que se había matriculado en el Departamento de Filología Inglesa de una universidad femenina de segundo rango que estaba en Yamanote. Llamé a la secretaría de la universidad, me presenté como el encargado de las promociones de los aliños para ensaladas McCormick y les expliqué que tenía que ponerme en contacto con ella por una encuesta. Les dije cortésmente que sentía molestarlos, pero que se trataba de un asunto importante y que necesitaba saber su dirección y número de teléfono exactos. El empleado de secretaría me dijo que iba a buscarlos, que llamara al cabo de un cuarto de hora. Cuando, tras tomarme una cerveza, volví a telefonear, me explicó que, en marzo de aquel año, ella había realizado los trámites de abandono de estudios. Había alegado «tratamiento médico», pero él ignoraba de qué enfermedad se trataba, si en aquellos momentos se había restablecido ya lo suficiente para poder comer ensalada y por qué no habría solicitado una suspensión temporal en vez de abandonar la carrera.

Al decirle que no me importaba que la dirección fuera antigua y preguntarle si podía dármela, el empleado la buscó. Era una pensión próxima a la universidad. Cuando llamé, se puso la que parecía ser la dueña, me dijo que había dejado su habitación en primavera, que no sabía qué había sido de ella y colgó. Por la manera como lo hizo, comprendí que tampoco tenía ningún interés en saberlo.

Aquél era el último vínculo entre los dos.

Volví a casa y escuché solo *California Girls* mientras me tomaba una cerveza.

18

Sonó el teléfono.

Estaba medio dormido en el sillón de mimbre con la mirada perdida en el libro abierto. Había caído un aguacero de verano, había empapado con sus gruesos goterones las hojas de los árboles del jardín y se había ido. Tras la lluvia empezó a soplar un húmedo viento del sur que olía a mar y hacía temblar débilmente las cortinas y las hojas de las plantas ornamentales de las macetas que se alineaban en el porche.

—Hola —dijo una mujer. Hablaba como quien deposita con cuidado una copa de fino cristal sobre una mesa de equilibrio precario—. ¿Te acuerdas de mí?

Simulé que pensaba un poco.

—¿Cómo va la venta de discos?

—No muy bien... Es por la crisis, seguro. Nadie escucha discos.

—Ya.

Ella estaba dando golpecitos con las uñas en el auricular.

—Me ha costado mucho averiguar tu número de teléfono.

—¿Ah, sí?

—He preguntado en el Jay's Bar. El barman se lo ha pedido a un amigo tuyo. A uno alto, un poco raro. Uno que estaba leyendo a Molière.

—No me digas.

Silencio.

—Todos te echaban de menos. Decían que debías de encontrarte mal. Como no has ido durante toda la semana...

—No sabía que fuera tan popular.

—... ¿Estás enfadado conmigo?

—¿Por qué?

—Porque te dije cosas terribles. Quería pedirte disculpas.

—Oye, por mí no te preocupes. Y si insistes en ello, ve al parque y dales de comer a las palomas.

Al otro lado del auricular se oyó cómo ella suspiraba y encendía un cigarrillo. Al fondo, sonaba *Nashville Skyline*, de Bob Dylan. Debía de estar llamándome desde la tienda.

—La cuestión no es cómo te sientes tú. Es que yo creía que lo mínimo que podía hacer era decírtelo —replicó ella de un tirón.

—Eres muy severa contigo misma.

—Sí, intento serlo siempre. —Enmudeció unos instantes—. ¿Podemos vernos esta noche?

—De acuerdo.

—¿Quedamos en el Jay's Bar a las ocho? ¿Te va bien?

—Vale.

—... ¿Sabes? Es que me han pasado cosas muy desagradables.

—Lo entiendo.

—Gracias.

Y colgó.

19

Si empiezo a hablar, es posible que me alargue un poco. Tengo veintiún años.

Todavía soy joven, pero no tanto como antes. Si eso me preocupase, la única opción que me quedaría sería saltar al vacío desde la azotea del Empire State Building un domingo por la mañana.

Una vez, escuché este chiste en una vieja película sobre la Gran Depresión del 29: «¿Sabes? Cuando paso por debajo del Empire State Building, siempre abro el paraguas. Como no para de caer gente desde lo alto...».

Tengo veintiún años y, de momento, ni se me ha pasado por la cabeza morirme. Hasta ahora me he acostado con tres chicas.

La primera fue una compañera de clase del instituto. Teníamos diecisiete años y estábamos convencidos de que nos queríamos. Un anochecer, al abrigo de unos arbustos, ella se quitó los zapatos sin cordones, se quitó los calcetines blancos de algodón, se quitó el vestido verde pálido de percal, se quitó una extraña ropa interior, de una talla que claramente no era la suya, y, tras titubear un instante, se quitó el reloj de pulsera. Luego nos abrazamos sobre la edición matutina del *Asahi Shimbun*.

Pocos meses después de terminar el bachillerato nos separamos de repente. No recuerdo la razón. Era una de esas razones que pronto se olvidan. No la he vuelto a ver más. Las noches en que no puedo dormir, a veces, pienso en ella. Sólo eso.

La segunda fue una hippy que conocí en la estación del metro de Shinjuku. Tenía dieciséis años, estaba sin blanca y sin un techo bajo el que dormir. Por no tener, apenas tenía pecho, pero sí unos bonitos ojos de mirada inteligente. Aquella noche, el barrio de Shinjuku estaba sacudido por una de las manifestaciones más violentas de la época, así que trenes, autobuses y demás, todo estaba completamente paralizado.

—Si nos quedamos por aquí, nos detendrán —le dije. Ella estaba acurrucada en uno de los accesos al metro leyendo un periódico deportivo que había cogido de un cubo de basura.

—Al menos, la poli nos dará algo de comer.

—Pero nos hará pasar un mal rato.

—Yo ya estoy acostumbrada.

Encendí un cigarrillo, le ofrecí otro. Los ojos me picaban mucho por los gases lacrimógenos.

—¿No has comido?

—Desde esta mañana.

—Oye, voy a darte algo de comer. Pero tenemos que salir de aquí.

—¿Por qué quieres darme de comer?

—Pues...

Ni siquiera yo lo sabía, pero la arrastré afuera y fuimos andando hasta Mejiro por calles que habían quedado desiertas.

Esa chica terriblemente taciturna se quedó en mi apartamento una semana. Todos los días se despertaba pasadas las doce, comía y fumaba, leía distraídamente un libro, veía la televisión y, de vez en cuando, se acostaba conmigo con desgana. Su única propiedad era una bolsa blanca de lona donde no llevaba más que una cazadora gruesa, dos camisetas, unos vaqueros, tres bragas sucias y una caja de tampones.

—¿De dónde eres? —le pregunté un día.

—De un lugar que tú no conoces.

Tras darme esa respuesta, no añadió nada más.

Un día, cuando volví del supermercado con una bolsa llena de comida entre los brazos, ella había desaparecido. Su bolsa blanca también había desaparecido. Aparte de eso, también faltaban varias cosas más. Unas cuantas monedas que había esparcidas por encima de la mesa, una cajetilla de tabaco y, además, una camiseta mía recién lavada. Sobre la mesa, a modo de nota, había un pedazo de papel con una sola palabra: CERDO. Debía de referirse a mí.

La tercera fue una estudiante de filología francesa que conocí en la biblioteca de la universidad, pero se ahorcó en un bosquecillo miserable, junto a unas pistas de tenis, un año más tarde durante las vacaciones de primavera. No descubrieron su cuerpo hasta que empezó el nuevo curso, tras permanecer allí colgado, balanceándose a merced del viento, dos semanas enteras. Aún ahora, en cuanto cae el crepúsculo, nadie se acerca al bosquecillo.

20

Estaba sentada a la barra del Jay's Bar con aire incómodo, removiendo con la pajita el fondo del vaso de *ginger-ale* cuyo hielo se había derretido casi por completo.

—Pensaba que ya no vendrías.

Me lo dijo con cierta sensación de alivio cuando me senté a su lado.

—Yo no voy dando plantones a la gente. Me he retrasado porque tenía algo que hacer.

—¿Qué?

—Zapatos. Limpiar zapatos.

—¿Esas zapatillas de deporte? —me preguntó con aire suspicaz señalando mis zapatillas.

—¡Qué va! Los zapatos de mi padre. Es un precepto familiar. Todo hijo limpiará los zapatos del padre.

—¿Por qué?

—¡Uf! Pues... Los zapatos deben de ser el símbolo de algo. En fin, sea como sea, mi padre viene cada día a casa a las ocho. Y yo siempre le limpio los zapatos y salgo luego volando a tomarme unas cervezas.

—Es una buena costumbre.

—¿Tú crees?

—Sí. Tendrías que estarle agradecido a tu padre.

—Siempre le agradezco que sólo tenga dos pies.

Ella soltó una risilla sofocada.

—Seguro que sois una familia fantástica.

—Sí. Y cuando pienso que, aparte de fantástica, es pobre, entonces se me saltan las lágrimas de la alegría.

Ella seguía removiendo el *ginger-ale* con el extremo de la pajita.

—Pero mi familia es mucho más pobre todavía.

—¿Cómo lo sabes?

—Por el olor. Al igual que los ricos huelen a los ricos, los pobres podemos distinguir a los pobres por el olor.

Me serví en el vaso la cerveza que acababa de traerme Jay.

—¿Dónde están tus padres?

—No quiero hablar de ello.

—¿Por qué?

—Las personas que son como deben ser no van contándoles a los demás las miserias de su familia, ¿no?

—¿Tú eres como debes ser?

Reflexionó durante unos quince segundos antes de contestar:

—Lo intento. Bastante en serio. Como todo el mundo, ¿no?

Opté por no responder a eso.

—Pero es mejor que me lo cuentes —dije.

—¿Por qué?

—En primer lugar, porque, de todos modos, algún día acabarás contándoselo a alguien y, en segundo lugar, porque yo no se lo contaré a nadie.

Sonriendo, encendió un cigarrillo y, mientras daba tres caladas, se quedó contemplando las vetas de los paneles de madera que recubrían la pared.

—Mi padre murió hace cinco años de un cáncer cerebral. Fue horrible. Se pasó dos años enteros sufriendo. Por culpa de la enfermedad, nos gastamos todo el dinero que teníamos. Todo, hasta el último céntimo. Además, la familia quedó tan hecha polvo que se desintegró. Suele pasar, ¿no?

Asentí.

—¿Y tu madre?

—Está viva en alguna parte. Por Año Nuevo me envía siempre una postal de felicitación.

—Parece que no te gusta demasiado.

—Pues no.

—¿Tienes hermanos?

—Sólo una hermana gemela.

—¿Dónde está?

—Lejos. A años luz. —Al decir aquello, rió nerviosamente y apartó su vaso de *ginger-ale*—. La verdad es que hablar mal de la familia no es buena idea. Te voy a deprimir.

—No te preocupes. Todos cargamos con algo.

—¿Tú también?

—Sí. Siempre me pongo a llorar aferrado al bote de espuma de afeitar.

Ella rió, divertida. Era la risa de quien no se había reído en años.

—Oye, ¿y cómo es que estás tomando *ginger-ale*? —le pregunté—. No me digas que no bebes.

—¡Hum!... Pues ésa era mi intención. Pero ya basta.

—¿Qué vas a tomar?

—Un vino blanco muy frío.

Llamé a Jay, le pedí otra cerveza y un vino blanco.

—Oye, ¿qué se siente al tener una hermana gemela?

—Pues es una sensación extraña. Tienes la misma cara, el mismo coeficiente intelectual, la misma talla de sujetador... Siempre me ha fastidiado, la verdad.

—¿Os confundían a menudo?

—Sí. Hasta los ocho años. Desde que, a esa edad, me quedé con nueve dedos, nadie volvió a equivocarse.

Al decir aquello puso con cuidado las dos manos juntas sobre la barra, como un concertista de piano que estuviera concentrándose. Le tomé la mano izquierda y la examiné con atención bajo la luz. Era una mano pequeña y fría, como una copa de cóctel, y, en ella, los cuatro dedos estaban dispuestos de un modo tan agradable y natural que parecía que fuera de nacimiento. De una naturalidad casi milagrosa. Al menos muchísimo más convincente que si hubiera tenido seis dedos.

—A los ocho años metí el dedo meñique dentro del motor de la aspiradora. Salió despedido por los aires.

—¿Y ahora dónde está?

—¿El qué?

—El dedo meñique.

—No me acuerdo —dijo, y se echó a reír—. Eres la primera persona que me lo pregunta.

—¿Te molesta no tener dedo meñique?

—Sí, cuando me pongo guantes.

—¿Y aparte de eso?

Ella sacudió la cabeza.

—Si te dijera que en absoluto, te estaría mintiendo. Pero no más de lo que a otras chicas puede importarles tener el cuello grueso o las piernas peludas.

Asentí.

—¿Y tú qué haces?

—Voy a la universidad. En Tokio.

—Vamos, que ahora estás de vuelta a casa, ¿no?

—Sí.

—¿Y qué estudias?

—Biología. Me gustan mucho los animales.

—A mí también.

Me bebí de un trago la cerveza que tenía en el vaso, piqué una patata frita.

—¿Sabes?... En Bhagalpur, en la India, había un famoso leopardo que, en tres años, devoró a trescientos cincuenta indios.

—¿Ah, sí?

—Y Jim Corbett, el coronel inglés al que acudieron para que acabara con la fiera, mató en ocho años, incluyendo a éste, ciento veinticinco leopardos y tigres. ¿Te siguen gustando los animales?

Ella aplastó la colilla en el cenicero y, tras tomar un sorbo de vino blanco, me miró fijamente a la cara con admiración.

—Tú, realmente, eres un poco raro, ¿sabes?

21

Medio mes después de que muriera mi tercera novia, leí *La bruja,* de Michelet. Es un libro brillante. Aquí tenéis un párrafo:

«El destacado juez Remy de la región de Lorena hizo quemar a ochocientas brujas y se enorgullecía de esa "política del terror". Señaló: "Mi justicia es tan absoluta, que dieciséis personas prefirieron suicidarse a que yo me hiciera cargo de ellas"».

«Mi justicia es tan absoluta»: estas palabras son insuperables.

22

Sonó el teléfono.

Había vuelto de la piscina y estaba refrescándome el rostro enrojecido por el sol con loción de calamina. Tras dejar sonar el teléfono diez veces me quité, resignado, los algodones que tenía dispuestos sobre la cara dibujando un bonito damero, me levanté y cogí el auricular.

—Hola. Soy yo.

—Hola —dije.

—¿Estabas haciendo algo?

—No, nada.

Me enjugué el rostro, que me escocía, con la toalla que llevaba enrollada en torno al cuello.

—Ayer me lo pasé muy bien. Hacía mucho tiempo que no me divertía tanto.

—¡Qué bien!

—... ¿Te gusta el estofado de ternera?

—Sí.

—He hecho estofado y yo sola, para comérmelo todo, tardaría una semana. ¿Te apuntas?

—Pues, no es mala idea.

—¡OK! Ven en una hora. Si tardas, lo arrojaré todo al cubo de la basura. ¿Entendido?

—Oye...

—Es que odio que me hagan esperar. Sólo eso —dijo y colgó sin dejarme abrir siquiera la boca.

Volví a tumbarme en el sofá, me quedé unos diez minutos con la mirada perdida en el techo mientras escuchaba los 40 Principales y, luego, tras meterme en la ducha y afeitarme bien con agua caliente, me puse unas bermudas recién llegadas de la lavandería. Era un atardecer muy agradable. Conduje por el paseo que discurría junto al mar contemplando el sol del ocaso y, antes de coger la carretera nacional, compré dos botellas de vino blanco y una cajetilla de tabaco.

Mientras ella recogía lo que había sobre la mesa y, acto seguido, disponía encima una vajilla blanquísima, yo estuve intentando descorchar la botella de vino con la punta de un cuchillo de postre. El vaho del estofado hacía que dentro de la habitación reinara un calor sofocante.

—No esperaba que hiciera tanto calor. Parece que estemos en el infierno.

—En el infierno hace más calor.

—Lo dices como si hubieras estado allí.

—Me lo han contado. Allí, cuando por culpa del calor están a punto de volverse locos, los llevan a un lugar algo más fresco. Y cuando se han recuperado un poco, los devuelven al sitio de antes.

—Como una sauna. Igual.

—Exacto. Pero algunos enloquecen y ya no pueden volver.

—¿Y qué hacen con ellos?

—Los llevan al cielo. Y les obligan a pintar las paredes. Es que las paredes del cielo siempre tienen que estar blanquísimas. No puede haber ninguna mancha. Daría muy mala imagen. Por eso están pintando siempre, todos los días, de la mañana a la noche; y, entonces, claro, la mayoría tiene problemas respiratorios.

Ella no me preguntó nada más. Tras retirar con cuidado las briznas de corcho del interior de la botella llené las dos copas de vino.

—Vino frío y corazón caliente —dijo al brindar.

—¿Eso qué es?

—Un anuncio de la tele. «Vino frío y corazón caliente.» ¿No lo has visto nunca?

—No.

—¿No ves la tele?

—Poco. Hace tiempo veía mucha tele. Mi programa favorito era *Lassie*. La serie original, claro.

—Porque te gustan los animales, ¿no?

—Sí.

—Pues yo, en cuanto puedo, me paso el día entero viendo la tele, cualquier cosa. Ayer, sin ir más lejos, estuve viendo un debate con biólogos y químicos. ¿Lo viste tú también?

—No.

Tras beber un sorbo de vino sacudió levemente la cabeza, como si de repente se acordara de algo.

—¿Sabes que Pasteur tenía intuición científica?

—*¿Intuición científica?*

—... Es decir, los científicos normales razonan de la siguiente manera: A es igual a B, B es igual a C. Por consiguiente, A es igual a C. QED. ¿No?

Asentí.

—Pero Pasteur era distinto. Lo que él pensaba era que A era igual a C. Sólo eso. Sin demostración alguna. Pero la historia ha corroborado que sus teorías eran correctas. Pasteur hizo innumerables descubrimientos muy valiosos para la vida humana.

—La vacuna de la viruela.

Ella depositó la copa de vino sobre la mesa y me lanzó una mirada llena de estupor.

—Oye, ¿el de la vacuna de la viruela no fue Jenner? Y tú, ¿cómo has conseguido entrar en la universidad?

—... Pues entonces fueron los anticuerpos contra la rabia y, también, la pasteurización, ¿no?

—Correcto.

Tras sonreír con aire satisfecho, sin mostrar los dientes, se bebió de un trago el vino de la copa y se la volvió a llenar.

—En el debate de la tele, a esta capacidad la llamaban «intuición científica». ¿Tú la tienes?

—Apenas.

—¿Te gustaría tenerla?

—Pues quizá sirva para algo. Quizá sea útil en el momento en que te acuestas con una chica.

Ella se dirigió a la cocina sonriendo y volvió con una cazuela de estofado, un bol de ensalada y unos panecillos. Por la ventana abierta de par en par entraba, al fin, un poco de aire.

Comimos tranquilamente escuchando discos. Mientras tanto, ella me estuvo haciendo preguntas sobre la universidad y sobre la vida que llevaba en Tokio. No era una charla muy interesante. Le hablé de los experimentos con gatos. (Mentí diciendo que no los matábamos, estaría bueno. Que, en su mayor parte, eran experimentos de carácter psicológico. Sin embargo, lo cierto era que yo, en dos meses, había matado treinta y seis gatos de todos los tamaños.) Le hablé de las manifestaciones, le hablé de las huelgas. Y le enseñé uno de mis incisivos, que me había roto, de un golpe, un policía antidisturbios.

—¿Te gustaría vengarte?

—¡Qué dices! —exclamé.

—¿Por qué no? Yo, en tu lugar, buscaría a ese poli y le partiría algunos dientes con un martillo.

—Yo soy yo y, además, ya ha pasado todo. En primer lugar, todos los de antidisturbios tienen la misma cara, así que resulta imposible encontrar a uno en particular.

—Entonces, ¿qué sentido tiene todo eso?

—¿Sentido?

—El que hayan llegado al extremo de romperte un diente.

—Ninguno —dije.

Tras lanzar un gruñido con expresión aburrida, comió un bocado de carne estofada.

Después de comer nos tomamos un café y, tras fregar los dos juntos los platos en la pequeña cocina y volver a la mesa, nos encendimos un cigarrillo y escuchamos un disco de MJQ.

Ella llevaba una fina blusa que dejaba ver claramente la forma de sus pezones y unos pantalones cortos de algodón holgados por la cintura. Además, bajo la mesa, nuestros pies se encontraban sin cesar y yo, cada vez, me ruborizaba un poco.

—¿Estaba bueno?

—Mucho.

Ella se mordisqueó el labio inferior.

—¿Por qué no dices nunca nada hasta que te preguntan?

—¡Uf! Pues... Es una mala costumbre. Siempre me olvido de decir las cosas esenciales.

—¿Puedo darte un consejo?

—Adelante.

—Corrígete, porque si no saldrás perdiendo.

—Quizá. Pero eso es como un coche escacharrado. En cuanto arreglas una cosa, llama la atención otra que también está mal.

Ella se rió y puso un disco de Marvin Gaye. Las agujas del reloj casi señalaban las ocho.

—¿Hoy no tienes que limpiar zapatos?

—Los limpiaré por la noche cuando me haya lavado los dientes.

Ella mantenía sus finos codos hincados en la mesa, la barbilla cómodamente apoyada en las palmas de las manos mientras hablaba mirándome de hito en hito. Esto me hacía sentir incomodísimo. Intenté rehuir varias veces sus ojos encendiendo un cigarrillo o fingiendo echar un vistazo por la ventana, pero, en cada una de las ocasiones, ella me miró con extrañeza.

—Oye, me lo creo, ¿sabes?

—¿Qué?

—Que tú, el otro día, no me hiciste nada.

—¿Por qué lo dices?

—¿Quieres oírlo?

—No —respondí.

—Sabía que contestarías eso —dijo. Con una risilla sofocada me llenó la copa de vino y luego clavó los ojos en la ventana oscura como si estuviera reflexionando. Entonces me preguntó—: A veces, ¿sabes?, pienso en lo maravilloso que sería vivir sin molestar a nadie. ¿Crees que eso es posible?

—Pues no lo sé.

—Oye, a ti no te molesto, ¿verdad?

—Tranquila.

—Ahora, quiero decir.

—¿Ahora?

Alargó la mano por encima de la mesa, la puso suavemente sobre la mía y, tras dejarla así unos instantes, la retiró.

—Mañana salgo de viaje.

—¿Adónde?

—Aún no lo he decidido. Pienso ir a un lugar tranquilo y fresco. Una semana.

Asentí.

—Cuando vuelva, te llamaré.

*

En el camino de vuelta, dentro del coche, me acordé súbitamente de la chica con la que había tenido mi primera cita. Hacía ya siete años.

Durante la cita, desde el principio hasta el fin, creo que no paré de preguntarle: «Oye, ¿no te aburres?».

Vimos una película que protagonizaba Elvis Presley. El tema principal decía lo siguiente:

Me peleé con ella.
Así que le escribí.
Lo siento. Yo tuve la culpa.
Pero me devolvieron la carta.
Destinatario desconocido.

El tiempo transcurre demasiado rápido.

23

La tercera chica con la que me acosté llamaba a mi pene: *raison d'être*.

*

En cierta ocasión intenté escribir una novela corta sobre la razón de ser del hombre. Al final no llegué a terminarla, pero, durante un tiempo, todos mis pensamientos giraron alrededor de esa cuestión. Debido a ello, adquirí un hábito muy curioso. Una inclinación a traducirlo todo a valores numéricos. A lo largo de ocho meses obedecí a ese impulso irrefrenable. Al subir al metro, lo primero que hacía era contar el número de pasajeros, contaba los peldaños de las escaleras y, en cuanto podía, me contaba las pulsaciones. Según mis notas de aquella época, entre el 15 de agosto de 1969 y el 3 de abril del año siguiente, asistí 358 veces a clase, hice el amor 54 veces, fumé 6.921 cigarrillos.

En aquel periodo, yo creía seriamente que, si lo traducía todo a valores numéricos, quizá me sería posible comunicarles algo a los demás. Y mientras pudiera transmitirles algo a los demás, yo tendría la certeza de que existía. Pero, como es lógico, el número de cigarrillos que había fumado, el número de peldaños que había subido o la longitud de mi pene no le importaban nada a nadie. Y yo perdí mi propia razón de ser y me quedé completamente solo.

*

Cuando me anunciaron su muerte, yo me estaba fumando el cigarrillo número 6.922.

24

Aquella noche, el Rata no bebió ni una gota de cerveza. Eso nunca presagiaba nada bueno. A cambio, se tomó uno detrás de otro cinco Jim Beam con hielo. Estábamos matando el tiempo con una máquina *pinball* que había en un rincón oscuro, al fondo del bar. Era un trasto que te ofrecía horas muertas a cambio de cuatro monedas. Pero el Rata se lo tomaba todo muy a pecho. Por eso fue casi un milagro que aquella noche yo consiguiese ganarle dos de las seis partidas.

—Dime qué te pasa.

—Nada —dijo el Rata.

Volvimos a la barra, bebimos cerveza y Jim Beam. Luego, sin hablar apenas, escuchamos distraídamente las canciones que sonaban en la máquina de discos, una tras otra. *Everyday People, Woodstock, Spirit in the Sky, Hey There Lonely Girl...*

—Tengo que pedirte un favor —dijo el Rata.

—¿Qué favor?

—Quiero que veas a alguien.

—... ¿A una mujer?

Tras dudar un poco, el Rata asintió.

—¿Por qué me lo pides a mí?

—¿Hay alguien más? —Tras decir aquello con celeridad, el Rata tomó el primer sorbo de su sexto whisky y me preguntó—: ¿Tienes traje y corbata?

—Sí. Pero...

—Mañana a las dos —dijo el Rata—. Oye, las mujeres ¿qué crees que comen?

—Suelas de zapatos.

—¡Venga ya! —exclamó el Rata.

25

La comida favorita del Rata eran las tortitas recién hechas. Apilaba unas cuantas en un plato hondo, las cortaba en cuatro trozos y las regaba con una botella entera de Coca-Cola.

La primera vez que lo visité en su casa, estaba vertiendo esa comida espeluznante en su estómago, sentado a una mesa que había puesto bajo los tibios rayos del sol de mayo.

—Lo mejor que tiene esto —me dijo el Rata— es que comes y bebes a la vez.

En el amplio jardín lleno de frondosos árboles se reunían pájaros silvestres de distintos colores y formas que picoteaban con ansia las palomitas de maíz esparcidas por todo el césped.

26

Voy a hablar sobre la tercera chica con la que me acosté.

Resulta terriblemente difícil hablar sobre alguien que ha muerto, pero es más difícil aún hablar sobre mujeres que murieron jóvenes. Porque al haber muerto jóvenes, ellas seguirán siendo jóvenes eternamente.

En cambio, los que sobrevivimos vamos envejeciendo cada año, cada mes, cada día que pasa. A veces tengo la sensación de que envejezco por horas. Y lo horrible de esto es que es verdad.

*

Ella no era una belleza. Aunque la expresión «no era una belleza» no le hace justicia. Creo que sería más apropiado decir: «Ella no era tan hermosa como hubiera podido ser».

Sólo tengo una fotografía suya. En el dorso figura una fecha. Agosto de 1963. El mismo año en que le dispararon al presidente Kennedy un tiro en la cabeza. Ella está sentada en un malecón de la costa de algún complejo turístico y sonríe con aire cohibido. Lleva el pelo corto, a lo Jean Seberg (a mí este peinado siempre me ha recordado Auschwitz), y un vestido a cuadritos rojos de manga larga. Se la ve algo torpe y hermosa. Una belleza de aquellas que penetran hasta el rincón más sensible del corazón de la persona que la está mirando.

Los labios entreabiertos, la nariz ligeramente vuelta hacia arriba como un delicado cuerno, el flequillo, que debía de haberse cortado ella misma, caído con descuido sobre la ancha frente y, debajo, la suave prominencia de las mejillas cubiertas de minúsculas marcas de acné.

Tenía catorce años y aquél había sido el instante más hermoso de su vida de apenas veintiún años. Y lo único que me queda ahora es pensar que todo aquello desapareció de repente. Ignoro la razón, con qué finalidad pudo ocurrir algo así. Nadie lo sabe.

*

Ella me dijo en serio (no bromeaba) que había ingresado en la universidad para recibir una revelación divina. Era poco antes de las cuatro de la madrugada y estábamos desnudos en la cama. Le pregunté en qué consistía una revelación divina.

—No se trata de comprenderlo —dijo, pero unos instantes después añadió—: es algo que baja del cielo, como las plumas de las alas de los ángeles.

Intenté imaginarme cómo descendían las plumas de las alas de los ángeles en el patio de la universidad, pero vistas de lejos parecían pañuelos de papel.

*

Nadie sabe por qué murió. Dudo, incluso, de que ella misma lo supiera.

27

Tuve un sueño desagradable.

Yo era un gran pájaro negro, sobrevolaba la selva en dirección al oeste. Me había hecho una herida profunda y, en el ala, tenía adherido el rastro negruzco de la sangre. El cielo del oeste empezaba a cubrirse de funestos nubarrones negros, flotaba un tenue olor a lluvia.

Hacía mucho tiempo que no soñaba. Tanto que tardé un poco en comprender que aquello era un sueño.

Me levanté de la cama, me duché para quitarme el desagradable olor a sudor que impregnaba todo mi cuerpo y me preparé unas tostadas y un zumo de manzana para desayunar. Por culpa del tabaco y de la cerveza tenía un regusto parecido al que tendría de haberme embutido en la garganta algodón viejo. Tras depositar los cacharros del desayuno en el fregadero, escogí un traje de algodón de color verde oliva, la camisa mejor planchada que encontré, una corbata negra de punto y, con todo ello en los brazos, me senté en la sala de estar, frente al aire acondicionado.

El presentador del programa informativo afirmó satisfecho: «Hoy será el día más caluroso de todo el verano». Apagué el televisor, entré en la habitación de mi hermano mayor, que estaba al lado, cogí algunos libros de un enorme montón, me tumbé en el sofá de la sala de estar y me puse a hojearlos.

Dos años atrás, mi hermano mayor se había marchado a América sin decir siquiera por qué y había dejado atrás su habitación llena de libros y a su novia. De vez en cuando, yo comía con ella. Decía que los dos hermanos nos parecíamos mucho.

—¿En qué? —le pregunté yo un día, sorprendido.

—En todo —contestó ella.

Quizá tuviera razón. Y es posible que se debiera a los zapatos que, por turno, habíamos limpiado los dos durante dos decenas de años.

El reloj marcaba las doce y, pensando con hastío en el calor que haría fuera, me anudé la corbata y me puse la americana.

Faltaba todavía mucho tiempo y no tenía nada que hacer. Estuve recorriendo la ciudad despacio, con el coche. La ciudad se extendía del mar a la montaña, lamentablemente larga y estrecha. Ríos, pistas de tenis, campos de golf, mansiones que se sucedían una tras otra, muros y más muros, algunos restaurantes bonitos y *boutiques,* viejas bibliotecas, campos de frondosa onagra, parques con jaulas de monos: la ciudad de siempre.

Tras circular un rato por las serpenteantes calles características de Yamanote, bajé hasta el mar por la carretera que discurría junto al río, me apeé del coche cerca de la desembocadura y me refresqué los pies en el agua. En las pistas de tenis, dos muchachas muy bronceadas, con sombreros blancos y gafas de sol, se iban pasando la pelota. Después del mediodía, los rayos del sol se habían vuelto mucho más intensos y, cada vez que las muchachas blandían la raqueta, su sudor salpicaba la pista.

Tras contemplar la escena durante cinco minutos volví al coche, me derrumbé sobre el asiento, cerré los ojos y me quedé unos instantes oyendo distraídamente el golpeteo de la pelota mezclado con el rumor de las olas. El débil viento del sur que traía consigo el olor a mar y a asfalto requemado por el sol me trajo a su vez recuerdos de los veranos del pasado. La tibieza de la piel de una chica, el viejo *rock n'roll*, las camisas recién lavadas con botones en el cuello, el olor de los cigarrillos fumados en los vestuarios de la piscina, vagos presentimientos, una lista interminable de dulces sueños de verano. Y los sueños del verano de algún año (¿cuándo fue?) que no volvieron jamás.

Cuando, a las dos en punto, detuve el coche frente al Jay's Bar, me encontré al Rata sentado en la valla de seguridad leyendo *Cristo de nuevo crucificado*, de Kazantzakis.

—¿Dónde está la chica? —le pregunté.

El Rata cerró el libro en silencio y, tras subir al coche, se puso las gafas de sol.

—No viene.

—¿No viene?

—Que no viene.

Con un suspiro, me aflojé el nudo de la corbata y, tras arrojar la americana al asiento trasero, encendí un cigarrillo.

—Bueno, ¿vamos a alguna parte?

—Al zoo.

—¡Qué bien! —dije yo.

28

Voy a hablar de la ciudad. La ciudad donde nací, crecí y donde, por primera vez, me acosté con una chica.

Tiene delante el mar; detrás, la montaña; al lado, un enorme barrio portuario. Es una ciudad muy pequeña. Mientras conduzco por la carretera nacional de regreso del puerto jamás fumo. Y es que para cuando hubiese acabado de prender una cerilla ya habría dejado la ciudad atrás.

La población asciende a poco más de setenta mil habitantes. Esta cifra apenas ha cambiado en cinco años. La mayoría vive en casas de dos plantas con jardín y tiene automóvil; algunos hogares poseen incluso dos.

Estos datos no son fruto de mi imaginación: se basan en las estadísticas que el ayuntamiento publica escrupulosamente a finales del año fiscal.

El Rata vivía en una casa de tres plantas y, en la azotea, tenía incluso invernadero. El sótano, excavado en la pendiente, se usaba como garaje, y en su interior convivían en armonía el Mercedes Benz del padre y el Triumph TR-3 del Rata. Sorprendentemente, el garaje era la parte más acogedora de la casa. En el garaje, tan amplio que podía albergar una avioneta, se amontonaban objetos que habían quedado anticuados o que habían caído en desuso, como televisores, neveras, sofás, juegos de mesa y sillas, aparatos estéreos o alacenas, y nosotros pasábamos allí muy buenos ratos mientras nos tomábamos unas cervezas.

Apenas sé nada sobre el padre del Rata. Nunca lo he visto. Cuando le pregunté al Rata cómo era su padre, me respondió con desparpajo que era una persona mucho mayor que él y que, además, era un hombre.

Se decía que, en el pasado, el padre del Rata había sido muy pobre. Justo antes de la guerra adquirió con grandes esfuerzos una fábrica de productos farmacéuticos y lanzó al mercado un ungüento para repeler insectos. Se generaron muchas dudas respecto de su eficacia, pero tuvo la suerte de que el frente se extendiera hacia el Pacífico sur y que, gracias a ello, las ventas del ungüento se dispararan.

Al acabar la guerra arrojó el ungüento al fondo del almacén y lanzó al mercado unas sospechosas pastillas reconstituyentes; luego, en la época en que terminó la guerra de Corea, sustituyó las pastillas por detergentes de uso doméstico. Se rumorea que todos ellos tenían la misma fórmula y es muy posible.

Hace veinticinco años, en Nueva Guinea, había montañas de cadáveres de soldados japoneses embadurnados con aquel ungüento para repeler insectos; hoy en día, en los cuartos de baño de todos los hogares puede encontrarse, de la misma marca, un producto para limpiar las cañerías.

Así se hizo rico el padre del Rata.

Por supuesto, también tuve un amigo que procedía de una familia pobre. Su padre era conductor de autobuses municipales. Es posible que haya conductores de autobús ricos, pero el padre de mi amigo pertenecía al grupo de los conductores pobres. Yo solía ir a jugar a casa de mi amigo, pues sus padres no solían parar por ella. El padre se pasaba el día conduciendo el autobús o iba al hipódromo; y, en cuanto a la madre, que tenía un trabajo de media jornada, tampoco estaba nunca.

Éramos compañeros de clase en el instituto, pero nos hicimos amigos a raíz de una bobada.

Un día, en la pausa del mediodía, yo estaba orinando en los lavabos y él se puso a mi lado. Se bajó la cremallera de los pantalones y, sin hablar apenas, terminamos de orinar a la vez y nos lavamos juntos las manos.

—¡Eh! ¡Mira! Tengo algo bueno.

Me lo dijo secándose la mano en la parte trasera de los pantalones.

—¿Ah, sí?

—¿Te lo enseño?

Extrajo una fotografía de su cartera y me la pasó. Era la fotografía de una mujer desnuda, con las piernas abiertas de par en par y una botella de cerveza plantada en medio.

—Alucinante, ¿no?

—¡Y tanto!

—Si vienes a casa, tengo fotos aún más fuertes —me dijo.

Y así fue como nos hicimos amigos.

En la ciudad viven muchos tipos de gente distinta. A lo largo de los dieciocho años que viví en ella, realmente aprendí mucho. La ciudad ha echado profundas raíces en mi corazón y la mayor parte de mis recuerdos están ligados a ella. Sin embargo, la primavera en que ingresé en la universidad sentí un alivio tremendo.

Cada vez que llegan las vacaciones de verano y de primavera regreso a la ciudad, pero me paso la mayor parte del tiempo bebiendo cerveza.

El Rata se encontró fatal durante una semana. Tendría que ver con el hecho de que se acercaba el otoño y quizá, también, con aquella chica. No me dijo al respecto una sola palabra.

Aprovechando que no estaba delante, sondeé a Jay.

—Oye, ¿qué crees que le pasa al Rata?

—¡Uf! Ni idea. Debe de ser porque se está acabando el verano.

Conforme se acercaba el otoño, el Rata se iba deprimiendo más y más. Leía distraídamente sentado a la barra y, le dijera lo que le dijese, se limitaba a contestarme con monosílabos, sin mostrar interés alguno. Cuando llegaba la época en que, al atardecer, se alzaba un viento fresco y comenzaban a percibirse, aunque sólo fuese muy poco, los signos del otoño, el Rata dejaba de tomar cerveza y empezaba a trasegar un *bourbon* con hielo tras otro, echaba monedas sin parar en la máquina de discos que había al lado de la barra y pegaba puntapiés al *pinball* hasta que saltaba el TILT y sobresaltaba a Jay.

—Quizá se sienta abandonado. Comprendo muy bien cómo se siente —dijo Jay.

—¿Tú crees?

—Todo el mundo se va a algún sitio. Unos a estudiar, otros vuelven al trabajo. Como tú, ¿no?

—Pues sí.

—Intenta comprenderlo.

Asentí.

—¿Y la chica del otro día?

—En cuanto pase un tiempo, la olvidará. Seguro.

—¿Sucedió algo desagradable?

—¡Uf! No lo sé...

Jay empezó a andarse con rodeos y volvió al trabajo. Opté por no preguntarle nada más, metí unas monedas en la máquina de discos, elegí una canción, regresé a la barra, bebí un trago de cerveza.

Unos diez minutos después, Jay volvió a plantarse frente a mí.

—Oye, ¿el Rata no te ha dicho nada?

—No.

—¡Qué raro!

—¿Ah, sí?

Jay reflexionó mientras secaba, una y otra vez, el vaso que sujetaba en la mano.

—Seguro que tiene ganas de hablarte de algo.

—¿Y por qué no lo hace?

—Le cuesta. Le da la impresión de que vas a tomarle el pelo.

—Yo no le tomo el pelo a la gente.

—Eso es lo que a mí me parece. Hace tiempo que tengo esa impresión. Tú eres muy buen chico. Pero hay algo en ti, no sé, como si estuvieras de vuelta de todo... No te lo tomes a mal.

—Ya lo sé.

—Sólo que, ¿sabes?, yo te llevo veinte años y, en este tiempo, he visto de todo. Así que soy, ¿cómo se dice?

—Un metomentodo.

Riendo, tomé un sorbo de cerveza.

—Por lo que hace al Rata, sacaré el tema yo.

—Buena idea.

Jay apagó el cigarrillo y reemprendió el trabajo. Me levanté, fui al lavabo y, mientras me lavaba las manos, miré mi imagen reflejada en el espejo. Luego, con hastío, me bebí otra cerveza.

100

30

En la vida, todos hemos tenido una época en la que queríamos parecer fríos e imperturbables.

Poco antes de acabar el bachillerato decidí no expresar más que la mitad de mis pensamientos. He olvidado la razón, pero llevé esta idea a la práctica durante varios años. Y, un buen día, descubrí que me había convertido en una persona que sólo era capaz de contar la mitad de lo que estaba pensando.

No sé qué relación tendrá esto con la frialdad. Pero si a un refrigerador viejo que necesita constantemente que lo descongelen se lo puede llamar frío, a mí también.

De modo que estoy escribiendo estas líneas mientras, a fuerza de cerveza y de tabaco, le doy puntapiés a mi conciencia, que está a punto de sumirse en un sueño profundo en el poso del tiempo. Tomo una ducha caliente tras otra, me afeito dos veces al día, escucho sin parar discos viejos. Ahora, a mis espaldas, están cantando los viejos Peter, Paul & Mary.

—No pienses más. ¿Acaso no pasó ya?

31

Al día siguiente le propuse al Rata ir a la piscina de un hotel de Yamanote. Faltaba poco para que acabara el verano y el lugar estaba mal comunicado, de modo que no había más que unas diez personas. Y la mitad de ellas eran huéspedes americanos, más interesados en los baños de sol que en la natación.

En aquel hotel, una villa rehabilitada de una antigua familia noble, había un grandioso jardín cubierto de césped. Subidos a un montículo no muy alto, rodeado de un seto de rosas que separaba el edificio principal de la piscina, teníamos ante nuestros ojos una vista impresionante del mar, del puerto y de la ciudad.

En aquella piscina de 25 metros, el Rata y yo competimos haciendo unos largos y, después, nos sentamos uno junto al otro en unas tumbonas y nos bebimos una Coca-Cola fría. Tras recobrar el aliento me fumé un cigarrillo y, mientras tanto, el Rata estuvo mirando distraídamente a una muchacha americana que nadaba sola con aire satisfecho.

Unos reactores cruzaron el cielo despejado y fueron dejando tras de sí una estela blanca que parecía congelada.

—Me da la sensación de que, cuando era pequeño, volaban muchísimos más aviones —dijo el Rata con la vista alzada al cielo.

—Ya. Pero la mayoría eran aviones militares norteamericanos. Aquellos aviones de doble fuselaje con hélice. ¿Te acuerdas?

—¿Los P-38?

—No, los aviones de transporte. Eran mucho más grandes que los P-38. A veces, ¿recuerdas?, volaban tan bajo que incluso podían distinguirse las siglas de las fuerzas aéreas... También me acuerdo de los DC-6, de los DC-7 y de los Sabre.

—¡Uf! ¡Cuánto tiempo hace de eso!

—Sí. En la época de Eisenhower. Cuando entraba un

crucero en el puerto, las calles se llenaban de policías militares y marineros. ¿Viste alguna vez un policía militar?

—Sí.

—Hay un montón de cosas que han desaparecido, ¿verdad? Eso no quiere decir que me gusten los soldados, claro...

Asentí.

—Los Sabre eran aviones fantásticos. Incluso se utilizaban para tirar napalm. ¿Has visto alguna vez un avión lanzando napalm?

—Sólo en películas de guerra.

—El ser humano inventa de todo, ¿no te parece? Y, además, cosas muy complicadas. Dentro de diez años quizás hable con nostalgia incluso del napalm.

Riendo, encendí el segundo cigarrillo.

—¿Te gustan los aviones?

—Yo quería ser piloto, ¿sabes? Pero se me fastidió la vista y tuve que olvidarme de ello.

—¿Ah, sí?

—Me gusta mucho el cielo. Nunca me canso de contemplarlo y, además, es algo que, si no quieres verlo, no lo miras y en paz.

El Rata no despegó los labios durante cinco minutos. Luego, de repente, empezó a hablar.

—A veces, ¿sabes?, hay cosas que no puedo soportar. Como, por ejemplo, ser rico. Me entran ganas de salir huyendo. ¿Me entiendes?

—No se trata de entenderlo o no —respondí, atónito—. No tienes más que huir. Si realmente es eso lo que quieres.

—... Quizá sería lo mejor, ¿sabes? Ir a alguna ciudad donde no me conociera nadie. Y volver a empezar allí de cero. No estaría mal.

—¿No quieres volver a la universidad?

—La dejé. No puedo volver.

Detrás de sus gafas de sol, el Rata iba siguiendo con la mirada a la muchacha que continuaba nadando.

—¿Por qué la dejaste?

—¡Uf! Pues... Sería porque me aburría, supongo. Pero ¿sabes?, yo, a mi manera, me esforcé mucho. Tanto que yo mismo estaba sorprendido, ¿sabes? Pensaba en los demás tanto como en mí mismo y, por culpa de eso, hasta me zurró la policía. Sólo que, cuando llegaba la hora, a fin de cuentas, todo el mundo volvía a su puesto. Y yo era el único que no tenía un lugar adonde ir. Era como el juego de las sillas, ¿sabes?

—¿Qué vas a hacer a partir de ahora?

El Rata reflexionó unos instantes mientras se secaba los pies con la toalla.

—Voy a escribir una novela. ¿Qué te parece?

—Pues me parece muy bien, claro.

El Rata asintió.

—¿Qué tipo de novela?

—Una buena novela. Buena para mí. Yo, ¿sabes?, no creo que tenga talento ni nada de eso. Pero, como mínimo, pienso que si uno, cada vez que escribe, no se vuelve un poco más sabio, entonces no tiene ningún sentido escribir.

—Pues sí.

—Escribir para ti mismo... O escribir para las cigarras.

—¿Las cigarras?

—Sí.

El Rata estuvo jugueteando unos instantes con una moneda con la efigie de Kennedy que llevaba colgada al cuello.

—Hace unos años fui con una chica a Nara. Era una tarde de verano terriblemente calurosa, ¿sabes?, y estuvimos tres horas andando por un camino de montaña. Sólo nos topamos con pájaros que alzaban el vuelo entre chillidos, cigarras caídas entre los arrozales batiendo desesperadamente las alas y cosas por el estilo. El caso es que hacía mucho calor.

»Anduvimos un rato y nos sentamos en una suave ladera cubierta por la hierba de verano. Soplaba un vientecillo agradable que nos secó el sudor. A los pies de la pendiente se extendía un foso muy profundo y, al otro lado, había un túmulo, algo así como una isla no muy alta repleta de árboles muy frondosos. El túmulo funerario de un emperador del pasado. ¿Has visto alguno?

Asentí.

—Entonces, ¿sabes?, pensé lo siguiente: ¿por qué habrán construido algo tan enorme?... Ya sé que todas las tumbas tienen un sentido, claro. Nos vienen a decir que todos moriremos un día u otro. Nos enseñan eso. Pero es que aquella tumba era demasiado grande, ¿sabes? Esas proporciones gigantescas, ¿no te parece?, a veces convierten la esencia de las cosas en algo completamente distinto. En aquel caso, aquello no parecía para nada una tumba. Era una montaña. La superficie del agua del foso estaba llena de ranas y hierbajos, y, en la cerca, había un montón de telarañas.

»Miré el túmulo en silencio, agucé el oído al viento que rozaba la superficie del agua. Lo que sentí en aquellos momentos no se puede explicar con palabras. No, es que ni siquiera era una sensación. Era el tacto de algo que me arropaba, que me envolvía por completo. Es decir, que las cigarras, las ranas, las arañas, el viento, todo se aunaba en un solo cuerpo y fluía por el espacio.

Tras decir eso, el Rata tomó el último sorbo de su Coca-Cola, que ya había perdido las burbujas.

—Cada vez que escribo, me acuerdo de aquella tarde de verano y del túmulo lleno de árboles frondosos. Y lo pienso. Qué maravilloso sería poder escribir algo para las cigarras, las ranas, las arañas y para la hierba de verano y el viento.

Cuando terminó de hablar, el Rata se cruzó las manos por detrás de la nuca y contempló el cielo en silencio.

—Entonces..., ¿has intentado escribir algo así?

—No, no he escrito ni una sola línea. No puedo escribir nada.

—Vaya.

—Vosotros sois la sal de la tierra.

—¿...?

—Y si la sal ha perdido su efecto, tendremos que buscar otra cosa.

Eso es lo que dijo el Rata.

A última hora de la tarde, cuando empezaba a ponerse el sol, salimos de la piscina, entramos en el pequeño bar del hotel donde sonaba música ligera italiana de Mantovani y nos tomamos una cerveza bien fría. A través de los amplios ventanales se veían nítidamente las luces del puerto.

—¿Qué pasó con aquella chica? —Me aventuré a preguntarle.

El Rata se enjugó con la palma de la mano la espuma que tenía en los labios y se quedó contemplando el techo como si reflexionara.

—Sinceramente, no pensaba hablar de ello. Porque es una estupidez.

—Pero antes querías hablarlo conmigo, ¿no?

—Sí. Pero estuve dándole vueltas durante toda la noche y, al final, decidí no hacerlo. En este mundo hay cosas contra las que no se puede hacer nada.

—¿Como por ejemplo?

—Como, por ejemplo, las caries. Un día, de pronto, empiezan a provocarte dolor. Por más que te consuelen, el dolor no desaparece. Entonces te enfureces contigo mismo. Y, a continuación, sientes una rabia incontenible contra la gente que no está enfadada consigo misma. ¿Entiendes a lo que me refiero?

—Un poco —dije—. Pero piénsalo bien. Las condiciones son las mismas para todos. Igual que ocurre con los pasajeros que vuelan en el mismo avión averiado. Los hay que tienen buena suerte y, por supuesto, los hay con mala suerte. Los hay fuertes y los hay débiles. Los hay ricos y los hay pobres. Pero no existe nadie que posea una fuerza excepcional. Todos somos iguales. Los tipos que tienen algo tiemblan ante la posibilidad de perderlo algún día, los tipos que no tienen nada están preocupados por la idea de no tener nada eternamente. *Todos somos iguales.* Y una persona que se da cuenta pronto de eso debe esforzarse por ser más fuerte, aunque sólo consiga ser un poco más fuerte. O sencillamente fingirlo, ¿no te parece? Las personas fuertes no existen. Sólo las que son capaces de aparentarlo.

—¿Puedo hacerte una pregunta?

Asentí.

—¿Lo crees de verdad?

—Sí.

El Rata enmudeció y se quedó contemplando durante unos instantes el vaso de cerveza.

—¿No me estarás diciendo una mentira? —me preguntó muy serio el Rata.

Tras acompañar al Rata a su casa en coche, me pasé yo solo por el Jay's Bar.

—¿Has podido hablar con él?

—Sí.

—Bien.

Mientras lo decía, me puso delante unas patatas fritas.

32

Derek Heartfield, pese a lo extenso de su obra, sólo habla en contadas ocasiones directamente de la vida, de los sueños o del amor. En su libro semiautobiográfico y relativamente serio (y por serio me refiero a que no aparecen ni extraterrestres ni fantasmas), *Media vuelta alrededor del arcoíris* (1937), Heartfield se oculta tras la ironía, la maledicencia, las bromas y las paradojas, y no dedica más que cuatro palabras a abrir su corazón.

«Juro sobre el libro más sagrado de esta sala, o sea, la guía telefónica dispuesta por orden alfabético, decir la verdad y nada más que la verdad. Que la vida humana está vacía. Con todo, la salvación existe. Porque, en principio, la vida no está vacía en absoluto. Somos nosotros quienes, sumando una penalidad a otra, esforzándonos tanto como podemos, vamos consumiéndola y vaciándola de contenido. No voy a escribir aquí cuáles son esas penalidades ni cómo la vamos consumiendo. Sería demasiado largo y pesado. Quien desee saberlo que lea *Jean-Christophe* de Romain Rolland. En sus líneas, lo hallará todo.»

Las razones por las que a Heartfield le gustaba tanto *Jean-Christophe* eran que aquella obra recogía al detalle, de forma ordenada, la vida de un ser humano desde su nacimiento hasta su muerte y, también, que era una novela terriblemente larga. Heartfield siempre había defendido que una novela, aparte de aportar información, tenía que ser algo que pudiera expresarse a través de una gráfica o de una tabla cronológica, y creía que la precisión era algo proporcional a la cantidad.

Siempre había sido muy crítico con *Guerra y paz*, de Tolstói. «Sobre la cantidad no tengo nada que objetar, obviamente», decía. «Pero la obra carece de una concepción del universo y, por esta razón, a mí me produce una impresión disonante.» En él, la expresión «concepción del universo» se traducía en general por «esterilidad».

La novela que más le gustaba era *El perro de Flandes*. «Eh, tú. ¿Puedes creer que un perro muriera por un cuadro?», decía.

Un periodista le preguntó una vez a Heartfield en una entrevista:

—Waldo, el protagonista de su libro, muere dos veces en Marte y muere otra vez en Venus. ¿No es algo contradictorio?

—¿Tú sabes cómo transcurre el tiempo en el espacio?

—No —respondió el periodista—. Pero eso no lo sabe nadie.

—¿Y qué sentido tiene escribir en una novela sobre algo que todo el mundo sabe?

*

En una de las obras de Heartfield figura un cuento llamado «Los pozos de Marte», una pieza única en el conjunto de su obra que anuncia ya la aparición de Ray Bradbury. Lo leí hace mucho tiempo y no recuerdo los detalles, pero voy a explicar, a grandes rasgos, el argumento.

Es la historia de un muchacho que penetra en uno de los innumerables pozos sin fondo excavados en la superficie de Marte. Era de todos conocido que los pozos habían sido abiertos por los marcianos cientos de miles de años atrás, pero lo extraño era que todos los pozos, todos y cada uno de ellos, habían sido excavados con gran cuidado para evitar las venas de agua. Nadie sabía para qué los habían construido. De hecho, los marcianos, aparte de aquellos pozos, no habían dejado nada atrás. Ni escritura, ni viviendas, ni utensilios para comer, ni hierro, ni tumbas, ni cohetes, ni ciudades, ni máquinas tragaperras, ni siquiera conchas. Sólo pozos. Los eruditos de la Tierra se encontraban ante un gran dilema para determinar si aquello podía llamarse civilización o no, pero lo cierto era que los pozos estaban admirablemente bien construidos y que, cientos de miles de años después, los ladrillos seguían en pie.

Algunos aventureros y componentes de equipos de investigación científica se habían adentrado en el interior de los pozos, por supuesto. Los que descendían provistos de cuerdas, descorazonados ante la profundidad de los pozos y la longitud de los túneles excavados en sus paredes, retrocedían; de los que descendieron sin cuerdas, jamás volvió a saberse nada.

Un día, un muchacho que vagaba por el espacio se metió en uno de los pozos. Sentía hastío ante la inmensidad del universo y anhelaba morir en soledad. A medida que iba descendiendo, el joven se encontraba más a gusto en el pozo y notaba cómo una extraña fuerza envolvía dulcemente su cuerpo. Tras descender alrededor de un kilómetro, descubrió un túnel lateral que le gustó, se metió en él y fue vagando sin rumbo por sus serpenteantes pasillos. No sabía cuánto tiempo llevaba andando. El reloj se había detenido. Podían ser dos horas, podían ser dos días. No tenía la menor sensación de apetito ni de cansancio y aquella misteriosa fuerza seguía envolviéndolo igual que antes.

Entonces, en un determinado momento, percibió de pronto la luz del sol. El pasillo lateral conectaba con otro pozo distinto. Trepó por aquel pozo y volvió a salir a la superficie. Se sentó en el borde del pozo, contempló el páramo desolado, contempló el sol. Algo había cambiado. El olor del viento, el sol... El sol, pese a estar en su cénit, se había convertido en una enorme mole anaranjada parecida al sol del ocaso.

—Dentro de doscientos cincuenta mil años, el sol explotará. ¡Pum!... OFF. Doscientos cincuenta mil años. No es mucho tiempo —le susurró el viento al muchacho—. Por mí no te preocupes. Yo sólo soy viento. Puedes llamarme así. O, si lo prefieres, decir que soy un «marciano». No suena mal. Además, las palabras no significan nada para mí.

—Pero tú estás hablando.

—¿Yo? Eres tú quien está hablando. Yo sólo le doy pistas a tu mente.

—¿Qué diablos le sucede al sol?

—Ha envejecido. Se está muriendo. No podemos hacer nada, ni tú ni yo.

—¿Y cómo es que, de repente...?

—No ha sido de repente. Mientras tú estabas atravesando el pozo han transcurrido unos mil quinientos millones de años. Tal como dice un proverbio vuestro: «El tiempo pasa volando». El pozo que has atravesado está abierto a lo largo de una distorsión temporal. Es decir, que nosotros estamos deambulando a través del tiempo. Desde la creación del universo hasta su muerte. Por eso no nos afecta ni el nacimiento ni la muerte. Somos viento.

—¿Puedo hacerte una pregunta?

—Con mucho gusto.

—¿Qué has aprendido?

La atmósfera tembló tenuemente, el viento se rió. Y una quietud eterna volvió a cubrir la superficie de Marte. El joven se sacó una pistola del bolsillo, se apuntó a la sien y apretó con suavidad el gatillo.

33

Sonó el teléfono.

—Ya he regresado —dijo ella.

—Me gustaría verte.

—¿Puedes salir ahora?

—Claro.

—A las cinco, delante del portal del YWCA.

—¿Y qué estás haciendo en el YWCA?

—Clases de conversación en francés.

—¿Clases de conversación en francés?

—*Oui.*

Después de colgar, me duché y me bebí una cerveza. Justo cuando me la estaba acabando, cayó un chaparrón que parecía una cascada.

Cuando llegué al YWCA, ya había dejado de llover por completo y las chicas que salían abrían y cerraban sus paraguas lanzando miradas recelosas al cielo. Detuve el coche enfrente, apagué el motor, encendí un cigarrillo. Las columnas de la entrada, ennegrecidas por la lluvia, parecían dos lápidas funerarias alzándose en medio de un erial. Al lado del sucio y lúgubre edificio del YWCA se levantaba una construcción, nueva pero barata, de alquiler de locales comerciales, en cuya azotea había un enorme panel publicitario de frigoríficos. Una mujer de unos treinta años, con delantal, a todas luces anémica, se inclinaba hacia delante con expresión, pese a todo, alegre y abría la puerta del frigorífico de modo que yo pudiera asomarme a su interior.

En el congelador había hielo, un envase de helado de vainilla de un litro y un paquete de gambas congeladas; en el segundo estante, huevos, mantequilla, queso camembert, jamón; en el tercer estante, pescado y muslos de pollo; abajo de todo, en un contenedor de plástico, tomates, pepinos, espárragos, lechuga y pomelos; en la puerta había tres botellas grandes de Coca-Cola, tres de cerveza, un cartón de leche.

Mientras esperaba apoyado en el volante, estuve repasando por orden todo el contenido del refrigerador, y, bien mirado, un envase de litro de helado era excesivo, y la falta de aliño para la ensalada, imperdonable.

Apenas pasaban de las cinco cuando ella salió por el portal. Llevaba un polo Lacoste de color rosa, minifalda blanca de algodón, el pelo recogido atrás y gafas. En una semana parecía haber envejecido tres años. Es posible que se debiera al peinado y a las gafas.

113

—¡Vaya chaparrón! —exclamó ella tras sentarse en el asiento del copiloto, tirando con un gesto nervioso del bajo de la falda.

—¿Te has mojado?

—Un poco.

Alcancé una toalla de playa que estaba en el asiento trasero desde la última vez que había ido a la piscina y se la pasé. Ella se secó las gotas del rostro, se frotó repetidas veces el pelo con la toalla y, luego, me la devolvió.

—Cuando ha empezado a llover, estaba tomándome un café cerca de aquí. Parecía un diluvio.

—Pero, gracias a la lluvia, ha refrescado.

—Pues sí.

Tras asentir, sacó un brazo por la ventanilla y comprobó la temperatura exterior. Entre ambos, flotaba cierto desencuentro, una atmósfera distinta de la vez anterior.

—¿Te lo has pasado bien en el viaje? —le pregunté.

—No he ido de viaje. Te mentí.

—¿Y por qué me mentiste?

—Luego te lo cuento.

34

Yo miento a veces.

La última ocasión fue el año pasado.

Mentir es algo realmente odioso. No exagero al decir que la mentira y el silencio son los dos mayores pecados, pecados enormes, de la sociedad humana actual. De hecho, mentimos a menudo, callamos con frecuencia.

Sin embargo, si habláramos sin cesar y, además, fuésemos siempre sinceros, es posible que acabara perdiéndose el valor de la verdad.

*

En otoño del año pasado, una noche, mi novia y yo estábamos desnudos, arrebujados en la cama. Teníamos un hambre voraz.

—¿No hay nada para comer? —le pregunté.

—Voy a ver.

Desnuda, se levantó de la cama, abrió la nevera, encontró pan seco y, con lechuga y salchicha, preparó unos sencillos sándwiches y los trajo a la cama, junto con café instantáneo. Aunque sólo estábamos en octubre, la noche era fría y, cuando ella volvió de la cocina, estaba tan helada como una lata de salmón en conserva.

—No había mostaza.

—Con esto basta.

Envueltos en el edredón mordisqueamos los sándwiches mientras veíamos una película antigua por televisión.

Era *El puente sobre el río Kwai.*

Al final, cuando vuelan el puente, ella protestó un poco.

—¿Por qué se habrá tomado tan a pecho la construcción del puente? —me lo preguntó señalando a Alec Guinness, petrificado por el estupor.

—Para preservar su dignidad.

—Mmm...

Con la boca llena de pan, se quedó reflexionando sobre la dignidad humana. No era ninguna novedad, pero yo no tenía la menor idea de qué bullía en el interior de su cabeza.

—¿Me quieres?

—Claro.

—¿Quieres casarte conmigo?

—¿Ahora? ¿Enseguida?

—Algún día... Más adelante.

—Claro que quiero casarme contigo.

—Pero hasta ahora, que te lo he preguntado, nunca me has dicho ni una palabra al respecto.

—Me había olvidado de decírtelo.

—¿Cuántos hijos quieres tener?

—Tres.

—¿Niños o niñas?

—Dos niñas y un niño.

Después de tragarse el pan que tenía en la boca con un sorbo de café, se me quedó mirando fijamente.

—¡EMBUSTERO! —exclamó.

Pero se equivocaba. Sólo había mentido una vez.

35

Entramos en un pequeño restaurante que había cerca del puerto y, tras tomar una comida ligera, pedimos un Bloody Mary y un *bourbon*.

—¿Quieres que te cuente la verdad? —me preguntó.

—El año pasado diseccionamos una vaca.

—¿Ah, sí?

—Al abrirle la barriga, dentro del estómago no encontramos más que un puñado de hierba. La metí en una bolsa de plástico, me la llevé a casa y la colgué sobre mi escritorio. Entonces, ¿sabes?, cada vez que me sucede algo desagradable, miro aquel amasijo de hierba y pienso lo siguiente: «¿Por qué comerán las vacas, rumiando con tanto cuidado, una vez tras otra, algo tan poco apetitoso, tan miserable, como este puñado de hierba?».

Ella rió un poco, frunció los labios y se me quedó mirando fijamente.

—Comprendido. No te cuento nada.

Asentí.

—Querría preguntarte algo. ¿Te importa?

—Adelante.

—¿Por qué morimos?

—Porque estamos evolucionando. Los cuerpos sólidos no resisten la energía de la evolución y, por eso, es necesario que se produzca un relevo por generaciones. Esto sólo es una teoría, por supuesto.

—¿Seguimos evolucionando todavía?

—Poco a poco, sí.

—¿Por qué evolucionamos?

—También sobre esto hay diversas hipótesis. Lo único que se sabe con certeza es que el universo, en sí, está evolucionando. Dejando aparte la cuestión de si interviene alguna directriz o voluntad en el proceso, el universo está evolucionando, y nosotros, al fin y al cabo, no somos más que una parte de él. —Dejé el vaso de whisky y encendí un cigarrillo—. Y esta energía, ¿de dónde viene? Nadie lo sabe.

—¿De verdad?

—Sí.

Ella se quedó mirando el mantel mientras iba haciendo girar el hielo del vaso con la punta del dedo.

—¿Sabes? Cien años después de mi muerte, nadie recordará siquiera que haya existido.

—Probablemente.

Salimos del restaurante y paseamos despacio por el barrio de los almacenes. La luz del crepúsculo le confería a todo un aspecto extremadamente vívido. Andábamos hombro con hombro y me llegaba el tenue olor de su suavizante de pelo. El viento que mecía las hojas de los sauces anunciaba ya el fin del verano. Tras andar un rato, ella me agarró la mano con la suya de cinco dedos.

—¿Cuándo vuelves a Tokio?

—La semana que viene. Es que tengo exámenes.

Ella enmudeció.

—Volveré en invierno. Antes de Navidad. El día veinticuatro de diciembre es mi cumpleaños.

Ella asintió, pero parecía estar pensando en otra cosa.

—Eres capricornio, ¿verdad?

—Sí. ¿Y tú?

—También. Del diez de enero.

—Es como si este signo tuviera mal fario, ¿no? Jesucristo también era capricornio.

—Pues sí. —Tras decir aquello, me apretó la mano con más fuerza—. Me parece que voy a echarte de menos.

—Volveremos a vernos. Seguro.

No dijo nada.

Los almacenes que veíamos al pasar, uno tras otro, eran bastante viejos y un aterciopelado musgo de color verde profundo se adhería con fuerza a los intersticios entre los ladrillos. Las altas ventanas oscuras estaban provistas de sólidas rejas de hierro, y en todas las pesadas y oxidadas puertas de los almacenes figuraba un rótulo con el correspondiente nombre de la compañía comercial. En la zona donde se percibía ya un inconfundible olor a mar, el barrio se interrumpía y los árboles que flanqueaban la calle desaparecían y dejaban tras de sí un paisaje desdentado. Cruzamos la vía del ferrocarril portuario sobre la que crecía, espesa, la hierba, nos sentamos en los escalones de piedra de un depósito del muelle desierto y contemplamos el mar.

Frente a nosotros brillaban las farolas del dique de una empresa de construcción naval junto a la que flotaba, con aire de abandono, un buque mercante de filiación griega cuya línea de flotación había subido tras la descarga. El aire salado del mar había salpicado de óxido la pintura blanca de cubierta y cientos de conchas se adherían a los flancos del buque como costras en la piel de un enfermo.

Permanecimos largo tiempo en silencio, contemplando el mar, el cielo y los barcos mientras el viento del atardecer que llegaba del mar mecía la hierba. El crepúsculo iba transformándose lentamente en pálida noche y algunas estrellas empezaban a titilar sobre las dársenas.

Tras un largo silencio, ella cerró el puño y, en un gesto neurótico, fue descargándolo repetidas veces contra la palma de su mano derecha. Después de golpeársela hasta que se puso roja, se la quedó mirando fijamente con aire desfallecido.

—Odio a todo el mundo —dijo escupiendo las palabras.

—¿A mí también?

—Lo siento.

Ruborizándose, volvió a posar las manos sobre las rodillas como si hubiera recobrado la compostura.

—Tú no eres odioso.

—No lo soy tanto, ¿verdad?

Tras asentir, insinuando una pálida sonrisa, encendió un cigarrillo con manos temblorosas. El humo flotó en el viento que llegaba del mar y se fundió en las tinieblas que se deslizaban junto a su pelo.

—Cuando estoy sola, quieta, oigo voces de personas que me hablan... Conocidos, mi padre, mi madre, profesores de la escuela, mucha gente.

Asentí.

—En su gran mayoría dicen cosas desagradables. «¡Muérete!» y cosas por el estilo. Y también cosas soeces...

—¿Cuáles?

—Me cuesta decirlas.

Apagó el cigarrillo, al que sólo había dado dos caladas, aplastándolo contra la suela de su sandalia. Luego se presionó suavemente los ojos con las yemas de los dedos.

—¿Crees que estoy enferma?

—Pues... —Sacudí la cabeza en vez de decir: «No lo sé»—. Si eso te preocupa, es mejor que lo consultes con un médico.

—Da igual. No pasa nada.

Se encendió un segundo cigarrillo y trató de sonreír sin lograrlo.

—Esto no se lo había contado a nadie.

Le cogí la mano. Seguía temblándole un poco y los espacios entre los dedos estaban bañados en sudor frío.

—No quería mentirte, de verdad.

—Ya lo sé.

Enmudecimos otra vez, nos quedamos un rato escuchando cómo las pequeñas olas rompían contra el malecón. Un rato larguísimo, casi imposible de recordar.

De pronto, me di cuenta de que estaba llorando. Tras deslizarle los dedos por las mejillas anegadas en lágrimas, le rodeé los hombros con el brazo.

Hacía mucho tiempo que no sentía la fragancia del verano. El olor del agua del mar, el silbido de un tren en la lejanía, el tacto de la piel de una chica, el olor a limón de su acondicionador de pelo, el viento del atardecer, vagos deseos. Y los sueños estivales...

Sin embargo, tal como sucede con un papel de calco movido, todas y cada una de aquellas sensaciones eran algo distintas a las del pasado.

36

Caminamos unos treinta minutos hasta llegar a su apartamento.

La noche era agradable y, tras el llanto, ella estaba de sorprendente buen humor. En el camino de vuelta entramos en varias tiendas y compramos algunas chucherías de dudosa utilidad: un dentífrico con sabor a fresa, una vistosa toalla de playa, varios tipos de puzles daneses, un bolígrafo de seis colores... Y con todo eso entre los brazos subimos la cuesta, deteniéndonos de vez en cuando y volviéndonos hacia el puerto.

—Oye, ¿el coche lo dejas allí?

—Ya lo recogeré más tarde.

—¿No podrías ir a buscarlo mañana por la mañana?

—Ningún problema.

Luego, recorrimos despacio el camino que nos quedaba.

—Esta noche no quiero estar sola —me dijo mientras nos dirigíamos hacia la calle pavimentada.

Asentí.

—Entonces no podrás limpiarle los zapatos a tu padre.

—Por un día, puede limpiárselos él mismo.

—¿Se los limpiará? ¿Él?

—Sí, es muy cumplidor.

Era una noche tranquila.

Ella se dio lentamente la vuelta en la cama y me pegó la punta de la nariz en el hombro derecho.

—Tengo frío.

—¿Frío? Pero si estamos a treinta grados.

—No sé. Tengo frío.

Alcancé la colcha que habíamos arrojado a los pies de la cama, se la subí hasta los hombros y la abracé. Temblaba de pies a cabeza.

—¿No estarás enferma?

Ella sacudió ligeramente la cabeza.

—Es que tengo miedo.

—¿De qué?

—De todo. ¿Tú no tienes miedo?

—Miedo, no.

Enmudeció. Como si sopesara con la palma de la mano el sentido de mi respuesta.

—¿Tienes ganas de hacer el amor conmigo?

—Sí.

—Lo siento. Hoy no puedo.

Manteniéndola todavía abrazada, moví la cabeza en signo afirmativo.

—Es que acaban de operarme.

—¿Un aborto?

—Sí.

Aflojó la presión de los brazos con los que me ceñía la espalda y, con la yema del dedo, empezó a dibujarme pequeños círculos en la parte posterior del hombro.

—Es extraño. No recuerdo nada.

—¿No?

—De él. Lo he olvidado por completo. Ni siquiera me acuerdo de su cara.

Le acaricié el pelo con la palma de la mano.

122

—Me dio la impresión de que podía enamorarme de él. Sólo por unos instantes... ¿Te has enamorado alguna vez?

—Sí.

—¿Te acuerdas de su cara?

Intenté recordar los rostros de las tres chicas, pero, cosa curiosa, no logré recordar con nitidez a ninguna de ellas.

—No —dije.

—Es extraño. ¿Por qué será?

—Quizá porque así es más cómodo.

Todavía con una mejilla pegada a mi pecho, asintió con varios movimientos de cabeza.

—Oye, si tienes muchas ganas, hay otras cosas que...

—No, no te preocupes.

—¿De verdad?

—Sí.

Ella volvió a abrazarme con fuerza la espalda. Noté sus senos en la boca del estómago. Tenía unas ganas irresistibles de tomarme una cerveza.

—Hace muchos años que las cosas empezaron a ir mal.

—¿Cuántos años?

—Doce o trece... Desde el momento en que mi padre se puso enfermo. No tengo un solo recuerdo anterior. Desde entonces sólo me han pasado cosas desagradables. Es como si a mi alrededor soplaran vientos desfavorables.

—Pero la dirección del viento cambia.

—¿De verdad lo crees?

—Algún día...

Enmudeció. Aquel silencio árido como el desierto succionó mis palabras en un santiamén y en mi boca sólo quedó un regusto desagradable.

—Eso es lo que he intentado creer un montón de veces. Pero ¿sabes?, nunca me ha funcionado. He intentado que me gustara alguien, he procurado ser paciente. Pero...

Nos quedamos abrazados sin añadir nada más. Ella apoyó la cabeza sobre mi pecho y, con los labios suavemente pegados a mi pezón, se quedó inmóvil durante un buen rato, como si durmiera.

Permaneció en silencio mucho tiempo, durante mucho mucho tiempo. Medio adormilado, yo contemplaba el techo oscuro.

—¡Mamá! —susurró débilmente en sueños. Estaba dormida.

37

¡Hola! ¿Cómo estáis? Aquí Radio NEB. *Llámanos y solicita tus canciones pop.* Ya vuelve a ser sábado por la noche. A partir de este momento, y durante dos horas, vais a escuchar un montón de melodías fantásticas. Por cierto, el verano se está acabando. ¿Qué tal? ¿Ha sido un buen verano?

Hoy, antes de poneros ningún disco, quiero mostraros la carta que me ha enviado una de vosotros. Voy a leerla. Dice así:

«¿Cómo estáis?

»Todas las semanas disfruto oyendo el programa. Parece mentira, pero este otoño ya hará tres años que estoy ingresada en el hospital. El tiempo transcurre realmente muy deprisa. Para mí, que desde la ventana de mi refrigerada habitación de hospital apenas puedo ver el paisaje exterior, los cambios estacionales no tienen ningún sentido, pero el simple hecho de que termine una estación y empiece otra nueva llena mi corazón de alegría.

»Tengo diecisiete años y los tres últimos no he podido leer, ni ver la televisión, ni pasear... Lejos de eso, ni siquiera puedo incorporarme en la cama o darme la vuelta. Esta carta la está escribiendo mi hermana mayor, que está siempre a mi lado. Para poder cuidarme, ha dejado la universidad. Yo se lo agradezco de todo corazón, claro. Lo que he aprendido en la cama durante estos tres años es que, por muy lamentable que sea una situación, el ser humano siempre aprende algo, y que esto es, justamente, lo que le permite seguir viviendo.

»Dicen que tengo una alteración en los nervios de las vértebras. Es una enfermedad terriblemente complicada, pero existen esperanzas de curación, claro. Alrededor de un tres por ciento... Esta cifra me la ha dado el médico (una persona maravillosa) junto con un ilustrativo ejemplo. Según él, las probabilidades de curación son mayores que las que tiene un lanzador novato de hacer un *no-hit no-run* jugando contra los Giants y menores de las que tiene de no marcar ningún punto.

»A veces siento miedo al pensar qué sucederá si todo va mal. Tanto, que me entran ganas de gritar. Quedarme toda la vida así, como una piedra, acostada mirando al techo, sin poder leer, sin poder pasear al viento, sin ser amada por nadie, aquí, años y años, hasta envejecer y, luego, morir en silencio. Si pienso en ello, me siento terriblemente triste. A veces, cuando me despierto a las tres de la madrugada, me parece oír cómo mis vértebras se van deshaciendo. Y quizá sea cierto.

»Voy a dejar de hablar de cosas desagradables. Me esforzaré en pensar sólo en cosas buenas, tal como me dice mi hermana que haga cientos de veces al día. También intentaré dormir bien por la noche. Las cosas desagradables, por lo general, se me ocurren de madrugada.

»Desde la ventana del hospital se ve el puerto. Por la mañana me levanto, camino por el puerto, me lleno los pulmones del aire perfumado del mar... Eso es lo que imagino todos los días. Si pudiese hacerlo, aunque sólo fuese una vez, quizá comprendería por qué el mundo es como es. Al menos eso creo. Y si pudiera comprenderlo, aunque sólo fuese un poco, tal vez podría soportar, incluso, el hecho de acabar mis días en esta cama.

»Adiós. Espero que sigáis bien».

No está firmada.

Recibí la carta ayer, poco después de las tres. La leí en la cafetería mientras tomaba un café y, por la tarde, al acabar el trabajo, caminé hasta el puerto y miré hacia la montaña. Porque, si desde tu cuarto del hospital se ve el puerto, desde el puerto debería de verse tu cuarto del hospital. En la montaña se veían muchas, muchísimas luces. Yo no sabía cuál era la de tu habitación, por supuesto. Unas eran luces de casas humildes; otras, luces de grandes mansiones. Unas pertenecían a hoteles, las había de escuelas y, también, de empresas. «Vaya, aquí hay montones de gente diferente viviendo cada uno su propia vida», me dije. Era la primera vez que sentía algo parecido. Al pensarlo, se me llenaron los ojos de lágrimas. Hacía muchísimo tiempo que no lloraba. Pero ¿sabes?, no es que llorara porque sintiera lástima de ti. Lo que quiero decir es lo siguiente. Escucha con atención porque sólo lo diré una vez:

OS QUIERO A TODOS.

Dentro de más de diez años, si os acordáis de este programa, de los discos que os ponía, y de mí, recordad lo que acabo de deciros.

Voy a poner el disco que ella ha solicitado. *Good Luck Charm,* de Elvis Presley.

Una vez haya terminado esta canción, quedará una hora y cincuenta minutos y yo volveré a ser el perro humorista de siempre.

Muchas gracias por escucharme.

38

El día que regresé a Tokio estaba anocheciendo y aparecí por el Jay's Bar con la bolsa de viaje bajo el brazo. El local aún no estaba abierto, pero Jay me dejó entrar y me sirvió un café.

—Esta noche regreso a Tokio en autobús.

Jay asintió con varios movimientos de cabeza mientras iba pelando patatas para freírlas.

—Te voy a echar de menos. La pareja de monos se separa —dijo Jay señalando la litografía que había sobre el mostrador—. El Rata también te echará de menos. Seguro.

—Sí.

—Tokio debe de ser un lugar divertido, ¿no?

—En todas partes es igual.

—Supongo. Yo, desde el año de las Olimpiadas de Tokio, no he salido de esta ciudad.

—¿Te gusta esta ciudad?

—Tú lo has dicho. En todas partes es igual.

—Sí.

—Pero dentro de unos años me encantaría regresar una vez a China. Todavía no he vuelto por allí... Cada vez que voy al puerto y veo los barcos, lo pienso.

—Mi tío murió en China.

—¿Ah, sí? Allí murieron todo tipo de personas, aunque todos eran hermanos.

Jay me invitó a unas cuantas cervezas y, además, metió patatas fritas recién hechas en una bolsa de plástico para que me las llevara.

—Gracias.

—De nada. Sólo es un detalle... Pero, vaya, qué rápido crecéis, ¿eh? La primera vez que te vi todavía ibas al instituto.

Asentí riendo y me despedí de él.

—Cuídate —me dijo Jay.

26 de agosto. En el calendario del bar, bajo el número del día, figuraba la siguiente máxima: «Aquello que uno ofrece con generosidad, siempre le será devuelto».

Compré el billete del autobús nocturno y, sentado en un banco de la sala de espera, estuve contemplando todo el rato las luces de la ciudad. A medida que la noche avanzaba, las luces empezaron a apagarse y, al final, sólo quedaron las farolas y los neones. El silbido de un tren lejano llegaba a través de la débil brisa marina.

En la entrada del autobús dos revisores, plantados uno a cada lado, controlaban los billetes y los números de los asientos. Al entregarle el billete, uno de ellos dijo: «Número veintiuno de China».

—¿China?

—Número veintiuno, asiento C. Tomamos la inicial. La A es «América»; la B, «Brasil»; la C, «China»; la D, «Dinamarca». Es que, si la entendemos mal, puede armarse un buen lío.

Mientras me decía aquello, señaló a su compañero, que estaba revisando el cuadro de asientos. Asentí, monté en el autobús, me senté en el número 21-C y me comí las patatas fritas, todavía calientes.

Todas las cosas pasan de largo. Nadie puede retenerlas. Así es como vivimos todos nosotros.

39

Mi historia acaba aquí, pero hay un epílogo, por supuesto.

He cumplido veintinueve años; y el Rata, treinta. Una edad considerable. El Jay's Bar lo reformaron en la época en que ensancharon la calle y ahora es un local bonito y pulcro. Lo cual no quita que Jay siga pelando un cubo de patatas diario y que los parroquianos continúen bebiendo cerveza mientras refunfuñan diciendo que antes las cosas iban mejor que ahora.

Yo me he casado y vivo en Tokio.

Cada vez que llega una película de Sam Peckinpah, mi mujer y yo vamos al cine y, a la vuelta, en el parque de Hibiya, nos tomamos un par de cervezas cada uno y echamos palomitas de maíz a las palomas. De las películas de Sam Peckinpah, mi preferida es *Quiero la cabeza de Alfredo García*, y, según mi mujer, la mejor es *Convoy*. Aparte de las películas de Peckinpah, a mí me gusta *Cenizas y diamantes*, y a mi mujer, *Madre Juana de los Ángeles*. Cuando se convive largo tiempo, es posible que los gustos acaben pareciéndose.

¿Soy feliz? Si me lo preguntasen, lo único que podría responder es que supongo que sí. Los sueños, a fin de cuentas, son eso: sueños.

El Rata aún sigue escribiendo novelas. Cada año me envía varias copias por Navidad. El año pasado era la historia de un cocinero empleado en un hospital psiquiátrico; y el anterior, la historia de una banda musical cómica basada en *Los hermanos Karamázov*. En sus novelas sigue sin haber escenas de sexo y jamás muere ninguno de sus personajes.

En la primera hoja del borrador, siempre escribe:

«Feliz cumpleaños
y
Blanca Navidad».

Porque mi cumpleaños es el 24 de diciembre.

A la chica que tenía sólo cuatro dedos en la mano izquierda no he vuelto a verla nunca más. Cuando regresé a la ciudad en invierno, había dejado la tienda de discos y había abandonado, también, su apartamento. Había desaparecido, sin dejar rastro, en la riada de gente y en el fluir del tiempo.

Cuando llega el verano y regreso a la ciudad, siempre hago el camino que recorrí con ella, me siento en los escalones de piedra del almacén y contemplo el mar. Y si me entran ganas de llorar, jamás se me saltan las lágrimas. Es así, tal cual.

El disco *California Girls* continúa en un rincón de mi estantería. Todos los años, al llegar el verano, lo saco y lo escucho una y otra vez. Y me tomo unas cervezas pensando en California.

Junto a la estantería de los discos se encuentra mi escritorio, y encima de éste, cuelga un amasijo de hierba reseca, casi momificada. Es la hierba que extraje del estómago de la vaca diseccionada.

La fotografía de mi novia muerta, estudiante de literatura francesa, la perdí en una mudanza.

Beach Boys acaba de sacar su primer LP nuevo en años.

Si todas las chicas hermosas
fueran California Girls...

40

Por último, hablaré de nuevo sobre Derek Heartfield.

Heartfield nació en 1909 en un pequeño pueblo del estado de Ohio, el mismo donde se crió. Su padre era un callado telegrafista, y su madre, una rolliza señora experta en astrología y en la elaboración de galletas. Antes de acabar el bachillerato, Heartfield era un muchacho de carácter sombrío al que no se le conocía ningún amigo y cuyas aficiones consistían en leer todos los cómics y revistas baratas que pillaba y comer las galletas que hacía su madre. Después del bachillerato empezó a trabajar en la oficina de Correos local, pero no conservó el empleo mucho tiempo. Fue en aquella época cuando se convenció de que su único camino era el de ser escritor.

Vendió su quinta recopilación de cuentos a *Weird Tales* en 1930 por veinte dólares. Durante el año siguiente escribió cada mes un manuscrito de setenta mil palabras; al otro, el ritmo aumentó a cien mil palabras; y el año de su muerte, ya se habían convertido en ciento cincuenta mil. Persiste la leyenda de que adquiría una máquina de escribir Remington nueva cada medio año.

Casi todos sus libros son novelas de aventuras o fantásticas, y la serie *Waldo el aventurero,* donde logró aunar hábilmente ambos géneros, se convirtió en su mayor éxito y alcanzó un total de cuarenta y dos entregas. A lo largo de la serie, Waldo muere tres veces, mata a cinco mil enemigos y mantiene relaciones sexuales con trescientas setenta y cinco mujeres, marcianas incluidas. Parte de su obra puede leerse traducida.

Heartfield odiaba un gran número de cosas. Correos, el instituto, las editoriales, las zanahorias, las mujeres, los perros... Si empezáramos a contarlas todas, no acabaríamos. Sólo le gustaban tres. Las armas, los gatos y las galletas que hacía su madre. Con la excepción de la colección de los estudios Paramount y de la del centro de investigación del FBI, probablemente su colección de armas de fuego fuese la más completa de Estados Unidos. Dejando de lado los cañones antitanque y las baterías antiaéreas, tenía de todo. Su mayor orgullo era un revólver de calibre 38 mm, con perlas incrustadas en la culata, que sólo podía efectuar un único disparo. Una de sus frases favoritas era: «Un día de éstos, voy a utilizar este revólver contra mí».

Sin embargo, en 1938, el año en que murió su madre, fue a Nueva York, subió al Empire State Building, saltó desde la azotea y murió aplastado como una rana.

En la lápida sobre su tumba, según sus últimas disposiciones, figuran las siguientes palabras de Nietzsche.

¿ACASO PUEDE COMPRENDER LA CLARIDAD DEL DÍA
LA PROFUNDIDAD DE LAS TINIEBLAS DE LA NOCHE?

Heartfield de nuevo... (pasamos al final del epílogo).

No llegaré a afirmar que, de no haber conocido a Heartfield, jamás hubiera escrito una sola novela. Sin embargo, sí tengo la certeza de que habría recorrido un camino completamente distinto.

Cuando estudiaba bachillerato, compré una vez, de una tacada, en una librería de viejo de Kobe, varios libros en rústica de Heartfield que debía de haber dejado allí algún marino extranjero. Cada uno me costó cincuenta yenes. Si no se hubiese tratado de una librería de viejo, a duras penas habría podido adivinar que aquellos despojos fuesen libros. Las llamativas cubiertas estaban prácticamente arrancadas, las páginas habían adquirido un color anaranjado. Cabe suponer que aquellos libros llegaron a mi escritorio desde algún lugar remoto en el tiempo, desde la cama de algún marino subalterno de algún buque mercante o de algún destructor.

*

Unos años después fui a América. Fue un viaje corto, sólo para visitar la tumba de Heartfield. El emplazamiento me lo había indicado por carta Thomas McClure, apasionado (y único) estudioso de Heartfield. «Es una tumba pequeña como un tacón de aguja. Tenga cuidado de que no le pase desapercibida», me había escrito.

En Nueva York cogí un autobús Greyhound, parecido a un enorme ataúd, y llegué al pequeño pueblo de Ohio a las siete de la mañana. Aparte de mí, no se apeó ningún otro pasajero. En las afueras, tras cruzar unos prados, estaba el cementerio. Un cementerio mayor que el pueblo. Sobre mi cabeza, unas alondras volaban en círculo entre trinos.

Invertí una hora entera en encontrar la tumba de Heartfield. Tras depositar en ella un ramo de polvorientas rosas silvestres que había cogido en los prados de los alrededores, uní mis manos ante su tumba y, luego, me senté y me fumé un cigarrillo. Bajo los tibios rayos del sol de mayo, la vida y la muerte gozaban de la misma paz. Me tumbé boca arriba, cerré los ojos y me quedé horas y horas escuchando el canto de las alondras.

Esta novela empezó allí. Hasta dónde ha llegado, eso ya no lo sé.

«Comparado con la complejidad del universo», dice Heartfield, «nuestro mundo parece el seso de una lombriz.»

Ojalá sea así. También yo lo deseo de todo corazón.

*

Para terminar, en los párrafos sobre la vida y obra de Heartfield, he incluido varias citas de *La leyenda de las estrellas estériles,* un trabajo fruto del esfuerzo del señor Thomas McClure, a quien he mencionado anteriormente. (Thomas McClure, *The Legend of the Sterile Stars,* 1968). Deseo expresarle mi agradecimiento por ello.

Mayo de 1979

Pinball 1973

1969-1973

Yo sentía una pasión enfermiza por escuchar relatos sobre tierras desconocidas.

Hubo un tiempo, hará diez años ya, en que iba pidiéndole a la gente que me hablase de su pueblo natal o de la tierra donde se había criado. Al parecer, en aquella época debían de ser excepcionales las personas que escuchaban con agrado las historias de los otros, porque todo el mundo me las contaba con gran amabilidad y entusiasmo. Incluso había desconocidos que, tras haber oído hablar de mí en alguna parte, venían expresamente a contármelas.

Como si arrojaran una piedra en el interior de un pozo seco, cada uno me relataba una historia distinta y, al acabar, todos se iban igual de satisfechos. Algunos hablaban con alegría, otros con ira. Había buenos narradores y había relatos incomprensibles de principio a fin. Unas historias eran aburridas y otras tan tristes que hacían saltar las lágrimas; había historias disparatadas, casi bromas. A pesar de ello, yo escuchaba atentamente, con toda la seriedad que me permitía su destreza.

No sé cuál podía ser la razón, pero todos querían desesperadamente comunicarle algo a alguien o, tal vez, al mundo. A mí, eso me recordaba una caja de cartón llena de monos. Yo iba sacándolos, uno tras otro, de la caja, les sa-

139

cudía suavemente el polvo, les daba un golpecito en el culo y los soltaba en el prado. Ignoraba qué sería de ellos en el futuro. Seguro que acabarían sus días en algún lugar royendo bellotas. Al fin y al cabo, ése era su destino.

En verdad, aquel trabajo ofrecía una recompensa muy pequeña por tamaño esfuerzo. Al mirar atrás, pienso que si aquel año se hubiera celebrado el concurso mundial del oidor más apasionado de historias ajenas, yo habría sido proclamado campeón. Y como premio posiblemente me hubiera llevado una caja de cerillas de cocina.

Entre mis contadores de historias había uno oriundo de Saturno y otro de Venus. Sus relatos eran impresionantes. En primer lugar, aquí va el de Saturno.

—Allí... hace un frío espantoso —decía gimoteando—. Sólo de pensarlo, me vu-vuelvo loco.

Pertenecía a un grupo político, el mismo que ocupó el pabellón número nueve de la universidad.

—La acción determina el pensamiento. No al contrario. —Éste era el lema del grupo. Pero qué era lo que determinaba la acción, eso jamás me lo llegaron a explicar. Por cierto, el pabellón número nueve contaba con una fuente de agua fría, teléfono, suministro de agua caliente y, en el primer piso, incluso tenía una bonita sala de música con una colección de dos mil discos y aparatos Altec A5. Esto (comparado, por ejemplo, con el pabellón número ocho, que olía como los retretes de un velódromo) era el paraíso. Por las mañanas se afeitaban bien con agua caliente; por las tardes hacían todas las llamadas de larga distancia que les venían en gana; al caer la noche se reunían y, juntos, escuchaban música. Gracias a ello, para finales de otoño todos se habían convertido en grandes amantes de la música clásica.

Dicen que cuando aquella agradable y soleada tarde de noviembre la tercera unidad antidisturbios arremetió contra el pabellón número nueve sonaba a todo volumen *L'Estro Armonico,* de Vivaldi, pero yo no puedo corroborarlo. Es una más de las conmovedoras leyendas sobre 1969.

Cuando atravesé la inestable pila de sofás que hacía las veces de barricada, se oía tenuemente la *Sonata para piano en Mi menor* de Haydn. Era la misma atmósfera de cuando subía la cuesta de Yamanote llena de camelias en flor e iba a casa de mi novia. Él me ofreció la mejor silla y me sirvió cerveza tibia en un vaso de precipitados que habían afanado del edificio de la Facultad de Ciencias.

—Además, la fuerza de la gravedad es fortísima. —Prosiguió con su relato de Saturno. —Si escupes un chicle y te da en el empeine, te rompe el pie. Es un in-infierno.

—Ya, claro. —Asentí con un movimiento de cabeza tras un intervalo de dos segundos. Por entonces, la experiencia me había enseñado ya unos trescientos modos diferentes de asentir.

—El s-sol es pequeñísimo. Tan pequeño, fíjate, como una mandarina en el *home plate* de un campo de béisbol y vista desde los jardines. Por eso siempre está oscuro —suspiró.

—¿Y por qué no se marcha todo el mundo? —me aventuré a preguntar—. Habrá otros planetas donde la vida sea más fácil, ¿no?

—Pues no lo sé. Quizá porque han nacido allí. Es a-así. Yo, cuando salga de la universidad, volveré a Saturno. Y construiré un gra-gran país. La re-re-revolución.

En todo caso, a mí me gusta escuchar historias de ciudades lejanas. Las voy almacenando de forma incansable como un oso antes de la hibernación. Al cerrar los ojos, veo cómo emergen sus calles, cómo surgen las hileras de casas, oigo la voz de la gente. Incluso puedo percibir los vaivenes, suaves pero certeros, de las vidas de seres humanos que están lejos y con los que posiblemente jamás me relacionaré.

$$Q$$

También Naoko me contó algunas historias. Recuerdo todas y cada una de sus palabras.

—No sé cómo tendría que llamarlo —tras decir aquello con aire de apuro, Naoko me sonrió. Estaba sentada en el soleado vestíbulo de la universidad, con un codo hincado sobre la mesa y la mejilla apoyada en la palma de la mano.

Esperé pacientemente a que prosiguiera. Siempre hablaba despacio, buscando las palabras precisas.

Nos habíamos sentado uno enfrente del otro, con una mesa roja de plástico entre los dos, sobre la que había un vaso de papel atiborrado de colillas. La luz del sol que penetraba por las altas ventanas, como si fuera un cuadro de Rubens, trazaba en el centro de la mesa una nítida línea de demarcación entre la luz y la sombra. Mi mano derecha, que descansaba sobre la mesa, estaba dentro de la claridad; la izquierda, en las sombras.

Era la primavera de 1969 y nosotros teníamos veinte años. El vestíbulo estaba lleno a rebosar de estudiantes novatos con zapatos de piel nuevos, con la guía de asignaturas nueva bajo el brazo y con unos sesos nuevos recién embutidos en la cabeza. Apenas podía darse un paso y, a nuestro lado, unos y otros iban topando sin cesar entre exclamaciones de queja y de disculpa.

—El caso es que apenas se le puede llamar pueblo —prosiguió ella—. Sólo hay unas vías de tren y una estación. Una estación tan miserable que, los días de lluvia, los conductores casi ni la ven.

Asentí. Durante unos treinta segundos permanecimos en silencio contemplando sin más cómo las volutas de humo de tabaco danzaban dentro de los rayos de sol.

—Siempre hay un perro vagando de una punta a otra del andén. Es ese tipo de estación. ¿Comprendes?

Asentí.

—A la salida de la estación hay una pequeña rotonda y una parada de autobús. Y algunas tiendas... Unas tiendas somnolientas, ¿sabes? Si sigues recto, te encuentras con un parque. En el parque hay un tobogán y tres columpios.

—¿Y caja de arena?

—¿Caja de arena? —Tras reflexionar detenidamente, asintió con un movimiento de cabeza—. Sí, la hay.

Enmudecimos otra vez. Apagué con cuidado la colilla del cigarrillo que se había consumido por completo en el vaso de plástico.

—Es un pueblo aburridísimo. No puedo imaginar con qué propósito se creó un pueblo tan aburrido.

—Dios se manifiesta bajo formas muy distintas —dije yo.

Naoko sonrió para sí misma moviendo la cabeza. Era la típica manera de sonreír de las estudiantes de universidades femeninas que exhiben un sobresaliente tras otro en la lista de calificaciones, pero aquélla, extrañamente, permaneció por mucho tiempo dentro de mi corazón. Y del mismo modo que en *Alicia en el País de las Maravillas* ocurre con el gato de Cheshire, una vez que Naoko hubo desaparecido, sólo quedó su sonrisa.

Por cierto, yo quería ver, fuera como fuese, aquel perro que cruzaba el andén.

Ǫ

Cuatro años después, en mayo de 1973, visité yo solo la estación. Para ver el perro. Con este propósito me afeité, me puse la corbata por primera vez en medio año y estrené unos zapatos de cordobán nuevos.

Ǫ

En cuanto me apeé del solitario y oxidado tren de cercanías de dos vagones, que parecía que iba a desintegrarse de un momento a otro, un añorado olor a hierba inundó mi nariz. El olor de las excursiones del pasado. El viento de mayo soplaba desde los confines del tiempo. Si alzaba la cabeza y aguzaba el oído, incluso podía percibir el canto de las alondras.

Con un largo bostezo, me senté en el banco de la estación y, aburrido, me fumé un cigarrillo. La sensación de novedad que me embargaba aquella mañana al dejar mi apartamento se había desvanecido por completo. Las cosas no eran, todas ellas, más que una eterna repetición de lo mismo. Así lo sentía. Un *déjà vu* infinito, una repetición perpetua que cada vez iba empeorando, más y más.

Hubo una época, años atrás, en que vivía con unos amigos. Dormíamos varios en el suelo de la misma habitación. Al amanecer, notaba cómo alguien me pisaba la cabeza. «¡Perdona!», exclamaba. Luego oía el ruido del váter. Siempre lo mismo.

Me aflojé el nudo de la corbata y, con el cigarrillo en la comisura de los labios, restregué ásperamente la suela de los zapatos de piel, a los que mis pies todavía no se habían habituado, contra el suelo de cemento. Era para aliviar el dolor de pies. No era un dolor muy intenso, pero desde ha-

144

cía un rato me provocaba cierta desazón, como si mi cuerpo estuviese fragmentado en varios pedazos.

No se veía el perro por ninguna parte.

Q

Desazón.

Este desasosiego lo experimento con frecuencia. Es una sensación parecida a la de estar haciendo simultáneamente dos puzles con las piezas mezcladas. En estos momentos, bebo whisky y me acuesto. Al despertarme por la mañana, la situación todavía es peor. Siempre lo mismo.

Un día, al abrir los ojos, me encontré con un par de gemelas, una a cada lado. Había tenido muchas experiencias hasta entonces, pero aquélla era la primera vez, como es natural, que me despertaba flanqueado por un par de gemelas. Las dos dormían plácidamente con la punta de la nariz pegada a mis hombros. Era una soleada mañana de domingo.

Poco después, las dos se despertaron casi al mismo tiempo, se pusieron la camiseta y los pantalones que estaban tirados debajo de la cama y, sin decir ni una palabra, fueron a la cocina, prepararon café, tostaron pan, sacaron mantequilla de la nevera y lo dispusieron todo sobre la mesa. Con mano realmente experta. Al otro lado de la ventana, en la verja metálica del campo de golf, había posados unos pájaros que a saber lo que debían de ser, pero graznaban sin pausa como ametralladoras.

—¿Cómo os llamáis? —les pregunté a las dos. Por culpa de la resaca, parecía que la cabeza fuera a partírseme por la mitad.

—No son nombres que valga la pena dar —contestó la que estaba sentada a la derecha.

—En realidad, no son gran cosa como nombres —dijo la de la izquierda—. Lo comprendes, ¿verdad?

—Lo comprendo —dije.

Nos sentamos frente a frente, mordisqueamos las tostadas, bebimos el café. Que, por cierto, estaba delicioso.

—¿Te molesta no saber cómo llamarnos? —quiso saber una.

—¡Uf! Pues...

Las dos reflexionaron durante unos instantes.

—Si quieres un nombre a toda costa, puedes ponernos el que quieras —propuso la otra.

—Llámanos como te apetezca.

Ellas se alternaban siempre al hablar. Como el *stereo check* de FM. Eso me produjo más dolor de cabeza todavía.

—¿Por ejemplo? —pregunté.

—Derecha e izquierda —dijo una.

—Vertical y horizontal —propuso la otra.

—Arriba y abajo.

—Cara y cruz.

—Este y oeste.

—Entrada y salida —añadí irónicamente para no quedarme atrás. Ellas se miraron la una a la otra y sonrieron satisfechas.

Q

Si hay una entrada, hay una salida. La mayoría de las cosas están concebidas de esta forma. Un buzón, una aspiradora eléctrica, un parque zoológico, una salsera. También las hay que no. Por ejemplo, las ratoneras.

Q

Una vez, puse una ratonera bajo el fregadero de mi apartamento. Como cebo, usé chicle de menta. Es que, tras buscar por toda la casa, fue lo único que encontré que pudiera llamarse comida. Estaba en un bolsillo de mi chaquetón de invierno junto con media entrada de cine.

Al tercer día por la mañana había una rata pequeña atrapada en el cepo. Era una rata joven del mismo color que los jerséis de cachemir que se apilan a cientos en las tiendas libres de impuestos de Inglaterra. Si hubiera sido una persona, habría tenido quince o dieciséis años. Una edad vulnerable. Tenía el pedazo de chicle bajo las patas.

La había atrapado, pero no sabía qué hacer con ella. Al cuarto día por la mañana, la rata, con las patas traseras atrapadas en el alambre, estaba muerta. Aquella imagen me enseñó algo.

Que las cosas tienen que tener, siempre, una entrada y una salida. Tal cual.

Q

La vía discurría a lo largo de una loma y trazaba una línea recta tan perfecta que parecía tirada con regla. A lo lejos asomaba, muy pequeño, el verde sombrío de un bosquecillo cuya forma recordaba una bola de papel arrugado. Los dos raíles desaparecían en el verde, superponiéndose uno a otro y reflejando con opacos matices la luz del sol. Podía ir tan lejos como quisiera y aquel paisaje continuaría siendo eternamente el mismo. Al pensarlo, me invadió una sensación de hastío. Incluso el metro era preferible a algo así.

Al terminar de fumarme el cigarrillo me desperecé y contemplé el cielo. Hacía tiempo que no miraba el cielo. Aunque sería más exacto decir que hacía tiempo que no me paraba a contemplar algo con sosiego.

En el cielo no había una sola nube. Sin embargo, toda su superficie estaba cubierta por el lánguido y opaco velo típico de la primavera. Por encima de aquel velo borroso, el azul del cielo intentaba avanzar y extender sus colores. La luz del sol se derramaba en silencio a través del aire como una cascada de fino polvo y se apilaba en la superficie de la tierra sin que eso importase a nadie.

El viento tibio hacía vibrar la luz. El aire fluía despacio, igual que unos pájaros que se desplazaran, en bandada, a través de los árboles. El viento se deslizaba por el suave declive verde que bordeaba las vías, cruzaba los raíles y atravesaba el bosquecillo sin hacer temblar una sola hoja. El canto de un cuclillo hendió la suave luz y su eco desapareció en las lejanas crestas. Las colinas se encadenaban unas a otras en múltiples ondulaciones y se ovillaban en la solana del tiempo como enormes gatos dormidos.

Q

Los pies me dolían todavía más que antes.

Q

Voy a hablar de un pozo.

Naoko llegó a aquel lugar a los veinte años. 1961 según el calendario occidental. El año en que Ricky Nelson cantaba *Hello, Mary Lou*. Por entonces, en aquel apacible valle verde, no había una sola cosa que llamara la atención. Algunas granjas, unos pocos huertos, ríos llenos de cangrejos, un tren de cercanías de vía única y una estación que nada más verla te entraban ganas de bostezar, sólo eso. En los jardines de la mayoría de las granjas había plantados caquis; en algún rincón podían verse aquellos graneros al aire libre que parecía que fuesen a derrumbarse en cuanto alguien se recostara en ellos, y en las paredes de los graneros que daban a la vía del tren había clavadas unas llamativas planchas de hojalata anunciando pañuelos de papel o jabón. Era ese tipo de lugar. «Ni siquiera había perros», decía Naoko.

La casa adonde se mudó era un edificio de dos plantas, de estilo occidental, construido en la época de la guerra de Corea. No era muy grande, pero, gracias a los robustos pilares y a la buena calidad de la madera, escogida minuciosamente según su función, la casa ofrecía una apariencia sólida y estable. La parte exterior estaba pintada en tres tonalidades de verde y cada uno de los matices, bellamente desteñido por el sol, la lluvia y el viento, se fundía en una perfecta armonía con el paisaje circundante. El jardín era extenso y contenía varias arboledas y un pequeño estanque. Entre los árboles había un pequeño cenador de forma octagonal que se usaba como estudio, y de cuyas ventanas saledizas colgaban unas cortinas de encaje de color indefinido. En el estanque florecía una cascada de narcisos y, al amanecer, los pájaros acudían a él y se lavaban en sus aguas.

El primer morador de la casa, el mismo que la diseñó, fue un anciano pintor que pintaba a la manera occidental, que murió de una pulmonía durante el invierno del año anterior a que Naoko se mudara a la casa. Corría 1960. El año en que Bobby Vee cantaba *Rubber Ball.* Aquel invierno llovió muchísimo. En aquellas tierras apenas nevaba, pero, a cambio, caía una lluvia helada. La lluvia empapaba el suelo, cubría toda su superficie de una humedad gélida, y las profundidades de la tierra se llenaban de agua subterránea dulce.

A cinco minutos a pie de la estación, siguiendo la vía del tren, se encontraba la casa de un pocero. En aquella tierra húmeda junto al río, al llegar el verano, legiones de mosquitos y ranas infestaban sus alrededores. El pocero era un hombre tozudo y malhumorado, pero, en su oficio, era un verdadero genio. Cuando le pedían que excavara un pozo, lo primero que hacía era pasarse unos días recorriendo el terreno de la casa que había solicitado sus servicios recogiendo puñados de tierra con la mano y oliéndolos sin dejar de refunfuñar. En cuanto encontraba un punto que le convencía, llamaba a otros compañeros y cavaba el pozo en línea recta hacia abajo.

Por esta razón, en aquella comarca, todo el mundo podía beber toda la deliciosa agua de pozo que quisiera. Un agua tan fría y cristalina que parecía que fuera a transparentar hasta la mano que sostenía el vaso. Había quien afirmaba que el agua procedía del deshielo de las nieves del monte Fuji, pero eso es falso. Es imposible que aquella agua pudiera llegar hasta allí.

El otoño en que Naoko cumplió diecisiete años, el pocero fue arrollado por el tren. La lluvia torrencial y el sake frío impidieron que el pocero lo oyera. El cadáver quedó esparcido en mil pedazos por los campos de los alrededores, y mientras recogían los trozos de carne y llenaban con ellos cinco cubos, siete policías tuvieron que permanecer en la zona ahuyentando, con largas pértigas provistas de garfios en uno de sus extremos, a una manada de perros salvajes hambrientos. En el río había caído, más o menos, lo que equivaldría al contenido de un cubo, fluyó hasta el estanque y acabó sirviendo de alimento a los peces.

El pocero tenía dos hijos, pero ninguno de los dos decidió seguir sus pasos y ambos se marcharon de la comarca. La casa, abandonada, sin que nadie se acercara a ella, fue quedando en estado ruinoso y, con el paso del tiempo, acabó derrumbándose. Desde entonces fue muy difícil conseguir un pozo con agua buena.

A mí me gustan los pozos. Cada vez que veo uno, arrojo una piedra en su interior. Nada me produce mayor sosiego que oír el chapoteo de una pequeña piedra chocando contra la superficie del agua de un pozo profundo.

Q

Que la familia de Naoko fuese a vivir a aquella región en 1961 fue decisión exclusiva del padre. Había sido amigo íntimo del difunto pintor y, además, le gustaba aquel lugar.

El padre era un erudito en literatura francesa que gozaba de cierto prestigio en su terreno, pero, en la época en que Naoko empezó primaria, dejó su puesto en la universidad para llevar, en lo sucesivo, una vida despreocupada traduciendo extraños textos antiguos que elegía según le viniera en gana. Libros sobre Lucifer y sacerdotes depravados, exorcismo, vampiros, cosas por el estilo. No conozco los detalles. Sólo vi una vez su fotografía en una revista. Según Naoko, de joven había llevado una vida bohemia y esa atmósfera se traslucía algo en la fotografía. Llevaba una gorra de paño, gafas negras y mantenía la vista clavada un metro por encima de la lente de la cámara. Quizá hubiera visto algo.

Q

En la época en que la familia de Naoko se mudó a aquel lugar, ya había más gente cultivada y excéntrica que había ido a parar allá y que formaban una colonia de formas imprecisas. Algo muy parecido a las colonias penitenciarias de

Siberia, en la Rusia Imperial, donde deportaban a los acusados por crímenes ideológicos.

Hablando de colonias de deportación, en cierta ocasión hojeé una biografía de Trotski. No sé por qué motivo, sólo recuerdo con claridad dos historias, la de las cucarachas y la de los renos. Aquí va la de los renos...

Amparado en la oscuridad, Trotski robó un trineo de renos y huyó del penal. Los cuatro renos corrieron velozmente a través del páramo helado. El aliento que exhalaban formaba una nube blanca, sus pezuñas hacían saltar la nieve virgen. Dos días después, cuando llegaron a la estación de tren, los renos se derrumbaron víctimas del agotamiento y ya no volvieron a levantarse. Trotski abrazó los renos muertos y, entre lágrimas, juró sobre sus pechos: «Me cueste lo que me cueste, traeré a este país la justicia y los ideales. Y la revolución». En la Plaza Roja, aún hoy se levanta una estatua de bronce con los cuatro renos. Uno mira hacia el este, otro hacia el norte, otro hacia el oeste y otro hacia el sur. Ni siquiera Stalin pudo demoler los cuatro renos. Quien visite Moscú hará bien en ir a ver la Plaza Roja un domingo por la mañana. Porque así podrá contemplar una visión muy refrescante: cómo estudiantes de secundaria de sonrosadas mejillas pasan la fregona por las figuras de los cuatro renos mientras exhalan una nube de aliento blanco.

... Vuelvo a la otra historia, la de la colonia.

Sus miembros huyeron de la explanada cerca de la estación y se dirigieron a la ladera de la montaña para construir el tipo de casa que deseaban. Todas las casas poseían jardines fabulosamente grandes y conservaban los bosquecillos originales, los estanques y los montículos. En los jardines de algunas casas incluso discurrían bellos arroyos donde nadaban auténticas carpas.

La gente se despertaba temprano, con el canto de la tórtola, recorría el jardín pisando hayucos, se detenía y alzaba el rostro hacia la luz de la mañana que se derramaba a través de las hojas de los árboles.

Pero, en fin, los tiempos cambiaron y la ola urbanizadora que iba extendiéndose rápidamente desde la ciudad también alcanzó, algo, aquellas tierras. Fue por la época de las Olimpiadas de Tokio. El bosque de moreras, que visto desde lo alto de la montaña parecía un mar fértil, fue aplastado y teñido de negro por los bulldozers y, en su lugar, fueron estableciéndose, poco a poco, una serie de monótonas calles que tenían como centro la estación.

La mayor parte de los nuevos residentes eran empleados de clase media que se levantaban a toda prisa hacia las cinco de la mañana, se subían al tren sin tiempo siquiera de lavarse la cara y volvían tarde por la noche como si estuvieran muertos.

Por esta razón, el único momento en que podían disfrutar tranquilamente de su ciudad y de su casa era el domingo por la tarde. Y la mayoría de ellos, como si se hubiesen puesto de acuerdo, tenía un perro. Los perros se iban cruzando unos con otros y los cachorros formaban jaurías de perros salvajes. Las palabras de Naoko: «Hace tiempo ni siquiera había perros», tienen que encuadrarse en este contexto.

Ǫ

Esperé alrededor de una hora, pero el perro no apareció. Encendí unos diez cigarrillos y los fui apagando de un pisotón. Caminé hasta el centro del andén, bebí del grifo un agua deliciosa y tan fría que parecía que fuera a desprendérseme la mano. El perro seguía sin aparecer.

A un extremo de la estación había un extenso estanque. Un estanque alargado y de formas onduladas formado por el agua estancada del río. A su alrededor crecían, altas y frondosas, hierbas acuáticas, y de vez en cuando se veía saltar un pez sobre la superficie del agua. Sentados en la orilla, manteniendo entre sí cierta distancia, unos hombres dejaban caer los sedales en la superficie sombría del agua sin pronunciar palabra. El hilo, como una aguja de plata clavada en la faz del lago, esbozaba apenas un gesto crispado. Bajo la imprecisa luz del sol de primavera, un perrazo de color blanco, que parecía acompañar a uno de los pescadores, olfateaba con entusiasmo unos tréboles.

El perro se aproximó unos diez metros, entonces yo me asomé por encima de la valla y lo llamé. El perro alzó la cabeza, me miró con unos ojos pardos tan claros que me dio lástima, y meneó el rabo dos o tres veces. Chasqueé los dedos y se acercó, introdujo la punta del morro a través de la valla y me lamió la mano con su larga lengua.

—Entra. —Le indiqué al perro que me siguiera.

El perro se volvió, como si vacilara, y se quedó moviendo el rabo como si no acabara de comprenderme.

—Pasa aquí dentro. Ya estoy harto de esperar.

Me saqué un chicle del bolsillo, lo desenvolví y se lo mostré. El perro, tras clavar la mirada unos instantes en el chicle, se decidió a cruzar el seto. Después de acariciarle la cabeza varias veces, hice una bola con el chicle entre las palmas de mis manos y lo arrojé con todas mis fuerzas hacia un extremo del andén. El perro corrió en línea recta hacia allí.

Satisfecho, me volví a casa.

En el tren de vuelta a casa me repetí a mí mismo cientos de veces: «Todo ha terminado. Olvídalo de una vez». «¿Acaso no has venido hasta aquí para eso?» Pero no podía olvidarlo. Como tampoco podía olvidar que había amado a Naoko. Y que ella ya había muerto. En definitiva, no había terminado absolutamente nada.

Q

Venus es un planeta cálido cubierto de nubes. Debido al calor y a la humedad, la mayor parte de sus habitantes mueren jóvenes. Tanto es así que los que llegan a los treinta años se convierten en una leyenda. Por ello, su corazón rebosa de amor. Todos los venusianos aman a todos los venusianos. Ellos no odian al prójimo, no lo envidian, no lo desprecian. No hablan pestes de nadie. En Venus no hay asesinatos ni disputas. Sólo hay amor y consideración hacia los demás.

—Suponiendo que alguien muera hoy, nosotros no estaremos tristes —me dijo el apacible venusiano—. Nosotros ya lo amamos mientras vivía. Para no arrepentirnos después de nada.

—Es decir, que amáis por adelantado, ¿verdad?

—No acabo de entender vuestra lengua —dijo sacudiendo la cabeza.

—¿Realmente funciona? —le pregunté.

—Si no fuera así —me contestó—, Venus estaría sumida en la tristeza.

Q

Cuando regresé a mi apartamento, las dos gemelas estaban arrebujadas en la cama, una junto a la otra, como un par de sardinas en lata, dejando escapar risillas sofocadas.

—Bienvenido —dijo una.

—¿Adónde has ido?

—A la estación —contesté aflojándome el nudo de la corbata, me deslicé entre ellas y cerré los ojos. Me moría de sueño.

—¿A qué estación?

—¿Qué has ido a hacer allí?

—A una estación que está lejos. He ido a ver un perro.

—¿Qué perro?

—¿Te gustan los perros?

—Un perro grande de color blanco. Pero no. No me gustan mucho los perros.

Me encendí un cigarrillo y las dos permanecieron en silencio hasta que terminé de fumármelo.

—¿Estás triste? —me preguntó una.

Asentí en silencio.

—Duerme —dijo la otra.

Y me dormí.

Q

Esta historia que «yo» estoy contando en primera persona es la mía y, también, la de un hombre llamado el Rata. Aquel otoño, él y «yo» vivíamos en ciudades que se encontraban a setecientos kilómetros de distancia.

Septiembre de 1973. Esta novela empieza ahí. La entrada es ésa. Espero que haya salida. Si no la hay, escribir no tiene ningún sentido.

Sobre el nacimiento del *pinball*

Es muy probable que el nombre Raymond Moloney no le suene a nadie.

Tal persona existió en el pasado y murió. Eso seguro. Su vida apenas es conocida. Menos conocida aún que la de la araña de agua que habita el fondo de profundos pozos.

Sin embargo, es un hecho real que la primera máquina *pinball* de la historia llegó a este sucio mundo desde las doradas nubes de la tecnología de la mano de este personaje en 1934. Y que, en este mismo año, al otro lado del enorme charco del océano Atlántico, Adolf Hitler se disponía a agarrar el primer peldaño de la escala de cuerda de Weimar.

En fin, no es que la vida de Raymond Moloney esté teñida con la misma aura mítica de los hermanos Wright o de Graham Bell. Ni tiene anécdotas conmovedoras de sus años de adolescencia, ni teatrales eurekas. Sólo se menciona su nombre en la primera página de un texto especializado escrito para unos lectores escasos y caprichosos. «En 1934, Raymond Moloney inventó la primera máquina *pinball*.» Ni siquiera aparece su fotografía. Y, por supuesto, no tiene ni retrato ni estatua de bronce.

Quizá pienses lo siguiente. Que si el señor Moloney no hubiera existido, la historia de las máquinas *pinball* habría sido muy distinta. Más aún, que tal vez ni siquiera hubiesen existido. Y si nuestra valoración del señor Moloney es injusta, ¿no será esto, entonces, un acto de ingratitud? Sin embargo, si tienes la ocasión de contemplar un *Bally Hoo*, el primer modelo de *pinball* creado por el señor Moloney, estoy seguro de que tus dudas se desvanecerán. Porque no posee ni uno solo de los elementos susceptibles de excitar nuestra imaginación.

La trayectoria de la máquina *pinball* y la de Hitler muestran puntos en común. Coinciden en que la aparición de ambos en este mundo, como una efervescencia de la época, fue recibida con cautela, y en que aquello que les confirió un aura mítica fue más la rapidez de sus progresos que sus propias cualidades. Una evolución que, por supuesto, se sustentaba sobre tres ruedas: la tecnología, la inversión de capital y, además, los apetitos básicos de la gente.

La gente fue innovando a una velocidad de vértigo la sencilla máquina *pinball*, que sin duda tenía semejanzas con el muñeco de barro primigenio. Alguien gritó: «¡Hágase la luz!», otro gritó: «¡Hágase la electricidad!», otro gritó: «¡Háganse los *flippers!*». Y la luz iluminó el tablero, la electricidad desvió la bola magnéticamente, los dos brazos de los *flippers* la golpearon.

La suma de los puntos convirtió la destreza en el juego en cifras, la luz centelleante que aparecía con la palabra TILT penalizaba si alguien sacudía la máquina con excesivo entusiasmo. A continuación nació el concepto metafísico llamado secuencia y, a partir de aquí, surgieron diversas escuelas llamadas *bonus light, extra ball* y *replay*. Y, en aquel momento, las máquinas *pinball* empezaron a dotarse de cierto poder oculto.

Q

Ésta es una novela sobre la máquina *pinball*.

Q

En el prefacio de *Bonus Light*, un trabajo de investigación sobre la máquina *pinball*, se lee lo siguiente:

«De una máquina *pinball* no obtendrás casi nada. Sólo tu orgullo traducido en cifras. Sí vas a perder, en cambio, muchas cosas. Una cantidad de monedas de cobre suficiente para erigir estatuas para todos los presidentes de la historia (siempre que realmente te apetezca levantarle una estatua a Richard M. Nixon) y un tiempo precioso imposible de recuperar.

»Mientras tú te aplicas a este desgaste solitario ante la máquina *pinball*, otros están leyendo a Proust. Y otros, quizá, se estén entregando a salvajes tocamientos mientras ven *Valor de ley* en un autocine. Y tal vez algunos acaben siendo escritores testigos de su época o formando un matrimonio feliz.

»Sin embargo, la máquina *pinball* no te lleva a ninguna parte. Sólo a lograr que se encienda la luz de *replay* (jugada extra). *Replay, replay, replay...* Parece que el juego de *pinball*, en sí, se proponga alcanzar la eternidad.

»Y, sobre la eternidad, nosotros lo desconocemos casi todo. Aunque podamos hacer conjeturas sobre su sombra.

»El objetivo del *pinball* no es la autoexpresión sino la autotransformación. No es la expansión del ego, sino su contención. No es el análisis, sino la generalización.

»Si lo que tú buscas es la expresión de ti mismo, la expansión de tu ego o alguna forma de análisis, recibirás, sin clemencia, una sanción mediante la palabra TILT centelleando.

»Que tengas una buena jugada».

1

Habrá muchas maneras de distinguir a un par de gemelas, claro está, pero yo desgraciadamente no conocía ninguna. La cara, la voz, el peinado..., aparte de ser iguales en
todo, tenían incluso los mismos lunares e idénticas manchas de nacimiento. Estaba en un callejón sin salida. Eran
copias perfectas. Ofrecían la misma respuesta a ciertos estí-
mulos y en cuanto a la comida, la bebida, las canciones que
cantaban, las horas de sueño y hasta los días de la mens-
truación, eran los mismos. Qué representa ser gemelo es un
asunto que sobrepasa mi capacidad de imaginación. Pero si
tuviera un hermano gemelo y ambos fuésemos idénticos en
todo, seguro que me hallaría sumido en una confusión terrible. Es posible que me causara grandes problemas respecto
a mi propia identidad.

Sin embargo, ellas llevaban una vida extremadamente
apacible y, cuando se daban cuenta de que no las distin-
guía, se sorprendían muchísimo e, incluso, se enfadaban.

—Pero si somos muy distintas.

—Es como si fuésemos otra persona.

Yo me encogía de hombros sin decir palabra.

No sé cuánto tiempo ha transcurrido desde que las dos
se me metieron en casa. Desde que he empezado a vivir con
ellas, mi propia percepción del tiempo ha ido retrocedien-
do a ojos vistas. Me pregunto si no será exactamente así
como percibe el tiempo un ser vivo que se reproduce por
división celular.

Q

Mi amigo y yo alquilamos un piso en la calle que sube la cuesta que va de Shibuya a Nanpeidai y abrimos una pequeña agencia de traducciones. El capital procedía del padre de mi amigo, aunque tampoco se trataba de una suma exorbitante. Aparte del dinero de la fianza del piso, sólo compramos tres mesas metálicas, unos diez diccionarios, el teléfono y media docena de botellas de *bourbon*. Con el dinero que sobró encargamos un letrero metálico, hicimos grabar el nombre que más nos gustó, lo colgamos en la fachada, publicamos algunos anuncios en los periódicos y, después, con los cuatro pies apoyados sobre la mesa, nos dispusimos a esperar a los clientes mientras nos tomábamos un whisky. Era la primavera de 1972.

Meses más tarde nos dimos cuenta de que habíamos encontrado un filón. Nuestra modesta oficina empezó a recibir una cantidad asombrosa de encargos. Con los ingresos, instalamos aire acondicionado, pusimos nevera y una barra.

—Somos unos triunfadores —me dijo mi amigo.

Aquello me llenó de satisfacción. Era la primera vez en mi vida que alguien me dedicaba unas palabras tan reconfortantes.

Mi amigo negoció con un conocido suyo que tenía una imprenta y consiguió un descuento a cambio de encargarle la impresión de todos los documentos traducidos que necesitasen editarse. Yo reuní un grupo de buenos estudiantes de las facultades de lenguas extranjeras y les confié los primeros borradores de las traducciones a las que yo no daba abasto. Contraté a una administrativa y le encargué algunas pequeñas tareas, la contabilidad y los contactos con los clientes. Era una chica recién salida de la Escuela Comercial de Negocios, atenta, de piernas largas, que, dejando de lado el hecho de tararear *Penny Lane* veinte veces al día, no tenía defecto alguno. «Ya. Es natural», decía mi amigo. Porque el sueldo que le pagábamos nosotros era un cincuenta por ciento más alto que la media, recibía paga extraordinaria cinco meses y contaba con diez días de vacaciones en verano y en invierno. Por esta razón, los tres vivíamos satisfechos y felices, cada uno con lo suyo.

El lugar de trabajo era un piso de dos habitaciones más una cocina-comedor, pero lo curioso era que la cocina-comedor se encontraba entre las otras dos piezas. Nos lo jugamos a suertes con unas cerillas, a mí me tocó la habitación del fondo y, a mi amigo, la que estaba más cerca del recibidor. La chica se instaló en la cocina-comedor de en medio y empezó a llevar los libros de contabilidad, a preparar whiskies con hielo y a montar trampas para cucarachas mientras tarareaba *Penny Lane*.

Con el dinero para los gastos adquirí un par de bandejas archivadoras y las coloqué a ambos lados de la mesa: en la de la izquierda apilé las traducciones por hacer; en la de la derecha, los trabajos terminados.

Tanto los tipos de textos que traducíamos como las personas que nos los encargaban eran muy variados. Desde artículos de *American Science* sobre la resistencia a la presión de los cojinetes de bolas, el *Libro de los cócteles de América* de 1972, explicaciones sobre cómo darles el mejor uso a las maquinillas de afeitar, a un ensayo de William Styron... Al lado izquierdo de mi mesa se amontonaba todo tipo de textos con una etiqueta que indicaba «para tal día de tal mes», y cuando llegaba el momento pertinente, pasaban al lado derecho. Y yo, cada vez que terminaba un trabajo, me tomaba un dedo de whisky.

No había necesidad de romperse la cabeza. Éste era el punto a destacar sobre el nivel de las traducciones que realizábamos. Tenías una moneda en la mano izquierda y, ¡pam!, la ponías sobre la mano derecha, retirabas la mano izquierda y la moneda se quedaba en la derecha. Eso era todo.

A las diez entraba en la oficina; a las cuatro salía. Los sábados íbamos los tres a una discoteca cercana y bailábamos al ritmo de grupos de la estela de Santana mientras nos tomábamos unos J&B.

Los ingresos no estaban mal. De los ingresos restábamos el alquiler de la oficina, los reducidos gastos, el sueldo de la chica, la paga de los estudiantes y, además, los impuestos. El resto lo dividíamos en diez partes iguales: una para los fondos de la empresa, cinco para él y cuatro para mí. Poner el dinero en metálico sobre la mesa e ir dividiéndolo en partes iguales era un método algo primitivo, pero muy divertido. A mí me recordaba la escena de la partida de póquer entre Steve McQueen y Edward G. Robinson en *El rey del juego*.

La proporción «él, cinco; yo, cuatro» me parecía muy justa. La administración sustancial del negocio recaía en él y, cuando yo bebía demasiado whisky, él siempre me aguantaba sin protestar. Además, mi amigo cargaba sobre sus espaldas con una mujer enfermiza, un niño de tres años y un Volkswagen que siempre estaba averiado, y por si eso no fuera suficiente, siempre estaba dispuesto a hallar nuevos motivos de preocupación.

—Pero es que yo estoy manteniendo a un par de gemelas —le dije un día, pero él no me creyó, por supuesto. Cogió cinco partes y yo cuatro, como de costumbre.

Así crucé la linde de la mitad de la veintena. Aquéllos fueron unos días tan apacibles como un rincón soleado por la tarde.

«No existe un texto escrito por una persona que no pueda entender otra.» Éste era el glorioso eslogan publicitario que figuraba en nuestros folletos de impresión tricolor.

Una vez cada medio año llegaba una época de total inactividad y, entonces, los tres nos plantábamos delante de la estación de Shibuya y repartíamos folletos para matar el aburrimiento.

¿Durante cuánto tiempo continuaron las cosas así? Yo avanzaba a través de un silencio que se extendía hasta el infinito. Al acabar de trabajar volvía a mi apartamento y releía la *Crítica de la razón pura* mientras tomaba el delicioso café que me habían preparado las gemelas.

A veces, cosas que habían pasado el día antes es como si hubiesen sucedido el año pasado y cosas del año pasado es como si hubiesen sucedido el día antes. En momentos muy duros, incluso los sucesos del año próximo parecía que hubiesen ocurrido el día antes. Mientras traducía «Sobre Polanski», de Kenneth Tynan, publicado en el número de septiembre de 1971 de la revista *Esquire,* no paraban de venirme a la cabeza los cojinetes de bolas.

Durante muchos meses, durante muchos años, permanecí sentado, solo, en el fondo de una profunda piscina. El agua templada, la tenue luz y el silencio. El silencio...

Sólo había una manera de distinguir a las gemelas. Por la sudadera que llevaban. Eran unas sudaderas de color azul marino completamente desteñidas, pero en el pecho tenían unos números en blanco. Una, el 208; y la otra, el 209. El dos estaba sobre su pezón derecho, el ocho o el nueve, sobre su pezón izquierdo. El cero quedaba emparedado entre los otros dos.

El primer día les pregunté qué significaban aquellos números. Ellas me respondieron que no significaban nada.

—Parecen los números de serie de una máquina.

—¿A qué te refieres? —me preguntó una.

—Vamos, pues a que hay mucha gente que lleva los mismos números que vosotras. El doscientos ocho y el doscientos nueve.

—¡No me digas! —exclamó la 209.

—Desde que nacimos, estamos sólo las dos —dijo la 208—. Además, estas sudaderas nos las dieron.

—¿Dónde? —pregunté yo.

—En la inauguración de un supermercado. Las repartían gratis a los primeros que llegaban.

—Yo fui la clienta número doscientos nueve —dijo la 209.

—Yo fui la clienta número doscientos ocho —dijo la 208.

—Entre las dos compramos tres cajas de pañuelos de papel.

—¡OK! Hagamos lo siguiente —propuse—. A ti te llamaré doscientos ocho. Y a ti, doscientos nueve. Así os podré distinguir a la una de la otra. —Señalé los dos números.

—No. Que no —dijo una.

—¿Por qué?

Las dos se quitaron las sudaderas en silencio, se las intercambiaron y volvieron a deslizárselas por la cabeza.

—Soy la doscientos ocho —dijo la 209.

—Y la doscientos nueve soy yo —dijo la 208.

Lancé un suspiro.

Sin embargo, cuando debía identificarlas por necesidad, no tenía más remedio que recurrir al número. Porque ése era el único modo posible de hacerlo.

Aparte de la sudadera, no tenían casi nada que ponerse. Era como si, dando un paseo, hubiesen entrado en alguna casa y allí se hubiesen quedado. De hecho, la realidad no era muy distinta. A principios de semana les daba algún dinerillo para que adquiriesen lo que necesitaban, pero ellas, aparte de lo necesario para comer, sólo compraban galletas de crema de café.

—Es un problema estar sin ropa, ¿verdad? —les pregunté.

—¡No, qué va! —respondió la 208.

—A nosotras no nos interesa la ropa —dijo la 209.

Una vez a la semana, las pobres chicas lavaban sus sudaderas en la bañera. Al alzar la vista de la *Crítica de la razón pura* que yo estaba leyendo en la cama, las veía desnudas sobre las baldosas del baño, la una junto a la otra, lavando sus sudaderas. En aquellos instantes tenía la sensación de que había ido muy lejos. No sé por qué. Desde que el verano anterior había perdido la funda de un diente bajo el trampolín de la piscina, de vez en cuando me embarga esta sensación.

Al volver del trabajo solía encontrarme las sudaderas con los números 208 y 209 tendidas en la ventana que daba al sur. Y entonces, a veces, hasta se me saltaban las lágrimas.

$\bar{Q}$

¿Por qué os habéis instalado en mi casa? ¿Hasta cuándo tenéis intención de permanecer aquí? Y, ante todo, ¿quiénes sois?, ¿qué edad tenéis?, ¿dónde habéis nacido?... Jamás les pregunté nada de eso. Ellas tampoco me contaron nada.

166

Los tres nos pasábamos las mañanas tomando café, paseando al atardecer por el campo de golf buscando pelotas perdidas y bromeando por la noche en la cama. El plato fuerte era la hora diaria que me dedicaba a explicarles las noticias del periódico. Me sorprendía lo ignorantes que eran. Ni siquiera distinguían Birmania de Australia. Me llevó tres días convencerlas de que Vietnam estaba dividido en dos y de que las dos partes estaban en guerra, y otros cuatro explicarles por qué Nixon había bombardeado Hanói.

—¿Tú a cuál de los dos apoyas? —preguntó la 208.

—¿A cuál de los dos?

—Sí. ¿Al Sur o al Norte? —dijo la 209.

—Uf, pues no sé.

—¿Por qué?

—Porque yo no vivo en Vietnam.

Mi explicación no convenció a ninguna de las dos. Tampoco a mí.

—Se pelean porque piensan diferente, ¿no es así? —prosiguió la 208.

—También se puede ver de esta manera.

—Vamos, que tienen ideas enfrentadas, ¿no es verdad?

—Sí. Pero en este mundo habrá un millón doscientas mil ideas contrapuestas. No, posiblemente haya muchísimas más.

—¿Significa esto que no se puede ser amigo de casi nadie? —dijo la 209.

—Es posible —repuse—. No se puede ser amigo de casi nadie.

Éste era el tipo de vida que llevaba en los años setenta. Dostoievski lo había profetizado, yo lo había adoptado.

2

En el otoño de 1973, parecía haber algo maligno oculto en alguna parte. Y el Rata podía percibirlo con tanta claridad como si tuviese una china metida en su zapato.

Incluso después de que el corto verano de aquel año se extinguiera, absorbido por los inciertos vaivenes de la atmósfera de principios de septiembre, el corazón del Rata permaneció anclado en los menguados rescoldos del estío. Camisetas viejas, vaqueros con los bajos deshilachados, chancletas... Todavía con ese aspecto iba al Jay's Bar, se sentaba a la barra y continuaba tomando cerveza, ya demasiado fría, con Jay, el barman. Después de cinco años, había vuelto a fumar y echaba un vistazo al reloj cada quince minutos.

Para el Rata, el flujo del tiempo parecía haberse interrumpido en algún punto. Él no sabía por qué había pasado. Ni siquiera podía localizar en qué momento se había producido. Asido a una cuerda sin vida erraba por las pálidas tinieblas del otoño. Cruzaba los prados, atravesaba las montañas, empujaba varias puertas. Sin embargo, la cuerda no lo conducía a ninguna parte. Como una mosca de invierno a la que han arrancado las alas, como la corriente de un río encarada al mar, el Rata se encontraba sumido en la impotencia, en la soledad. En algún lugar se habían levantado malos vientos y había barrido hasta la faz opuesta de la Tierra el aire íntimo que, hasta entonces, lo había envuelto por completo.

Una estación del año abre la puerta y se va; otra, aparece por una puerta distinta. Una persona abre precipitadamente la puerta y grita: «¡Eh! Espera un momento. Me he olvidado de decir algo». Pero ya no hay nadie. Cierra. En el interior del cuarto, la otra estación se ha aposentado ya en una silla, ha prendido un fósforo y ha encendido un cigarrillo. «Si te olvidaste de contarle algo», dice, «confíamelo a mí. Con un poco de suerte, tal vez yo pueda transmitírselo.» «No, no», dice la persona. «No vale la pena. Se oye el ulular del viento por todas partes. No vale la pena. Sólo que una estación ha muerto y se ha ido.»

Q

Todos los años, durante la época de transición del otoño al invierno, aquel joven rico expulsado de la universidad y el solitario barman chino se sentaban juntos arrimándose el uno al otro como un anciano matrimonio.

El otoño era siempre una estación odiosa. Los pocos amigos que, en verano, habían vuelto a la ciudad de vacaciones ya se habían ido, sin aguardar la llegada de septiembre. Tras unas breves palabras de despedida habían vuelto a sus lugares, a muchos kilómetros de distancia. Y en la temporada en que la luz del verano cambiaba sutilmente de matiz, como si hubiese cruzado una invisible línea divisoria de aguas, se apagaba también el fulgor que, como un aura, envolvía al Rata. Y el rescoldo de cálidos sueños era absorbido en el fondo arenoso del otoño, como si fuera un estrecho riachuelo, sin dejar rastro alguno.

El otoño tampoco era para Jay una estación agradable. A partir de mediados de septiembre, el número de clientes disminuía a ojos vistas. Sucedía todos los años, pero el drástico bajón de aquel año era dramático. Ni Jay ni el Rata conocían la razón. Al llegar la hora de cerrar, quedaba aún medio cubo de las patatas que Jay pelaba para freír.

—Pronto habrá más trabajo —consolaba el Rata a Jay—. Y entonces volverás a quejarte de que estás demasiado ocupado.

—¡Uf! Vete a saber.

Jay le respondió con aire dubitativo. Apoltronado en un taburete que había introducido detrás de la barra, iba desprendiendo con un picahielos la grasa de la mantequilla adherida a la tostadora.

Lo que sucedería más adelante, eso no lo sabía nadie.

El Rata pasaba las hojas de un libro en silencio, Jay fumaba un cigarrillo sin filtro con sus toscos dedos mientras iba frotando las botellas de licor.

Q

Hacía tres años que el flujo del tiempo del Rata había empezado a perder, poco a poco, su regularidad. Sucedió durante la primavera en que abandonó los estudios.

Por supuesto, las razones que lo llevaron a abandonar la universidad fueron diversas. Y éstas se enredaron unas con otras de tal manera que subió tanto la temperatura que saltaron los plomos. Algunas cosas permanecieron, otras salieron despedidas de una patada, otras murieron.

El Rata jamás contaba por qué había abandonado la universidad. Para explicarlo al detalle, tal vez hubiese tardado unas cinco horas. Además, si se lo hubiera contado a una persona, quizás habría habido otras que habrían querido oírlo. Y, tal vez, se habría visto entonces obligado a explicárselo al mundo entero. Sólo de pensarlo, el Rata sentía un profundo hastío desde lo más hondo de su corazón.

—No me gustaba cómo cortaban el césped del patio —decía cuando no tenía más remedio que dar alguna explicación. De hecho, hasta hubo una chica que acudió a echarle un vistazo al césped del patio de la universidad.

—Pues no estaba tan mal —dijo ella—. Es cierto que había unos cuantos papeles tirados por el suelo, pero...

170

—Es una cuestión de gustos —repuso el Rata.

—No nos aveníamos. Ni yo con la universidad ni la universidad conmigo —decía cuando estaba de mejor humor. Y, tras pronunciar estas palabras, enmudecía.

Hacía ya tres años de aquello.

Con el transcurrir del tiempo, todo había ido quedando atrás. A una velocidad casi increíble.

Sentimientos que en cierto momento jadearon con violencia en su interior fueron perdiendo rápidamente sus colores, adoptando la forma de viejos sueños sin sentido.

El año en que el Rata entró en la universidad, se fue de casa y se trasladó a un piso que su padre usaba a veces como despacho. Sus padres no se opusieron. Para empezar, ya habían adquirido el piso con la intención de cedérselo a su hijo y, además, pensaron que no estaría mal que durante algún tiempo experimentara las dificultades de vivir por su cuenta.

Sin embargo, se mirase como se mirase, dificultades no las había por ninguna parte. Igual que un melón jamás parecerá una verdura. El piso constaba de dos habitaciones más cocina-comedor, todo de amplias dimensiones, instalación de aire acondicionado y teléfono, un televisor en color de diecisiete pulgadas, bañera con ducha, un aparcamiento en el sótano con un Triumph incluido y, además, hasta tenía una elegante terraza, ideal para tomar el sol. Desde la ventana de la buhardilla que daba al sudeste se tenía una vista panorámica de la ciudad y del océano. Al abrir las ventanas de ambos lados, el viento traía el olor de los frondosos árboles y el trino de los pájaros silvestres.

Las apacibles horas de la tarde, el Rata las pasaba repantigado en un sillón de mimbre. Con los ojos cerrados, sin pensar en nada, podía sentir cómo el tiempo atravesaba su cuerpo como una suave corriente de agua. Podía dejar que transcurrieran así horas, días, semanas.

A veces, pequeñas oleadas de emociones rompían de repente en su corazón. En esos instantes, el Rata cerraba los ojos, sellaba firmemente su corazón y esperaba inmóvil a que la ola retrocediera. Eran los momentos de pálida oscuridad que preceden al crepúsculo. En cuanto pasaba la ola, regresaba la calma como si no hubiese sucedido absolutamente nada.

3

Aparte de los que venían a ofrecerte que te suscribieras a un periódico, nadie llamaba a mi puerta. Por lo tanto, no sólo no abría, sino que ni siquiera me molestaba en contestar.

Sin embargo, aquel domingo por la mañana alguien golpeó la puerta treinta y cinco veces seguidas. Qué remedio. Con los ojos medio cerrados, salté de la cama y abrí la puerta apoyándome casi en ella. En el corredor había plantado un hombre de unos cuarenta años que llevaba un mono de trabajo de color gris y sostenía un casco en la mano como quien abraza un perrito.

—Soy de la compañía telefónica —dijo el hombre—. Vengo a cambiar el cuadro de distribución.

Asentí. Era un hombre de tez negruzca, de esos que, por más que se afeiten, siempre van mal afeitados. Tenía barba hasta debajo mismo de los ojos. Me inspiró cierta lástima, pero yo estaba muerto de sueño, por haber estado jugando al backgammon con las gemelas hasta las cuatro de la madrugada.

—¿No puede venir por la tarde?

—Tendría que ser ahora. Si no, me hará ir mal.

—¿Por qué?

Tras rebuscar confusamente dentro del bolsillo exterior del pantalón, a la altura del muslo, me mostró un cuaderno negro.

—Tengo programado el trabajo del día. Cuando acabe en este barrio, debo trasladarme enseguida a otro. Mire.

Desde el lado opuesto, eché un vistazo al cuaderno. En efecto, mi apartamento era el único que quedaba en aquel barrio.

—¿En qué consiste?

—Es algo sencillo. Saco el cuadro de distribución, corto la línea y la reconecto al nuevo. Sólo eso. Cosa de diez minutos.

Tras reflexionar un instante, sacudí la cabeza en ademán negativo, tal como era de esperar.

—El de ahora no tiene ningún problema.

—El de ahora es un modelo anticuado.

—No me importa que sea un modelo anticuado.

—¿Sabe, caballero? —dijo el hombre y se quedó pensando unos instantes—, ése no es el caso. Es que representa un problema para los demás.

—¿De qué tipo?

—Todos los cuadros de distribución están conectados a una enorme computadora de la oficina central. Y su casa es la única que emite señales distintas. Y esto causa muchos problemas. ¿Lo comprende?

—Comprendo. Es un asunto de unificación de hardware y software, ¿no?

—Ya que lo entiende, ¿me dejará entrar?

Me resigné a abrir la puerta para dejar pasar al hombre.

—Pero ¿cómo es que el cuadro de distribución está en mi piso? —le pregunté—. Tendría que estar en la portería o en algún otro lugar por el estilo, ¿no le parece?

—*Normalmente*, sí —respondió el hombre mientras inspeccionaba al detalle las paredes de la cocina en busca del cuadro de distribución—. Pero todo el mundo lo considera un estorbo, porque normalmente no se utiliza y abulta mucho.

Asentí. El hombre se subió en calcetines a una silla de la cocina y registró el techo. Pero no encontró nada.

—Esto parece la búsqueda del tesoro. La gente embute el cuadro de distribución en los lugares más insospechados. ¡Una verdadera pena! Y luego van y meten en sus casas un piano estúpidamente grande y, sobre él, colocan una muñeca dentro de una caja de cristal. No hay quien lo entienda.

Estuve de acuerdo. El hombre dejó de buscar por la cocina y, moviendo la cabeza, se dirigió a la habitación y abrió la puerta.

—Mire, por ejemplo, el cuadro de distribución de la casa adonde he ido antes era digno de lástima. ¿Sabe dónde lo habían metido? Ni siquiera yo, que ya estoy acostumbrado... —Tras pronunciar estas palabras, el hombre contuvo el aliento.

En un rincón del dormitorio había una cama enorme y las dos gemelas estaban, una al lado de la otra, dejando un sitio en medio para mí y asomando la cabeza bajo la manta. El técnico, estupefacto, fue incapaz de abrir la boca durante quince segundos. Las gemelas también callaban. Así que tuve que ser yo quien rompiera el silencio.

—Eee... Este caballero ha venido a hacer una reparación de la línea telefónica.

—Encantada —dijo la de la derecha.

—Muchas gracias —dijo la de la izquierda.

—Ha venido a cambiar el cuadro de distribución —aclaré yo.

—¿El cuadro de distribución?

—¿Y eso qué es?

—La máquina que controla los circuitos de la línea telefónica.

Las dos dijeron que ni idea. Así que dejé que el técnico prosiguiera con la explicación.

—Pues... En resumen, allí se juntan un montón de líneas telefónicas. Es, como si dijéramos, una mamá perro, ¿vale? Y debajo tiene muchos cachorrillos. Lo entienden, ¿verdad?

—¿...?

—No lo entiendo.

—Y... entonces, la mamá perro tiene que alimentar a todos los cachorrillos. Si mamá perro muere, los cachorrillos también morirán. Y cuando la mamá se está muriendo, nosotros vamos y la reemplazamos por otra.

—¡Qué bonito!

—¡Fantástico!

Incluso yo me quedé admirado.

—Por esta razón estoy hoy aquí. Siento mucho haber interrumpido su descanso.

—No tiene importancia.

—¡Quiero verlo!

Aliviado, el hombre se enjugó el sudor con una toalla y barrió el interior de la habitación con la vista.

—Bueno, tengo que buscar el cuadro de distribución.

—No hay ninguna necesidad de buscarlo —dijo la de la derecha.

—Está en el fondo del armario empotrado. Tiene que sacar unas tablas —prosiguió la de la izquierda.

Me quedé atónito.

—Pero ¿cómo es que vosotras lo sabéis? No lo sabía ni yo.

—¡Pero si es el cuadro de distribución!

—¡Algo superconocido!

—¡Me rindo! —exclamó el operario.

Q

Unos diez minutos después, el trabajo había terminado. Mientras tanto, las dos gemelas, con las mejillas pegadas una a la otra, no pararon de cuchichear y de soltar risitas sofocadas. Por su culpa, el hombre había fallado un montón de veces en la conexión de los cables. Cuando acabó, las gemelas se enfundaron las sudaderas y los vaqueros dentro de la cama, fueron a la cocina y prepararon café para todos.

Le ofrecí al técnico un trozo de tarta danesa que quedaba. La aceptó muy complacido y se la tomó junto con el café.

—Lo siento. Es que no había tomado nada desde la mañana.

—¿No está casado? —preguntó la 208.

—Sí, sí lo estoy. Pero los domingos por la mañana mi mujer no se levanta a prepararme nada.

—¡Qué pena! —dijo la 209.

—Y yo, los domingos, no es que trabaje por gusto.

—¿Le apetece un huevo duro? —le pregunté, compadecido yo también.

—No, muchas gracias. Ya han sido demasiado generosos conmigo.

—No pasa nada —dije yo—. Total, vamos a preparar para todos.

176

—En ese caso, lo acepto encantado. Pasado por agua, por favor.

Q

Mientras descascarillaba el huevo, el hombre siguió hablando.

—¿Saben? Llevo veintiún años yendo de casa en casa y ésta es la primera vez que veo algo parecido.

—¿Qué?

—En resumen... A alguien que estaba acostado con un par de gemelas. Para usted debe de ser muy duro, ¿verdad, caballero?

—¡Qué va! —exclamé sorbiendo la segunda taza de café.

—¿De verdad?

—De verdad.

—Es que él es increíble —dijo la 208.

—Una bestia —dijo la 209.

—¡Me rindo! —exclamó el hombre.

Q

Creo que se quedó totalmente apabullado. La prueba es que se le olvidó el cuadro de distribución viejo. O quizá lo dejara como muestra de agradecimiento por el desayuno. En todo caso, las gemelas se pasaron el día jugando con él. Una hacía de mamá perro, la otra de cachorrillo, y se iban diciendo no sé qué cosas ininteligibles la una a la otra.

No pude sumarme a ellas porque tuve que pasarme la tarde haciendo una traducción que me había llevado a casa. Como los estudiantes que me ayudaban con los borradores estaban de exámenes trimestrales, el trabajo se me había acumulado un horror. Trabajé a buen ritmo, pero, pasadas las tres, empecé a flaquear, igual que si se me hubiesen agotado las pilas, y, a las cuatro, estaba muerto de cansancio. No podía avanzar una sola línea más.

Resignado, hinqué los codos en el cristal que recubría mi escritorio y me fumé un cigarrillo con los ojos clavados en el techo. El humo vagaba lentamente en la apacible luz de la tarde como si fuera un ectoplasma. Bajo el cristal, había insertado un pequeño calendario que me habían dado en el banco. Septiembre de 1973... Parecía un sueño. 1973. Ni siquiera se me había pasado por la cabeza que existiera *de verdad* aquel año. Al pensarlo, no sé por qué, me embargó una increíble sensación de pasmo.

—¿Qué te pasa? —me preguntó la 208.

—Debe de ser el cansancio. ¿Tomamos un café?

Las dos asintieron, fueron a la cocina y, mientras una molía el grano, la otra ponía el agua a hervir y calentaba las tazas. Nos sentamos en el suelo, en fila, junto a la ventana, nos tomamos el café caliente.

—¿No te encuentras bien? —dijo la 209.

—Eso parece —dije yo.

—Está débil —dijo la 208.

—¿Qué?

—El cuadro de distribución.

—La mamá perro.

Lancé un suspiro desde el fondo de mi vientre.

—¿Lo creéis de verdad?

Las dos asintieron.

—Se está muriendo.

—Sí.

—¿Qué creéis que deberíamos hacer?

Las dos negaron con la cabeza.

178

—No lo sé.

Fumé en silencio.

—¿Vamos a pasear por el campo de golf? Hoy es domingo y quizás haya muchas bolas perdidas.

Después de jugar alrededor de una hora al backgammon, saltamos por encima de la verja metálica del recinto y caminamos por el campo de golf, ya desierto debido al crepúsculo. Silbé dos veces *It's so Peaceful in the Country,* de Mildred Bailey. «¡Qué melodía tan bonita!», exclamaron ambas. Pero no logramos encontrar una sola bola. Era uno de esos días. Seguro que en Tokio se habían dado cita los mejores golfistas. O quizás en el campo de golf habían empezado a criar sabuesos buscabolas. Descorazonados, volvimos al apartamento.

4

El faro deshabitado se alzaba, solitario, en un extremo del largo y serpenteante malecón. Medía apenas tres metros, no era muy grande. Algunos barcos pesqueros habían utilizado aquel faro antes de que el mar empezara a contaminarse y los peces desaparecieran por completo de la playa. Allá no había nada que pudiera llamarse puerto. En lugar de eso, los pescadores habían montado en la playa, fuera del agua, unas sencillas estructuras de madera parecidas a raíles y arrastraban por ellas sus barcas fuera del agua tirando de maromas y con la ayuda de un torno. Cerca de la orilla había tres casas de pescadores y, en la parte interior del rompeolas, la morralla pescada durante la mañana se secaba embutida dentro de cajas de madera.

Hubo tres razones, fundamentalmente, que llevaron a los pescadores a abandonar la zona: la extinción de la pesca, el absurdo rechazo de los ciudadanos a la existencia de una aldea pesquera en la zona residencial urbana y el hecho de que levantar cabañas en la playa fuera considerado ocupación ilegal del suelo municipal. Corría el año 1962. No hay modo de saber adónde fueron. Las tres cabañas fueron demolidas sin más y las viejas barcas de pesca, sin uso que darles ni lugar donde tirarlas, quedaron en los bosquecillos de la playa y se convirtieron en zona de juegos para los niños.

Tras la desaparición de las barcas pesqueras, los únicos barcos que siguieron utilizando el faro fueron algún yate que vagaba por la costa o algún buque mercante que fondeaba fuera del puerto huyendo de la espesa niebla o de los tifones. También es posible que sirviera para algo más.

El faro era achaparrado, negro, de forma similar a una campana invertida. También se parecía a un hombre que estuviera reflexionando visto de espaldas. En las horas en que el azul del cielo se difuminaba dentro de la pálida luz crepuscular, en el asa de la campana se encendía una luz anaranjada que empezaba a girar lentamente. El faro siempre captaba el instante preciso del ocaso. Tanto en el magnífico arrebol de la tarde como en la oscura llovizna, el faro siempre captaba el instante en que la luz y las tinieblas se mezclan y las tinieblas se disponen a trascender a la luz.

Cuando era un muchacho, el Rata iba muchísimas veces a la playa al atardecer, sólo para presenciar ese instante. En las tardes en que las olas no eran altas, caminaba hasta el faro contando las desgastadas piedras del suelo del malecón. Incluso se podía ver bajo la superficie del agua del mar, sorprendentemente cristalina, los primeros bancos de peces del otoño. Después de trazar innumerables círculos junto al malecón como si estuviesen buscando algo, los peces desaparecían en dirección a alta mar.

Cuando finalmente alcanzaba el faro, el Rata tomaba asiento en el extremo del malecón y miraba despacio a su alrededor. Por el cielo teñido hasta donde alcanzaba la vista de color azul oscuro, discurrían hebras de delgadas nubes como pintadas con brocha. Aquel azul parecía no tener fin, y eso provocaba en el muchacho un involuntario temblor en las piernas. Un temblor que podía haber sido de pánico. El aroma del mar, el color del viento, todo era sorprendentemente nítido. Después, poco a poco, tomándose su tiempo, cuando se había familiarizado con el paisaje que lo rodeaba, él volvía despacio la mirada atrás. Y entonces contemplaba su propio mundo, tan alejado de las profundidades del mar. La blanca arena y el rompeolas, los bosquecillos de verdes pinos que se extendían, chatos, como si los hubiesen aplastado, y, a sus espaldas, la cadena de montañas negro azulada, vuelta hacia el cielo, dibujándose con nítidos trazos.

A mano izquierda se divisaba a lo lejos el enorme puerto con sus innumerables grúas, diques flotantes, contenedores, buques mercantes y altos rascacielos. A mano derecha, a lo largo de la línea costera arqueada hacia el interior, se sucedían la zona residencial, los muelles donde fondeaban los yates, viejos almacenes de fabricantes de bebidas alcohólicas y, lindando con todo ello, depósitos esféricos de la zona industrial y altas chimeneas que se alzaban en fila, cuya humareda blanca cubría vagamente el cielo. Para el Rata, a los diez años, eso era el fin del mundo.

Durante su infancia, desde la primavera hasta principios de otoño, el Rata visitaba el faro con asiduidad. Los días de fuerte oleaje, las salpicaduras del agua le mojaban los pies, el viento ululaba sobre su cabeza y las piedras cubiertas de musgo hacían que sus pequeños pies resbalaran. A pesar de ello, para él el camino que llevaba al faro era algo íntimo y familiar. Tomaba asiento en el extremo del malecón, aguzaba el oído al rumor de las olas, contemplaba las nubes del cielo y los bancos de pequeños jureles, y arrojaba las piedrecillas que llevaba embutidas en el bolsillo en dirección a alta mar.

Cuando la oscuridad se adueñaba del cielo, él regresaba a su propio mundo, desandando la misma senda. Y, a medio camino, una indefinible sensación de soledad inundaba siempre su corazón. Porque sentía que el mundo que le aguardaba era demasiado extenso, demasiado poderoso, y que no le dejaba espacio para refugiarse.

La casa de la mujer se encontraba cerca del malecón. Cada vez que iba allí, el Rata se acordaba de los vagos deseos de su infancia, del olor del atardecer. Detenía el coche en el camino de la costa, cruzaba los ralos bosques de pinos que se alineaban sobre el arenal para fijar el terreno. Bajo sus pies, la arena despedía un seco crujido.

El apartamento se levantaba en la zona donde antaño estaban las cabañas de los pescadores. Un sitio donde, si excavabas unos metros, salía agua de mar de color marrón rojizo. En el jardín delantero había plantados unos cañacoros, tan lánguidos que dirías que alguien los había pisoteado. El apartamento de la mujer estaba en el primer piso y los días de ventisca ráfagas de fina arena golpeaban los cristales de las ventanas. Era un apartamento pequeño y confortable, orientado hacia el sur, pero en el cual, por alguna misteriosa razón, flotaba un aire lúgubre.

—Es culpa del mar —decía ella—. Está demasiado cerca. El olor del agua salada, el viento, el rumor de las olas, el olor a pescado... Todo.

—A pescado no huele —decía el Rata.

—Sí que huele —replicaba ella. Tiraba de un cordón y cerraba la persiana de golpe—. Si vivieras aquí, te darías cuenta.

La arena golpeaba las ventanas.

5

En el bloque de apartamentos donde vivía cuando iba a la universidad, nadie tenía teléfono. Dudo incluso que todos tuviéramos siquiera goma de borrar. Delante de la portería había una mesita baja adquirida a una escuela de primaria del barrio y, encima, un teléfono de color rosa. Era el único aparato que había en todo el edificio. Vamos, que los cuadros de distribución no le preocupaban absolutamente a nadie. Era un mundo apacible en una época apacible.

Como nunca había nadie en la portería, cada vez que sonaba el teléfono alguien descolgaba y corría a avisar a la persona interesada. Por supuesto, en los momentos en que las llamadas no eran bien recibidas (especialmente a las dos de la madrugada), nadie respondía. El teléfono, como un elefante que presiente su muerte, bramaba enloquecido (llegué a contar hasta treinta y dos timbrazos) y, luego, moría. La expresión «moría» debe tomarse en sentido literal. El último timbrazo atravesaba los largos corredores del edificio y, una vez había sido absorbido por las tinieblas de la noche, una quietud repentina se extendía por doquier. Era un silencio realmente siniestro. Dentro de nuestros lechos, todos conteníamos el aliento y pensábamos en el teléfono que ya había muerto.

Las llamadas que se producían a medianoche siempre eran deprimentes. Alguien cogía el auricular y empezaba a hablar en voz baja.

—Dejemos el tema de una vez, ¿vale?... No. No es eso... Pero ¿qué quieres que le haga yo? ¿Acaso no lo ves?... No te estoy mintiendo. ¿Por qué tendría que mentir?... No, sólo que estoy cansado... Pues claro que lo siento... Por eso mismo. De acuerdo. De acuerdo, ¿vale? Así que ¿dejas que me lo piense un poco?... Por teléfono, no puedo decírtelo bien...

Todo el mundo parecía estar metido en incontables embrollos. Los problemas nos caían del cielo, como la lluvia, y nosotros nos afanábamos en recogerlos y metérnoslos en los bolsillos. Por qué hacíamos tal cosa, todavía no lo sé. Quizá los confundíamos con otra cosa.

También llegaban telegramas. A las cuatro de la madrugada, una moto se detenía ante el vestíbulo del edificio y unos rudos pasos resonaban por el pasillo. Después se oía cómo aporreaban con el puño la puerta de algún apartamento. Aquel ruido me recordaba siempre la llegada de la Parca. ¡Bum! ¡Bum! Muchos hombres llegaban al fin de sus días, enloquecían, enterraban su corazón en el poso del tiempo, se consumían en deseos sin objeto, se molestaban los unos a los otros. 1970 fue así. Si el hombre fuese en verdad un ser vivo creado para elevarse a sí mismo dialécticamente, aquel año habría sido de lo más instructivo.

Q

Yo vivía en la planta baja, al lado de la portería; y aquella muchacha de pelo largo, en el primer piso, junto a la escalera. Por lo que hacía al número de llamadas recibidas, ella era la campeona de todo el bloque y yo me veía obligado a subir y bajar los quince resbaladizos escalones hasta su piso miles y miles de veces. La llamaba todo tipo de gente. Había voces cordiales, voces mecánicas, voces tristes, voces arrogantes. Y todas esas voces preguntaban por ella por su nombre. Un nombre que he olvidado por completo. Sólo recuerdo que, de tan común, rayaba en lo patético.

Ante el auricular, ella siempre musitaba con tono grave y exhausto. Hablaba entre dientes, tan bajo que apenas se la oía. Sus facciones eran bonitas, pero tenían un aire más bien lúgubre. A veces, me cruzaba con ella por la calle, pero jamás hablamos. Andaba con la misma expresión que si avanzase por las profundidades de la jungla montada a horcajadas en un elefante blanco.

Q

Vivió en aquel apartamento alrededor de medio año. De principios de otoño a finales de invierno. Yo descolgaba el auricular y subía las escaleras, llamaba a su puerta con los nudillos y gritaba: «¡Teléfono!»; ella, tras una pausa, respondía: «Gracias». Jamás dijo una palabra que no fuese «gracias». Claro que yo tampoco pronuncié otra palabra distinta a «teléfono».

Para mí, aquéllos fueron días de soledad. Cada vez que volvía a casa y me desnudaba, me daba la impresión de que todos los huesos iban a rasgarme la piel y a salir disparados. Sentía que había una enigmática fuerza dentro de mí que no dejaba de avanzar en dirección errónea y que me conducía hacia un mundo distinto.

Sonaba el teléfono, yo pensaba lo siguiente: que una persona se dirigía a otra y se disponía a contarle algo. A mí no me llamaban casi nunca. No había un solo ser humano en el mundo que se dirigiera a mí para contarme algo; como mínimo, no había nadie que me contase algo que yo quisiera oír.

En mayor o menor medida, todo el mundo había empezado a vivir siguiendo sus propias pautas. Si éstas eran demasiado distintas a las mías, me enfadaba, y si se parecían demasiado, me entristecía. Sólo eso.

Ⓠ

La última vez que respondí a una llamada para ella fue a finales de invierno. Una despejada mañana de sábado, a principios de marzo. Ya eran alrededor de las diez y la luz del sol proyectaba la transparente claridad del invierno hasta el último rincón de mi pequeño cuarto. Escuché vagamente el timbre mientras contemplaba por la ventana sentado en la cama el campo de coles que se extendía bajo mis ojos. Sobre la tierra negra, las placas de nieve que aún no se habían derretido brillaban aquí y allá con un blanco fulgor, como si fuesen charcos. Era la última nieve que quedaba de la última ola de frío.

El timbre sonó diez veces y enmudeció sin que nadie hubiese cogido el auricular. Cinco minutos después, empezó a sonar de nuevo. Harto, me eché una chaqueta sobre los hombros del pijama, abrí la puerta y descolgué.

—Por favor, está... —dijo una voz masculina. Una voz carente de inflexión. Respondí distraídamente, subí despacio la escalera y golpeé su puerta con los nudillos.

—¡Teléfono!

—... Gracias.

Volví a mi cuarto, me tendí boca arriba sobre la cama y me quedé contemplando el techo. Oí cómo bajaba las escaleras, y la oí murmurar entre dientes, igual que siempre. Tratándose de ella, la llamada fue muy breve. Duró unos quince segundos. Oí cómo colgaba y, luego, se hizo el silencio. Ni siquiera se oyeron pasos.

Unos instantes después sentí unos pasos que se aproximaban a mi habitación, llamaron a mi puerta. Dos golpes, un intervalo equivalente al tiempo que lleva respirar hondo, dos golpes más.

Abrí la puerta y me la encontré a ella, de pie, con un grueso jersey blanco y unos vaqueros. Por un segundo, creí que me había equivocado al pasarle la llamada, pero ella no abrió la boca. Con los brazos estrechamente cruzados sobre el pecho, me miraba temblando. Parecía que estuviera contemplando desde un bote salvavidas un barco que se estuviera hundiendo. No, tal vez fuera al revés.

—¿Puedo pasar? Me estoy muriendo de frío.

Sin comprender nada, la hice pasar y cerré la puerta. Ella se sentó ante la estufa de gas y echó una mirada alrededor mientras se calentaba las manos.

—Esta habitación está horriblemente vacía, ¿no te parece?

Asentí. Apenas había nada. Sólo una cama junto a la ventana. Un poco demasiado grande para ser una cama individual, pero demasiado pequeña para ser doble. En todo caso, no la había comprado yo. Me la había dado un conocido. No puedo imaginar siquiera por qué alguien a quien conocía tan poco me había regalado una cama. Apenas había hablado con él. Era el hijo de una familia rica de mi región, pero unos tipos de una facción política contraria lo habían golpeado en el patio de la universidad, le habían dado una patada en la cara con unas botas de obra, le habían dañado un ojo y él había dejado la universidad. Mientras lo llevaba a la enfermería, no paró de sollozar. Me sentí asqueado. Unos días después, me dijo que se volvía al pueblo. Y me dio la cama.

—¿Puedo tomar algo caliente? —preguntó ella.

Negué con la cabeza y repuse que no tenía nada. Ni café, ni té inglés, ni té verde barato: ni siquiera tenía tetera. Sólo contaba con una olla pequeña en la que, por las mañanas, calentaba el agua para afeitarme. Con un suspiro, ella se levantó y salió de mi habitación diciendo: «Espera un momento», y, cinco minutos después, volvió con una caja de cartón entre los brazos. Dentro de la caja había bolsitas de té inglés y té verde suficientes para medio año, dos paquetes de galletas, azúcar, una tetera, vasos, platos y cubiertos y, además, dos vasos con el dibujo de Snoopy. Dejó caer la caja sobre la cama y puso agua a calentar en la tetera.

—Pero ¿se puede saber cómo vives? Pareces Robinson Crusoe.

—No me divierto tanto.

—Seguro que no.

Nos tomamos un té inglés en silencio.

—Te doy todo esto.

De la sorpresa, me atraganté.

—¿Por qué me lo das?

—Tú me has pasado las llamadas montones de veces. Es una muestra de agradecimiento.

—Pero a ti también te hará falta.

Ella movió la cabeza varias veces en ademán negativo.

—Mañana me mudo. Así que ya no lo necesitaré más.

Intenté hacer cábalas sobre la marcha de los acontecimientos, pero no se me ocurría qué podía haberle sucedido.

—¿Es algo bueno? ¿O algo malo?

—No demasiado bueno. Imagínate. Dejo la universidad y vuelvo a mi pueblo.

La luz del sol invernal que inundaba la habitación quedó ensombrecida por un momento y, luego, volvió a brillar.

—Pero no querrás que te lo cuente, ¿verdad? Yo no lo haría. A mí no me gustaría usar las cosas de una persona que me ha dejado un recuerdo desagradable.

Al día siguiente lloviznó desde primera hora de la mañana, cayó una fría lluvia. No obstante, la lluvia acabó calando mi impermeable y empapándome el jersey. El baúl que llevaba yo, la maleta y el bolso en bandolera que llevaba ella, todo acabó mojado y teñido de negro. El taxista le dijo, malhumorado: «Oiga, no ponga los bultos sobre los asientos». Dentro del taxi, el aire era irrespirable debido a la calefacción y al tabaco. La radio vociferaba viejas canciones populares de amor. Unas canciones tan anticuadas como las flechas indicadoras de dirección movidas por resorte. Los árboles, desprovistos de hojas, extendían sus ramas mojadas a ambos lados del camino como corales del fondo del mar.

—A mí nunca me ha gustado la vista de Tokio. Jamás, desde el primer día que la vi.

—¿Ah, no?

—La tierra es demasiado negra, los ríos están sucios, no hay montañas... ¿Y a ti? ¿Te gusta?

—Las vistas, a mí, nunca me han importado.

Ella lanzó un suspiro y sonrió.

—Por eso eres capaz de sobrevivir en este sitio.

Cuando el equipaje descansaba ya en el andén de la estación, ella me dio las gracias por todo.

—A partir de aquí, ya puedo apañármelas sola.

—¿Adónde vas?

—Muy al norte.

—Hará frío, ¿no?

—No pasa nada. Ya estoy acostumbrada.

Cuando el tren se puso en marcha, ella me saludó agitando la mano por la ventanilla. También yo levanté la mano hasta la altura de la oreja, pero en cuanto desapareció el tren, al no saber qué hacer con ella, me la metí en el bolsillo del impermeable.

Al anochecer seguía lloviendo. Me compré un par de cervezas en la bodega del barrio, me las serví en uno de los vasos que ella me había dado y me las bebí. Estaba helado hasta los tuétanos. En el vaso, Snoopy y Emilio jugaban animadamente sobre la caseta del perro, y en un bocadillo figuraban las siguientes palabras:

LA FELICIDAD ES BUENA COMPAÑERA

Q

Me desperté después de que las gemelas se sumieran en un sueño profundo. Eran las tres de la madrugada. Al otro lado de la ventana del cuarto de baño brillaba una luna otoñal tan clara que parecía irreal. Me senté a un lado del fregadero de la cocina, me bebí dos vasos de agua del grifo, encendí un cigarrillo en el fogón de gas. En el césped del campo de golf, bañado por el claro de luna, miles de insectos chirriaban a la vez.

Cogí el cuadro de distribución que estaba apoyado en el fregadero, me lo quedé mirando. Por más vueltas y vueltas que le diera, aquello no era más que una tabla sucia, sin sentido. Resignado, lo devolví a su sitio, me sacudí el polvo de la mano y di una calada al cigarrillo. Bajo la luz de la luna, todo adoptaba tonalidades pálidas. Todo parecía desprovisto de valor, significado y rumbo. Incluso las sombras eran inciertas. Embutí la colilla en el desagüe y me encendí enseguida un segundo cigarrillo.

¿Hasta dónde tendría que ir para encontrar mi propio lugar? ¿Dónde estaría? Tras reflexionar largo tiempo, el único lugar que se me ocurrió fue un avión torpedo de dos plazas. Pero aquello era absurdo. Para empezar, ¿acaso no eran los aviones torpedo unos chismes de una época anticuada, de treinta años atrás?

Volví a la cama, me deslicé entre las dos gemelas. Ambas, con los cuerpos arqueados, vueltos hacia el lado exterior de la cama, respiraban apaciblemente. Me cubrí con la manta y contemplé el techo.

6

La mujer cerró la puerta del baño. Luego se oyó el agua de la ducha.

El Rata se incorporó sobre las sábanas e, incapaz de ordenar sus pensamientos, se puso un cigarrillo en la boca y buscó un encendedor. No había ninguno, ni sobre la mesa ni en el bolsillo de sus pantalones. Ni siquiera una cerilla. Dentro del bolso de la mujer tampoco había nada parecido. No tuvo más remedio que encender la luz de la habitación y registrar el cajón de arriba abajo. Al fin encontró unas viejas cerillas de cartón con el nombre de un restaurante y prendió el cigarrillo.

Sobre el sillón de mimbre que había junto a la ventana

estaban cuidadosamente apiladas las medias y la ropa interior de la mujer, y del respaldo colgaba un vestido de color mostaza hecho a medida. Sobre la mesilla de noche descansaban un bolso de La Bagagerie, no muy nuevo, pero bien cuidado, y un pequeño reloj de pulsera.

El Rata tomó asiento en el sillón de mimbre de enfrente y, con el cigarrillo en la boca, miró distraído por la ventana.

Desde su apartamento, que se alzaba a media ladera de la montaña, podía distinguir con claridad, allá abajo, entre las tinieblas, el disperso y desordenado hormigueo de la gente. A veces se pasaba horas y horas, con las manos en las caderas, como un golfista de pie en una cancha en pendiente, concentrado en la contemplación de aquella escena. El declive descendía poco a poco bajo sus pies juntando las luces de algunas casas dispersas. Había bosquecillos oscuros, pequeños montículos y, aquí y allá, blancas luces de mercurio que iluminaban la superficie del agua de algunas piscinas privadas. Allí donde la pendiente suavizaba finalmente su inclinación, la autopista serpenteaba como una franja de luz adherida a la faz de la tierra, y, más allá, una monótona sucesión de calles ocupaba el kilómetro que iba hasta el mar. El mar y la negrura del cielo se fundían indistintos; y la luz anaranjada del faro iba emergiendo y apagándose entre las tinieblas. Y, a través de estos estratos nítidamente separados, discurría una franja oscura.

El río.

Q

El Rata había visto a la mujer por primera vez a principios de septiembre, cuando el cielo todavía conservaba algo del resplandor del verano.

En la sección de compraventa de artículos usados que

se publicaba todas las semanas en la edición regional del periódico, entre bicicletas y parques infantiles, el Rata había descubierto una máquina de escribir eléctrica. Al teléfono se puso una mujer que, con tono resolutivo, le dijo que la máquina tenía un año de uso y garantía para un año más, que no se admitía el pago a plazos y que tendría que pasar a recogerla. Llegaron a un acuerdo y el Rata fue en coche al apartamento de la mujer, pagó el importe y recogió la máquina de escribir. Le costó casi lo mismo que había ganado durante el verano realizando algunos trabajillos de poca monta.

Era una mujer menuda, esbelta, y llevaba un bonito vestido sin mangas. En el recibidor se alineaban macetas de plantas ornamentales de diferentes colores y formas. Las facciones de su rostro eran regulares y llevaba el pelo recogido atrás. De edad indeterminada. Cabía suponer que tendría entre veintidós y veintiocho años.

Tres días después, la mujer le llamó por teléfono, le dijo que tenía media docena de cintas y que, si las quería, se las cedía gustosa. El Rata, cuando fue a recogerlas, le propuso, de pasada, ir al Jay's Bar, y como muestra de agradecimiento la invitó a algunos cócteles. La cosa no fue más lejos.

La tercera vez que se vieron, cuatro días después, fueron a una piscina cubierta de la ciudad. El Rata la acompañó en coche hasta su apartamento y se acostaron. Por qué sucedieron así las cosas, ni el mismo Rata lo sabía. Tampoco recordaba cuál de los dos lo había propuesto. Debió de ser algo tan natural como el fluir del aire.

Con el paso de los días, su relación con ella fue ganando espacio en el corazón del Rata y afianzándose, como si fuera una dulce cuña, en su vida cotidiana. Muy despacio, algo iba venciendo al Rata. Cada vez que recordaba los delgados brazos de la mujer rodeando su cuerpo sentía cómo una dulzura olvidada durante mucho tiempo llenaba su corazón.

Se daba cuenta de que ella, a su manera, se esforzaba por establecer cierto tipo de perfección en su pequeño mundo. Y el Rata sabía muy bien que aquel esfuerzo no era despreciable. Siempre llevaba vestidos de buen gusto, aunque discretos, usaba ropa interior pulcra, el agua de colonia que se ponía olía como un viñedo por la mañana temprano, hablaba eligiendo cuidadosamente las palabras, no hacía preguntas innecesarias y esbozaba una sonrisa que parecía haber sido estudiada repetidas veces ante el espejo. Todo ello entristecía un poco al Rata. Después de haberse visto varias veces, el Rata le echó veintisiete años. Y acertó de lleno.

Sus senos eran menudos. Su cuerpo, libre de grasa superflua, estaba bellamente tostado por el sol, pero su bronceado, de tan natural, parecía haberlo conseguido a su pesar. Sus pronunciados pómulos y sus finos labios hablaban de una sólida educación y de fortaleza de espíritu, pero los pequeños cambios de expresión que sacudían su cuerpo de arriba abajo delataban la indefensa candidez que se ocultaba detrás.

Le dijo que era licenciada en arquitectura por la Facultad de Bellas Artes y que trabajaba en un estudio de diseño. ¿Que dónde había nacido? No, no era de aquí. Había venido al acabar la universidad. Iba a nadar a la piscina una vez por semana y los domingos por la noche cogía el tren e iba a clases de viola.

Una vez a la semana, los sábados por la noche, se veían. Y los domingos, el Rata se pasaba el día como andando por las nubes y ella tocaba Mozart.

7

Había estado tres días en casa con un resfriado y, debido a ello, el trabajo se me había ido acumulando hasta formar una montaña. Notaba la boca rasposa, tenía una sensación como si me hubieran pasado papel de lija por todo el cuerpo. Alrededor de mi mesa se amontonaban, como hormigueros, folletos, documentos, panfletos y revistas. Mi socio en la administración del negocio vino y, tras interesarse por mi salud, regresó a su cuarto. La chica de la oficina me dejó café y dos panecillos sobre la mesa, igual que de costumbre, y se esfumó. Como había olvidado comprar tabaco, mi socio me dio una cajetilla de Seven Stars. Cogí un cigarrillo, le arranqué el filtro, lo encendí por el extremo opuesto y me lo fumé. El cielo estaba vagamente nublado, resultaba imposible discernir hasta dónde llegaba el aire y hasta dónde las nubes. A mi alrededor, todo olía como si hubiesen intentado quemar hojarasca mojada. O quizás aquello también fuese culpa de la fiebre.

Tras respirar hondo, me dispuse a derribar el primer hormiguero que tenía a mano. En todos los encargos figuraba la etiqueta de URGENTE y, debajo, escrito con rotulador rojo, estaban los plazos. Por fortuna, aquél era el único montón «urgente». Y, para mayor fortuna mía, no había ningún trabajo que no pudiera hacerse en un par o tres de días. Todos los demás tenían plazos de una a dos semanas después, y si pasaba la mitad para que otros me tradujeran los borradores, todo se solucionaría. Tomé un pliego tras otro, fui apilándolos por orden sobre la mesa. Gracias a ello, los hormigueros perdieron algo de estabilidad. Adquirieron la forma de un gráfico de porcentajes de apoyo al Gobierno dividido por sexos y edades, uno de esos que se publican en la primera plana de los periódicos. Y no sólo se trataba de la forma, también su contenido contribuyó a que me sintiera más animado.

① AUTOR: CHARLES LARKIN.
«Bolsa de preguntas sobre ciencia». Edición sobre animales.
Desde la página 68 («¿Por qué los gatos se lavan la cara?») hasta la página 89 («¿Cómo atrapan peces los osos?»).
Para el 12 de octubre.

② PUBLICACIÓN DE LA ASOCIACIÓN DE ENFERMERÍA DE ESTADOS UNIDOS.
«Conversaciones con enfermos terminales».
16 páginas en total.
Para el 19 de octubre.

③ AUTOR: FRANK DE SHEET, JR.
«Las huellas de la enfermedad en los escritores»; capítulo 3, «Los escritores y la fiebre del heno».
23 páginas en total.
Para el 23 de octubre.

④ AUTOR: RENÉ CLAIR.
«Un sombrero de paja de Italia» (edición en lengua inglesa).
39 páginas en total.
Para el 26 de octubre.

Era una verdadera lástima que no figurara el solicitante. Porque no se me ocurría quién podría desear la traducción de semejantes textos (y, además, con carácter «urgente») ni por qué motivo. Quizás hubiera un oso plantado frente a un río esperando ansiosamente mi traducción. O tal vez alguna enfermera estuviera aguardando, con la boca sellada, ante un enfermo terminal.

Aún con la fotografía de un gato lavándose la cara con una pata sobre la mesa me tomé un café y me comí uno solo de aquellos panecillos que sabían a papel maché. Notaba la cabeza algo más despejada, pero, en las extremidades, aún persistía el entumecimiento de la fiebre. Saqué del cajón una navaja de alpinista, afilé con cuidado, tomándome mi tiempo, seis lápices, y luego abordé tranquilamente el trabajo.

Trabajé hasta mediodía escuchando un casete del viejo Stan Getz. Stan Getz, Al Haig, Jimmy Raney, Teddy Kotick, Tiny Kahn, eran la mejor de las bandas. Tras silbar entero el solo de Stan Getz, *Jumpin' with Symphony Sid,* al compás de la música, me encontré mucho mejor.

Durante el descanso del mediodía salí del edificio, anduve durante unos cinco minutos pendiente abajo, comí pescado frito en un restaurante atestado de clientes y me tomé, seguidos, dos vasos de zumo de naranja, de pie, en un puesto de hamburguesas. Luego me acerqué a una tienda de mascotas, introduje un dedo por una rendija y permanecí unos diez minutos jugando con unos gatos abisinios. Mi descanso del mediodía habitual.

De vuelta en el despacho, estuve hojeando distraídamente el periódico hasta que el reloj señaló la una. Luego volví a afilar los lápices para la tarde, arranqué el filtro de todos los Seven Stars que quedaban y los alineé sobre la mesa. La chica me trajo té japonés caliente.

—¿Cómo te encuentras?

—No me encuentro mal.

—¿Y cómo va el trabajo?

—Muy bien.

El cielo aún estaba encapotado. El gris parecía un poco más sombrío que durante la mañana. Al asomarme al exterior, sentí la vaga premonición de la lluvia. Algunos pájaros otoñales cruzaban el cielo. El rugido característico de la ciudad (los trenes del metro, el crepitar de las hamburguesas en la plancha, el zumbido de los coches que circulaban por las autopistas aéreas, puertas automáticas abriéndose y cerrándose, la mezcla de estos innumerables sonidos) se extendía por todas partes.

Cerré la ventana y, mientras escuchaba la cinta de casete de *Just Friends*, de Charlie Parker, empecé la traducción del apartado «¿Cuándo duermen las aves migratorias?».

A las cuatro terminé el trabajo, entregué los borradores del día a la chica y salí de la oficina. En vez de coger un paraguas, opté por un fino impermeable que tenía siempre a mano. En la estación compré la edición vespertina del periódico y, durante una hora, estuve traqueteando dentro de un tren atestado de pasajeros. Incluso en el vagón se percibía el olor a lluvia, pero seguía sin caer una sola gota.

Empezó a llover, por fin, cuando acababa de hacer la compra para la cena en el supermercado enfrente de la estación. La lluvia era tan fina que casi ni se percibía, pero, bajo mis pies, el asfalto fue tiñéndose, poco a poco, del color gris de la lluvia. Tras comprobar los horarios del autobús, entré en una cafetería cercana y me tomé un café. La cafetería estaba llena de gente y, en su interior, finalmente podía sentirse el verdadero olor de la lluvia. Olían a lluvia tanto la blusa de la camarera como el café.

Las farolas que rodeaban la terminal de autobuses empezaron a brillar y, entre ellas, un sinfín de autobuses iban y venían como truchas gigantescas subiendo y bajando por un torrente de montaña. Una legión de oficinistas, estudiantes y amas de casa montaban en los autobuses y desaparecían, uno tras otro, en la penumbra del interior. Una mujer de mediana edad pasó por delante de mi ventana tirando de un pastor alemán de pelo negrísimo. Algunos escolares de primaria hacían botar en el suelo una pelota de goma mientras andaban. Apagué el quinto cigarrillo, me tomé el último sorbo de café, ya frío, que había en la taza.

Me quedé mirando de hito en hito mi rostro, reflejado en el cristal de la ventana. Por culpa de la fiebre tenía ojeras. Bueno, daba igual. ¡Ah! Y a las cinco y media de la tarde, la sombra de la barba me oscurecía el rostro. ¡Bah! Tampoco eso importaba gran cosa. Sin embargo, aquella cara no se parecía en absoluto a la mía. Era la cara de un hombre de veinticuatro años que se había sentado por casualidad frente a mí en el tren de vuelta del trabajo. No era mi cara, no era mi corazón, sólo era un despojo que no tenía ningún sentido para nadie. Mi corazón y el de otro se cruzaban. «¡Hola!», decía yo. «¡Hola!», me respondía el otro. Y nada más. Nadie alzaba la mano. Nadie miraba hacia atrás.

Si me metiera gardenias en las orejas y tuviera los dedos de las manos palmeados, quizás alguien se volviera. Pero sólo eso. En cuanto diera tres pasos, ya lo habrían olvidado todo. Sus ojos no ven nada. Y los míos tampoco. Tenía la impresión de haberme quedado vacío. Quizás ya no pudiera ofrecer nada a nadie.

Q

Las gemelas me estaban esperando.
Entregué la bolsa de papel marrón del supermercado a

una de ellas y, con el cigarrillo en los labios, me metí bajo la ducha. Y mientras me azotaba el agua, sin enjabonarme siquiera, me quedé mirando vagamente la pared recubierta de azulejos. En el oscuro cuarto de baño con las luces apagadas, algo vagaba por las paredes y, luego, desaparecía. Una sombra que no podía ni tocar ni invocar.

Tal cual, salí del baño, me sequé con una toalla y me tumbé encima de la cama. Las sábanas eran de color azul coral y estaban recién lavadas y secadas, sin una sola arruga. Mientras fumaba un cigarrillo mirando el techo, rememoré los sucesos del día. Entretanto, las gemelas sofreían las verduras y las lonchas de carne, y cocían el arroz.

—¿Quieres una cerveza? —me preguntó una.

—Sí.

La que llevaba la sudadera 208 me trajo una cerveza y un vaso a la cama.

—¿Y música?

—Estaría bien.

Sacó las *Sonatas para flauta dulce,* de Haendel, de la estantería de los discos, depositó el disco sobre el plato y bajó la aguja. Aquel disco me lo había regalado mi novia hacía muchísimos años por San Valentín. Entre la flauta dulce, la viola y el clavicémbalo, se oía, como un bajo continuo, el crepitar de la carne sofriéndose. Mientras sonaba ese disco, mi novia y yo habíamos hecho el amor muchas veces. El disco acababa y se quedaba dando vueltas, entre los chasquidos de la aguja, mientras nosotros continuábamos abrazados en silencio.

Al otro lado de la ventana, la lluvia se derramaba, sin un sonido, sobre el campo de golf. Me acabé la cerveza y, justo cuando Hans-Martin Linde desgranaba la última nota de la *Sonata en Fa mayor,* estuvo lista la cena. Aquella noche, mientras comíamos, los tres estuvimos inusualmente callados. El disco ya había terminado y los únicos sonidos que se oían en la habitación eran el rumor de la lluvia que caía sobre el alero y el que hacíamos nosotros al masticar la carne. Después de la cena, las gemelas retiraron los platos y prepararon café, de pie, una junto a la otra, en la cocina. Luego, reunidos de nuevo los tres, tomamos café caliente. Un café tan aromático que parecía lleno de vida. Una de ellas se levantó y puso un disco. Era *Rubber Soul,* de los Beatles.

—¡No recuerdo haber comprado ese disco! —exclamé, sorprendido.

—Lo hemos comprado nosotras.

—Hemos ido ahorrando, poco a poco, el dinero que nos das.

Meneé la cabeza.

—¿No te gustan los Beatles?

No contesté.

—¡Qué lástima! Creíamos que te alegraría.

—Perdón.

Una de ellas se levantó, paró el disco y, tras limpiarle las motas de polvo con cuidado, lo guardó dentro de la funda. Enmudecimos los tres. Lancé un suspiro.

—No pretendía eso —me disculpé—. Sólo es que estoy un poco irritable, por el cansancio. Escuchémoslo otra vez.

Ellas se miraron la una a la otra y sonrieron felices.

—No tienes por qué hacer cumplidos. Estás en tu casa.

—Por nosotras no te preocupes.

—Escuchémoslo otra vez.

Al final, acabamos escuchando las dos caras de *Rubber Soul* mientras tomábamos café. Logré serenar algo mi ánimo. Las gemelas también parecían contentas.

Cuando nos acabamos el café, las gemelas me tomaron la temperatura. Ambas clavaron los ojos repetidas veces en el termómetro. Treinta y siete grados y cinco décimas. Cinco décimas más que por la mañana. Notaba la cabeza espesa.

—Esto es porque te has duchado.

—Será mejor que te acuestes.

Tenían razón. Me desnudé y me metí en la cama junto con la *Crítica de la razón pura* y una cajetilla de tabaco. La manta olía un poco a sol, Kant seguía tan magnífico como siempre, pero el tabaco sabía igual que una bola de papel de periódico húmedo encendida con un quemador de gas. Cerré el libro y, mientras oía vagamente la voz de las gemelas, cerré los ojos y noté cómo me arrastraban hacia el interior de las tinieblas.

8

El cementerio ocupaba toda la amplia meseta cercana a la cumbre. Caminos recubiertos de gravilla discurrían a lo largo y a lo ancho entre las tumbas, y las azaleas podadas se desparramaban, aquí y allá, como ovejas mordisqueando la hierba. Altas y curvadas luces de mercurio, parecidas a helechos inclinados sobre el inmenso terreno, se alineaban, una tras otra, iluminando hasta el último rincón del cementerio con una luz tan blanca que no parecía natural.

El Rata había detenido el coche entre unos árboles que había en el extremo sudeste del cementerio y, con un brazo alrededor de los hombros de la mujer, contemplaba la vista nocturna de la ciudad que se extendía bajo sus ojos. Se diría que la ciudad era una amalgama de luz fangosa vertida por encima. O que unas polillas gigantescas acababan de diseminar polvo de oro.

Ella estaba recostada en el Rata, con los ojos cerrados, como si durmiera. El Rata sentía, desde los hombros hasta el costado, el peso opresivo del cuerpo de la mujer. Era un peso extraño. El peso de quien puede amar a un hombre, parir, envejecer y morir. El Rata cogió la cajetilla de tabaco con una mano, encendió un cigarrillo. De vez en cuando, el viento procedente del mar subía por la ladera que se extendía bajo sus pies y hacía temblar las agujas de los pinos. Quizá la mujer estuviese realmente dormida. El Rata puso una mano en su mejilla, tocó sus finos labios con un dedo. Y sintió su aliento, cálido y húmedo.

El cementerio, más que un camposanto, parecía una ciudad abandonada. Más de la mitad del terreno estaba vacía. Porque aquellos que tenían que ocuparlo aún vivían. Éstos, de vez en cuando, se acercaban los domingos por la tarde, acompañados de sus familias, a echar un vistazo a su última morada. Contemplaban las tumbas desde la meseta y se decían que sí, que realmente había muy buenas vistas, que no faltaban las flores de temporada, que el aire era puro y el césped estaba bien cuidado, vaya, que incluso había aspersores, y que tampoco rondaban por allí perros vagabundos que pudieran llevarse las ofrendas. Además, pensaban, era un lugar alegre y sano, y eso era lo principal. Y, satisfechos con lo que habían visto, comían sentados en un banco y volvían a sumergirse en sus ajetreadas ocupaciones diarias.

Por la mañana y por la tarde, el vigilante barría el camino de grava con un largo palo provisto de una tabla plana en un extremo. También ahuyentaba a los niños que se acercaban a robar las carpas del estanque del centro del cementerio. Además, tres veces al día, a las nueve, a las doce y a las seis, accionaba una caja de música con la melodía *Old Black Joe*. Qué sentido tenía poner música, eso el Rata no lo sabía. Pero la escena de *Old Black Joe* sonando a las seis de la tarde, a la caída de la noche, en el cementerio desierto, era un espectáculo digno de verse.

A las seis y media, el vigilante volvía a este mundo en autobús y el cementerio se sumía en un silencio total. Entonces, se acercaban algunas parejas en coche y se fundían en un abrazo. Al llegar el verano, podían verse muchos coches alineados entre los árboles.

Para el Rata adolescente, el cementerio había sido un lugar cargado de significado. Cuando iba al instituto y aún no podía conducir un coche, el Rata había ido y venido innumerables veces por la ladera que bordeaba el río llevando a alguna chica montada en su moto de 250 c.c. Luego se abrazaba a ellas contemplando, siempre, las mismas luces de la ciudad. Diversos olores flotaban ante su nariz para disiparse luego. Diversos sueños, diversas tristezas, diversas promesas. Y, al final, todo se desvanecía.

Volviendo la vista atrás, la muerte había echado sus raíces en cada rincón del enorme terreno. A veces, el Rata tomaba a las chicas de la mano y vagaba sin rumbo por los caminos cubiertos de grava de aquel pretencioso cementerio. La muerte, que llevaba a sus espaldas cada uno de los nombres, cada una de las fechas, y cada una de aquellas vidas del pasado, se sucedía hasta el infinito, a intervalos regulares, como una hilera de arbustos del jardín botánico. Para las negras pilastras sepulcrales no existía ni el murmullo del viento que hacía temblar las hojas, ni el olor, ni ningún tentáculo tendido hacia las tinieblas. Parecían árboles sin tiempo. No poseían ni pensamientos ni palabras que pudieran guiarlos. Confiaban todo esto en quienes continuaban viviendo. La pareja volvía al bosquecillo y se fundía en un estrecho abrazo. El viento que llegaba del mar, el olor de las hojas de los árboles, los grillos de la espesura: aquella tristeza del mundo que continuaba viviendo era lo único que ocupaba por completo los alrededores.

—¿He dormido mucho rato? —preguntó la mujer.
—No —dijo el Rata—. Sólo ha sido un instante.

9

Cada día era una repetición idéntica del día anterior, al que, o le pones una señal o acabas confundiéndolo con otro.

Todo el día había olido a otoño. Acabé de trabajar a la hora de siempre, pero cuando volví a mi apartamento no encontré a las gemelas. Sin quitarme los calcetines, me tumbé en la cama y me fumé, distraído, un cigarrillo. Intenté pensar en varias cosas, pero no logré formular una sola idea en mi cabeza. Con un suspiro, me incorporé sobre la cama, clavé los ojos en la blanca pared de enfrente. No se me ocurría qué podía hacer. Me dije a mí mismo que no podía quedarme para siempre mirando la pared. Pero fue en vano. Mi director de tesina decía algo muy acertado. Que el estilo era bueno, el razonamiento claro. Sólo que no había tema. Y de eso se trataba. Al quedarme solo por primera vez en mucho tiempo, no sabía qué hacer conmigo mismo.

Me sorprendió. Había vivido solo años y años. ¿Acaso no me las había arreglado bien? No lograba recordarlo. Veinticuatro años no son una cantidad de tiempo tan desdeñable como para olvidarlos a la ligera. Es como si, mientras estás buscando algo, te olvidas de lo que buscabas. ¿Qué era? ¿Un sacacorchos? ¿Una vieja carta? ¿Una factura? ¿Un mondaorejas?

Resignado, cogí el libro de Kant de la cabecera de la cama y, entonces, cayó una nota de entre sus páginas. Era la letra de las gemelas. Decía que habían ido a pasear por el campo de golf. Me preocupé. Les había insistido en que no fueran allá sin mí. Para quien no lo conoce bien, un campo de golf, al anochecer, es un lugar peligroso. No sabes cuándo puede venirte una bola disparada.

Me calcé las zapatillas de deporte, me puse una sudadera sobre los hombros, salí de mi apartamento y salté la verja metálica del campo de golf. Atravesé una suave ondulación, rebasé el hoyo número 12, dejé atrás la glorieta de descanso, crucé un bosquecillo, seguí andando. El sol del ocaso se deslizaba a través de los árboles que se extendían en el extremo oeste del campo y se proyectaba encima del césped. Sobre la arena del obstáculo con forma de pesas que se encontraba cerca del hoyo número 10 encontré un paquete vacío de galletas de crema de café que, a todas luces, habían dejado allí las gemelas. Hice una bola con él, me la metí en el bolsillo y, mientras retrocedía, fui borrando las pisadas de los tres estampadas en la arena. Luego crucé el pequeño puente de madera que colgaba sobre el arroyo y, tras subir un montículo, encontré a las gemelas. Estaban sentadas, la una junto a la otra, en la mitad de una escalera mecánica al aire libre que había en la pendiente opuesta del montículo, jugando al backgammon.

—¿No os dije que era peligroso que vinierais aquí las dos solas?

—Es que la puesta de sol era muy bonita —se justificó una.

Bajamos andando la escalera mecánica, nos sentamos en el prado cubierto por entero de *susuki* y contemplamos la nítida silueta del sol al ponerse. Era una vista preciosa.

—No se puede tirar basura en un obstáculo —dije yo.

—Perdón —se disculparon las dos.

—¿Sabéis? Hace tiempo, me hice daño en la arena. Fue cuando estaba en primaria. —Les enseñé a las dos la yema de mi dedo índice. Tenía una delgada cicatriz de unos siete milímetros parecida a una hebra de hilo blanco—. Alguien había dejado allí enterrada una botella de soda rota.

Las dos asintieron.

—Ya sé que un paquete vacío de galletas no le puede hacer un corte en la mano a nadie. Pero en el cuadro de arena no se puede tirar nada. La arena tiene que estar limpia como una patena.

—De acuerdo —dijo una.

—Tendremos cuidado —dijo la otra—. ¿Te has hecho daño otras veces?

—Claro. —Les enseñé algunas cicatrices que tenía por todo el cuerpo—. Un bonito catálogo. En primer lugar, en el ojo izquierdo; por un pelotazo durante un partido de fútbol. —Aún tenía dañada la retina—. Y el puente de la nariz, ¿veis? —También ésta se la debía al fútbol—. Estaba dando un toque de cabeza y choqué contra los dientes de un compañero. También me dieron siete puntos en el labio inferior. Fue cuando me caí de la bicicleta. Es que no conseguí esquivar un camión, ¿sabéis? Y el diente que me rompieron a golpes...

Tendidos en la hierba fría, nos quedamos escuchando el murmullo del viento que mecía las espigas de *susuki*.

Al caer la noche volvimos al apartamento y cenamos. Justo cuando me acabé la cerveza que me estaba tomando después del baño, terminaron de asarse las tres truchas. De acompañamiento había espárragos en conserva y unos berros enormes. El sabor de las truchas me despertó gratos recuerdos. Sabían a un sendero de montaña en verano. Nos las comimos despacio, tomándonos nuestro tiempo. En el plato no quedaron más que las blancas raspas de las truchas y los tallos de los berros, gruesos como lápices. Las dos lavaron enseguida los platos y prepararon el café.

—Tenemos que hablar del cuadro de distribución —dije—. Me preocupa.

Las dos asintieron.

—¿Por qué se estará muriendo?

—Porque ha tragado demasiadas cosas. Seguro.

—Ha reventado.

Con la taza de café en la mano izquierda y el cigarrillo en la derecha, reflexioné unos instantes.

—¿Qué creéis que deberíamos hacer?

Ellas se miraron entre sí y menearon la cabeza.

—Ya no podemos hacer nada.

—Volverá a la tierra.

—¿Has visto alguna vez un gato con septicemia?

—No —dije.

—Todo el cuerpo empieza a ponérsele duro como una piedra. Es un proceso muy lento. Al final, se le para el corazón.

Suspiré.

—No quiero dejarlo morir.

—Comprendo cómo te sientes —dijo una—. Pero seguro que para ti era una carga demasiado pesada.

Habló con la misma ligereza que si me hubiera dicho que aquel invierno había nevado poco y que me quitara de la cabeza la idea de ir a esquiar. Resignado, me tomé el café.

10

El miércoles se acostó a las nueve de la noche y se despertó a las once. Después no pudo volver a conciliar el sueño de ninguna de las maneras. Algo le constreñía la cabeza como si llevase un sombrero dos tallas más pequeño. Era una sensación muy desagradable. Resignado, el Rata se levantó de la cama y, en pijama, fue a la cocina y se bebió un trago de agua helada. Después pensó en la mujer. De pie, junto a la ventana, contempló las luces de la ciudad, recorrió con los ojos el oscuro malecón, detuvo la mirada en la zona donde estaba su apartamento. Recordó el rumor de las olas que rompían contra las negras tinieblas, recordó el ruido de la arena al golpear las ventanas de su apartamento. Y sintió que estaba harto de sí mismo, que era incapaz de avanzar un solo centímetro pese a estar dándole vueltas y vueltas a los mismos pensamientos.

Desde que había empezado a verse con ella, la vida del Rata se había convertido en la repetición de una semana eterna. No tenía conciencia alguna de los días. ¿En qué mes estaba? Quizás octubre. No lo sabía... El sábado se veía con ella, y durante los tres días que iban del domingo al martes permanecía inmerso en su recuerdo. El jueves y el viernes, y medio sábado, los dedicaba a hacer planes sobre el inminente fin de semana. Sólo el miércoles perdía el rumbo y erraba por el espacio. No era capaz de avanzar, y tampoco podía retroceder. El miércoles...

Estuvo fumando durante unos diez minutos, distraído, luego se quitó el pijama, se puso un anorak sobre la camisa y bajó al garaje. Pasadas las doce de la noche apenas se veía un alma en la ciudad. Sólo las farolas bañando el negro asfalto de la calle. La puerta metálica del Jay's Bar ya estaba bajada, pero el Rata la subió hasta la mitad, se escurrió en su interior y bajó las escaleras.

Jay había terminado de poner a secar una docena de toallas recién lavadas en el respaldo de las sillas y en aquel momento estaba sentado solo en la barra, fumándose un cigarrillo.

—¿Te importa que me tome una cerveza? Sólo una.

—No, claro que no —dijo Jay de buen humor.

Era la primera vez que iba al Jay's Bar después de cerrar. Excepto las de la barra, todas las luces estaban apagadas, y tampoco se oía el ruido de los extractores ni del aire acondicionado. Sólo los olores que con el tiempo habían ido impregnando el suelo y las paredes flotaban aún, vagamente, en el aire.

El Rata se coló detrás de la barra, sacó una cerveza de la nevera, se la sirvió en un vaso. Sobre las mesas del bar, sumidas en las tinieblas, el aire se dividía en varias capas estancas. Cálido y húmedo.

—Hoy no pensaba venir —dijo el Rata a modo de disculpa—. Pero me he despertado, ¿sabes? Y me moría de ganas de tomarme una cerveza. Me iré enseguida.

Jay dobló el periódico sobre la barra, se sacudió la ceniza que le había caído en los pantalones.

—Tómatela despacio. Y, si tienes hambre, te prepararé algo de comer.

—No, gracias. No te preocupes. Con la cerveza es suficiente.

La cerveza estaba exquisita. Apuró el vaso de un trago

210

y lanzó un suspiro. Luego se sirvió la mitad que le quedaba y miró fijamente cómo la espuma iba bajando.

—¿Te apetece tomarte una conmigo? —preguntó el Rata.

Jay sonrió con aire de apuro.

—Gracias. Pero no puedo beber ni una gota.

—No lo sabía.

—No tolero la cerveza.

El Rata asintió varias veces con la cabeza, bebió la cerveza en silencio y se sorprendió una vez más al constatar que apenas sabía nada sobre aquel barman chino. Claro que sobre Jay, nadie sabía nada. Era un hombre terriblemente callado. No contaba nada de sí mismo, y si alguien le preguntaba algo, se limitaba siempre a dar, con sumo cuidado, como si estuviera abriendo un cajón, una respuesta inocua e imprecisa.

Que Jay era un chino nacido en China, eso lo sabía todo el mundo, pero en la ciudad la presencia de extranjeros no era infrecuente. Cuando el Rata iba al instituto, en el club de fútbol había un delantero y un defensa chinos. Y nadie se sorprendía por ello.

—Sin música falta algo, ¿eh? —dijo Jay arrojándole al Rata la llave de la máquina de discos. El Rata escogió cinco melodías, volvió a la barra, se tomó la cerveza que le quedaba. Por los altavoces, empezó a sonar una vieja melodía de Wayne Newton.

—¿No tienes que volver pronto a casa? —preguntó el Rata mirando a Jay.

—Es igual. Tampoco me espera nadie.

—¿Vives solo?

—Sí.

El Rata se sacó un cigarrillo del bolsillo, lo alisó y lo encendió.

—Sólo tengo un gato —soltó Jay—. Un gato viejo. Pero, bueno, va bien para hablar.

—¿Habláis?

Jay asintió varias veces con la cabeza.

—Sí. Hace mucho que nos conocemos y nos entendemos muy bien. Yo sé cómo se siente el gato y el gato sabe cómo me siento yo.

El Rata, con un cigarrillo en los labios, soltó un gruñido. La máquina de discos pasó, con un sonido metálico, a *MacArthur Park*.

—Oye, ¿y en qué piensan los gatos?

—En muchas cosas. Igual que tú y que yo.

—¡Pobres! —exclamó el Rata, riéndose.

Jay también se rió. Luego hizo una pausa mientras frotaba la superficie de la barra con la yema de los dedos.

—Es manco.

—¿Manco? —repitió el Rata.

—El gato. Está cojo. Ocurrió en invierno, hará unos cuatro años. Volvió a casa ensangrentado. Tenía la almohadilla de una pata completamente aplastada, parecía mermelada de naranja.

El Rata dejó el vaso que sostenía en la mano sobre la barra y clavó los ojos en Jay.

—¿Qué le pasó?

—No lo sé. Primero pensé que lo había atropellado un coche. Pero, incluso en ese caso, la herida era demasiado grande. El neumático de un coche no podía haberle dejado la pata de aquella manera. Era como si le hubiesen hecho presión con un tornillo. Y que se la hubiesen aplastado del todo. Es posible que fuera una gamberrada.

—¡Qué dices! —El Rata sacudió la cabeza con aire de incredulidad—. ¿Quién le haría eso a un gato...?

Jay, tras golpear varias veces los dos extremos del cigarrillo sin filtro sobre la barra, se lo puso en la boca y lo encendió.

—Ya. ¿Qué necesidad había de aplastarle la pata a un gato? Es un gato muy tranquilo, no molesta a nadie. Además, chafarle la pata a un gato no beneficia a nadie. Es algo absurdo, cruel. Pero ¿sabes?, en este mundo se cometen muchísimas acciones viles, sin sentido como ésta. Yo no puedo entenderlo. Tú tampoco lo puedes entender. Pero existen, no cabe la menor duda. Quizá se podría decir, incluso, que estamos rodeados de ellas.

El Rata volvió a sacudir la cabeza sin apartar los ojos del vaso de cerveza.

—Pues yo, la verdad, no lo entiendo.

—Bien. Algo así, mucho mejor que no lo entiendas.

Diciendo estas palabras, Jay exhaló el humo del cigarrillo hacia las mesas oscuras y desiertas. Y no apartó la vista hasta que el humo blanco se hubo desvanecido por completo en el aire.

Ambos permanecieron largo tiempo en silencio. El Rata se quedó absorto en sus pensamientos, Jay siguió frotando la barra con las yemas de los dedos, como solía hacer. La máquina de discos empezó a desgranar la última melodía. Una dulce balada de soul en voz de falsete.

—¿Sabes, Jay? —dijo el Rata sin apartar la mirada del vaso—. He vivido veinticinco años, pero me da la impresión de que no he aprendido nada de nada.

Jay permaneció en silencio unos instantes, mirándose las yemas de los dedos. Luego se encogió de hombros.

—Pues yo he tardado cuarenta y cinco años en comprender una sola cosa. A saber, que el ser humano, si se esfuerza, siempre puede aprender algo. De la cosa más banal, más mediocre, seguro que puede aprender algo. En alguna parte leí que en cualquier maquinilla de afeitar se encierra la filosofía. De hecho, si no fuera así, nadie podría sobrevivir.

El Rata asintió, apuró los tres centímetros de cerveza que quedaban en el vaso. La melodía terminó, la máquina de discos dejó escapar un crujido y el local se sumió en un silencio total.

—Creo que entiendo a qué te refieres. —El Rata iba a añadir: «Sin embargo», pero se tragó sus palabras. Era una de esas cosas que, en cuanto las formulas, te das cuenta de que no valía la pena haberlo hecho. Después se levantó sonriendo y dijo—: ¡Gracias! ¿Te llevo a casa en coche?

—No hace falta. Vivo cerca y, además, me gusta andar.

—Entonces, buenas noches. Recuerdos al gato.

—Gracias.

Subió las escaleras y salió a la noche, que olía a frío otoño. Dando golpecitos con el puño a todos los árboles que bordeaban la calle, el Rata caminó hasta el garaje y, después de mirar sin más el parquímetro, montó en el coche. Tras dudar unos instantes, condujo hacia el mar y se detuvo en un punto del paseo marítimo desde el que se veía el apartamento de la mujer. En la mitad de las ventanas todavía brillaban luces. También se veían sombras a través de algunas cortinas.

La habitación de la mujer estaba a oscuras. La luz de la mesilla de noche también estaba apagada. Ya debía de estar durmiendo. Se sintió terriblemente solo.

Parecía que el rumor del oleaje había ido ganando intensidad, poco a poco. Se diría que, de un momento a otro, las olas fueran a sobrepasar el rompeolas y a llevarse el coche a algún lugar lejano. El Rata puso la radio, reclinó el asiento mientras escuchaba el parloteo absurdo de un *disc-jockey* y, con las manos cruzadas detrás de la cabeza, cerró los ojos. Su cuerpo estaba exhausto y, por ello, diversos pensamientos innombrables fueron desvaneciéndose sin llegar a ningún destino. Tras lanzar un suspiro de alivio, aún con la cabeza recostada y sin pensar en nada, siguió escuchando la voz del *disc-jockey* mezclada con el rumor de las olas. Y el sueño vino despacio.

11

El jueves por la mañana, las gemelas me despertaron. Era un cuarto de hora antes de lo habitual, pero, sin hacer caso, me afeité con agua caliente, me tomé el café y me leí, de cabo a rabo, la edición matutina del periódico, cuya tinta parecía que fuera a pegárseme a los dedos.

—Queremos pedirte un favor —dijo una de las gemelas.

—¿Podrías pedir el coche prestado para el domingo? —preguntó la otra.

—Quizá —dije yo—. Pero ¿adónde queréis ir?

—Al pantano.

—¿Al pantano?

Las dos asintieron.

—¿Y qué queréis hacer en el pantano?

—Un funeral.

—¿De quién?

—Del cuadro de distribución.

—¡Ah! Claro —dije. Y continué leyendo el periódico.

El domingo tuvimos la mala suerte de que, desde la mañana, cayera sin parar una fina lluvia. Claro que yo, por mi parte, no hubiera sabido decir qué tiempo era el adecuado para el funeral de un cuadro de distribución. Como las gemelas no hicieron ningún comentario sobre la lluvia, yo tampoco dije nada.

El sábado por la noche le había pedido prestado a mi socio su Volkswagen azul celeste. Me preguntó si me había echado novia. Le respondí con un gruñido. En los asientos traseros del coche, unos manchurrones de chocolate con leche, presumiblemente obra de su hijo, se extendían por toda la tapicería como manchas de sangre después de un tiroteo. Entre las cintas de casete del coche, no había ninguna que valiera la pena, de modo que recorrimos la hora y media de trayecto sin escuchar música, mudos y en silencio. Al compás de la marcha, la lluvia arreciaba y amainaba, arreciaba y amainaba, a intervalos regulares. Era una lluvia que invitaba a bostezar.

Sólo el zumbido de los coches que pasaban a toda velocidad por la carretera asfaltada iba sucediéndose, sin interrupción, monocorde.

Una de las gemelas ocupaba el asiento del copiloto y la otra, con el cuadro de distribución metido en una bolsa y un termo en el regazo, iba sentada detrás. Estaban todo lo solemnes que correspondía a un día de funeral. Yo las imité. A medio camino hicimos una parada, e incluso mientras comíamos unas mazorcas de maíz asadas, nos mantuvimos solemnes. Lo único que rompía el silencio era el sonido de los granos de maíz desprendiéndose de la mazorca. Cuando hubimos arrancado a mordiscos hasta el último grano, dejamos las tres mazorcas atrás y reemprendimos el viaje.

En aquella zona había perros por todas partes: vagaban sin rumbo bajo la lluvia como bancos de medregal de Japón en el acuario. Así que estuve tocando el claxon todo el rato. Los perros no parecían sentir el menor interés ni por la lluvia ni por el coche. La mayoría mostraba una ostensible cara de desagrado al oír el claxon, aunque se apartaban del camino. Claro que la lluvia no podían esquivarla. Estaban empapados hasta el agujero del culo; algunos parecían las nutrias que describe en su novela Balzac; otros, bonzos meditabundos.

Una de las gemelas me puso un cigarrillo entre los labios y me lo encendió. Luego, posó la pequeña palma de su mano en la entrepierna de mis pantalones de algodón y fue deslizándola arriba y abajo. Más que acariciarme, daba la impresión de que estuviese comprobando algo.

Parecía que iba a continuar lloviendo eternamente. En octubre, la lluvia siempre es así. Llueve y llueve sin fin, hasta anegarlo todo. El suelo estaba empapado. Los árboles, la autopista, los campos, los coches, las casas, los perros, todo había absorbido el agua de la lluvia por igual, el mundo estaba irremediablemente gélido.

Poco después, enfilamos un escarpado sendero de montaña y, dejando atrás un camino que discurría a través de un espeso bosque, salimos ante el pantano. Debido a la lluvia, en la orilla no se veía un alma. Hasta donde me alcanzaba la vista, el agua se vertía sobre la faz del lago. La visión del pantano azotado por la lluvia era mucho más patética de lo que había imaginado. Detuvimos el coche en la orilla y, sentados en su interior, nos bebimos el café del termo y comimos las galletas que habían comprado las gemelas. Como había de tres clases —de crema de café, de crema de mantequilla y de jarabe de arce—, para que nadie resultara desfavorecido, las dividimos primero en tres partes y, luego, nos las comimos.

Mientras tanto, el agua siguió derramándose sin pausa

sobre el pantano. La lluvia caía en absoluto silencio. El rumor no era mayor que el de unas finas tiras de papel de periódico cayendo sobre una mullida alfombra. Es el tipo de lluvia que suele aparecer en las películas de Claude Lelouch.

Después de comernos las galletas y de tomarnos dos tazas de café cada uno, los tres nos sacudimos las migas de encima de las rodillas como si nos hubiésemos puesto de acuerdo. Nadie pronunció una sola palabra.

—Ya va siendo hora de que lo hagamos —dijo una de las gemelas.

La otra asintió.

Yo apagué el cigarrillo.

Sin abrir siquiera los paraguas, caminamos hasta el extremo del puente que acababa en el saledizo sobre el lago. El pantano había sido construido embalsando artificialmente el curso del río. El nivel del agua dibujaba una curva antinatural lavando la mitad de la ladera. Por el color se adivinaba la siniestra profundidad de las aguas. La lluvia se derramaba dibujando pequeñas ondas concéntricas.

Una de las gemelas sacó el cuadro de distribución de la bolsa y me lo entregó. Bajo la lluvia, tenía un aspecto más mísero todavía que de costumbre.

—Reza alguna oración.

—¿Oración?

—Es un funeral. Las oraciones son necesarias.

—No lo había pensado —dije—. La verdad es que no he preparado nada.

—Cualquier cosa irá bien.

—Es sólo una formalidad.

Busqué las palabras adecuadas mientras la lluvia me empapaba desde la coronilla hasta las uñas de los pies. Preocupadas, las gemelas dirigían los ojos, alternativamente, hacia mí y hacia el cuadro de distribución.

—El deber de la filosofía —dije citando a Kant— es eliminar las ilusiones nacidas de los equívocos... ¡Oh, cuadro de distribución! Descansa en paz en el fondo de las aguas del pantano.

—Arrójalo.

—¿Cómo?

—El cuadro de distribución.

Tomé el mayor impulso posible con el brazo derecho y lo arrojé, con todas mis fuerzas, formando un ángulo de cuarenta y cinco grados. El cuadro de distribución trazó un hermoso arco bajo la lluvia y chocó contra la faz del pantano. Acto seguido, fueron expandiéndose lentamente unas ondas concéntricas que llegaron hasta nuestros pies.

—¡Qué oración más maravillosa!

—¿Te la has inventado tú?

—Pues claro —dije.

Empapados como perros, bien arrimados los tres, contemplamos el pantano.

—¿Qué profundidad debe de tener? —preguntó una.

—Es terriblemente profundo —respondí.

—¿Habrá peces? —preguntó la otra.

—En todos los lagos hay peces.

Vista desde lejos, nuestra silueta debía de parecer un elegante monumento.

12

La mañana del jueves de esa misma semana me puse el jersey por primera vez aquel otoño. Era un jersey normal y corriente de lana de Shetland, de color gris, algo agujereado bajo las axilas, pero, con todo, muy agradable. Me afeité con más cuidado que de costumbre, me puse unos pantalones de algodón gruesos y me calcé unas botas de ante cuyo color había ennegrecido. Las botas parecían un par de perritos obedientemente sentados a mis pies. Las gemelas revolvieron la habitación de arriba abajo hasta encontrar el tabaco, el mechero, la cartera y el pase del tren, y me los trajeron.

Me senté a la mesa de la oficina y afilé los seis lápices mientras tomaba el té que me había preparado la chica. La habitación se llenó del olor de las virutas de los lápices y del jersey.

Durante el descanso del mediodía almorcé fuera y jugué, una vez más, con los gatos abisinios. En cuanto introduje el dedo meñique por una rendija de la vitrina de alrededor de un centímetro, los dos gatos saltaron a ver cuál era el primero en hincarme los dientes en el dedo.

Aquel día, el dependiente de la tienda de mascotas me dejó tomar a uno de ellos en brazos. Tenía el pelo tan suave como el cachemir más fino, y el gato pegó su frío morro a mis labios.

—Es muy cariñoso... —me explicó el dependiente.

Le di las gracias, devolví el gato a la vitrina y compré una caja de comida para gatos que no necesitaba. El dependiente me la envolvió con gran cuidado. Al salir de la tienda con la caja bajo el brazo, los dos gatos me miraban fijamente, como si contemplaran un fragmento de sus sueños.

Cuando volví a la oficina, la chica me quitó los pelos de gato adheridos al jersey.

—He estado jugando con unos gatos —le dije a modo de justificación.

—Está descosido por las axilas.

—Ya lo sé. Está así desde el año pasado. Es que, cuando asalté el furgón que transportaba el dinero, me lo enganché con el retrovisor.

—Quítatelo —dijo ella con cara de no encontrarle gracia alguna a la broma.

Una vez me hube quitado el jersey, se sentó junto a la silla, cruzando sus largas piernas, y empezó a zurcírmelo con hilo negro.

Mientras me cosía el jersey, volví a mi mesa y, tras afilar los lápices de la tarde, reemprendí el trabajo. Dijeran lo que dijeran, creo que a mí, con respecto al trabajo, no podían reprocharme nada. Mi método consistía en hacer justo el trabajo que tocaba en el plazo que tocaba y, además, de la forma más concienzuda posible. Seguro que en Auschwitz me habrían considerado una joya. El problema, diría yo, es que los lugares que se adecuaban a mi forma de ser pertenecían a épocas que habían ido quedando atrás. Era algo irremediable. No íbamos a volver a Auschwitz ni a los aviones torpedo de dos plazas. Ya nadie llevaba minifalda, ni escuchaba a Jan and Dean. ¿Y cuándo fue la última vez que había visto alguien a una chica con faja y liguero?

El reloj marcaba las tres cuando la chica me trajo a la mesa un té japonés caliente con tres galletas. El jersey estaba fantásticamente bien remendado.

—Oye, ¿podría consultarte algo?

—Claro —dije mordiendo una galleta.

—Es sobre el viaje de noviembre —dijo ella—. ¿Qué te parecería Hokkaido?

En noviembre siempre hacíamos un viaje de empresa los tres.

—No está mal —contesté.

—Entonces, decidido. No habrá osos, ¿verdad?

—No lo sé —dije—. Pero creo que ya están hibernando.

Ella asintió, con aire de alivio.

—Por cierto, ¿cenamos juntos? Aquí cerca hay un restaurante muy bueno especializado en langosta.

—De acuerdo —dije.

El restaurante se hallaba en el centro de una tranquila zona residencial, a cinco minutos en taxi de la oficina. En cuanto nos sentamos, un camarero vestido de negro se nos acercó deslizándose sin hacer el menor ruido sobre la moqueta de fibra de palma trenzada, y nos entregó unas cartas que parecían tablas de natación. Antes de la comida, pedimos dos cervezas.

—Aquí preparan una langosta buenísima. La hierven viva.

Solté un gruñido mientras bebía.

Ella estuvo jugueteando durante unos instantes con sus finos dedos con el colgante en forma de estrella que llevaba prendido al cuello.

—Si tienes algo que decir, es mejor que lo hagas antes de la comida —dije. Y, acto seguido, me arrepentí pensando que ojalá no hubiera abierto la boca. Lo de siempre.

Ella apenas sonrió. Y luego mantuvo aquella sonrisa de un cuarto de centímetro en los labios por la única razón de que le daba pereza borrarla. El restaurante estaba tan terriblemente vacío que parecía que íbamos a poder oír, incluso, cómo movían las antenas las langostas.

—¿Te gusta tu trabajo? —me preguntó.

—¡Uf! No sé. Del trabajo, yo nunca pienso en estos términos. Pero no estoy descontento.

—Tampoco yo, claro —dijo ella y tomó un sorbo de

cerveza—. El sueldo está bien, vosotros dos sois amables, puedo coger vacaciones cuando corresponde...

Yo guardaba un silencio absoluto. Hacía mucho tiempo que no escuchaba seriamente lo que me contaba otra persona.

—Pero sólo tengo veinte años —prosiguió—. No quiero acabar así.

Mientras nos traían la comida a la mesa, interrumpimos la conversación.

—Todavía eres joven —le dije—. Pronto te enamorarás, te casarás. Y tu vida irá cambiando muy deprisa.

—Dudo que cambie —replicó ella entre dientes mientras pelaba hábilmente la langosta con el cuchillo y el tenedor—. De mí no va a enamorarse nadie. Y voy a acabar mis días poniendo estúpidas trampas a las cucarachas o zurciendo jerséis.

Suspiré. De pronto, tuve la sensación de haber envejecido un montón de años.

—Eres una chica muy mona, atractiva. Tienes las piernas largas, eres inteligente. Incluso sabes pelar bien la langosta. Seguro que te irán bien las cosas.

Ella enmudeció y siguió comiendo langosta. Yo hice lo mismo. Mientras, pensaba en el cuadro de distribución en el fondo del pantano.

—¿Qué hacías tú cuando tenías veinte años?

—Estaba loco por una chica.

—¿Y qué pasó con ella?

—Nos separamos —dije. 1969. Nuestro año.

—¿Erais felices?

—En retrospectiva —dije yo tragándome un bocado de langosta—, la mayoría de las cosas parecen bonitas.

Cuando estábamos acabando de comer, el restaurante empezó a llenarse, poco a poco, y el rechinar de los cubiertos y el crujido de las sillas fueron animando el ambiente. Yo pedí un café, y ella, un café y un suflé de limón.

—¿Y ahora? ¿Tienes novia? —me preguntó.

Tras reflexionar un momento, decidí excluir a las gemelas.

—No —dije.

—¿Y no te sientes solo?

—Estoy acostumbrado. Es cuestión de práctica.

—¿Qué tipo de práctica?

Encendí un cigarrillo, lancé el humo a unos cinco centímetros por encima de su cabeza.

—He nacido bajo una extraña estrella. Es decir, que todo lo que he querido tener, todo, sin excepción, lo he conseguido. Pero cada vez que he conseguido algo, he fastidiado otra cosa. ¿Me entiendes?

—Un poco.

—Nadie se lo cree, pero es cierto. Hará unos tres años me di cuenta de ello y pensé lo siguiente, que ya no desearía tener nada más.

Ella sacudió la cabeza.

—¿Entonces piensas pasarte toda la vida así?

—Es probable. Así no molestaré a nadie.

—Si piensas realmente eso —dijo ella—, podrías vivir en una caja de zapatos.

Era una idea fantástica.

Fuimos andando los dos, hombro con hombro, hasta la estación. Gracias al jersey, la noche era agradable.

—De acuerdo. Ya me las apañaré.

—No te he sido de gran ayuda, ¿verdad?

—Sólo con haber hablado, ya me siento mejor.

Cogimos el tren en el mismo andén, pero en direcciones opuestas.

—¿De verdad no te sientes solo? —volvió a preguntarme al final. Pero, mientras estaba buscando una buena respuesta, llegó el tren.

13

Un día, algo cautiva nuestro interés. Cualquier cosa. Algo insignificante. Un capullo de rosa, un sombrero perdido, un jersey que nos gustaba de niños, un viejo disco de Gene Pitney... Una sucesión de pequeñas cosas que no van a ninguna parte. Durante dos o tres días, aquello ronda por nuestra mente y, luego, vuelve a su lugar de origen... La oscuridad. En nuestro corazón hay innumerables pozos abiertos que sobrevuelan los pájaros.

Lo que me cautivó a mí aquel domingo de otoño al atardecer fue, ni más ni menos, una máquina *pinball*. Las gemelas y yo estábamos contemplando la puesta de sol sobre el césped del hoyo número ocho del campo de golf. El número ocho era un hoyo largo, de par cinco, sin obstáculos ni declives del terreno. Sólo una calle, similar al corredor de una escuela de primaria, extendiéndose en línea recta. En el hoyo número siete, un estudiante del barrio hace prácticas de flauta, y con aquella patética escala musical de dos octavas como telón de fondo, el sol se disponía a ocultarse tras la loma. Por qué fue precisamente entonces cuando una mesa de *pinball* despertó mi interés, lo ignoro. Más aún: con el paso del tiempo, la imagen de la máquina *pinball* fue ocupando un espacio cada vez mayor en mi corazón.

Al cerrar los ojos oía cómo la bola rebotaba, junto a mi oído, en los *bumpers* y cómo el marcador iba arrojando los puntos.

Q

En 1970, justo la época en que el Rata y yo bebíamos una cerveza tras otra en el Jay's Bar, yo no fui jamás un jugador empedernido de *pinball*. La mesa del Jay's Bar contaba con tres *flippers*, un modelo poco frecuente en aquella época llamado «Space Ship». El tablero estaba dividido en una parte superior y otra inferior; en la superior había un *flipper;* en la inferior, dos. Era un modelo de una época pacífica y feliz, previa a la inflación electrónica que el estado sólido introdujo en el mundo del *pinball*. Hay una fotografía del Rata junto a la máquina de cuando éste había perdido el juicio por las *pinballs;* una fotografía para celebrar su mejor resultado: 92.500 puntos. Apoyado en la mesa, el Rata sonríe alegremente, y la máquina *pinball* sonríe a su vez mostrando la cifra: 92.500. Es la única fotografía entrañable que saqué con mi cámara Kodak de bolsillo. El Rata parece un rey del aire de la segunda guerra mundial. Y la máquina *pinball* parece un antiguo caza. Uno de aquellos cazas en que los mecánicos hacían girar la hélice con la mano, y en que, al despegar, los pilotos cerraban de golpe la caja de la carlinga. La cifra 92.500 forjaba un vínculo entre el Rata y la *pinball*, y creaba una atmósfera de vaga intimidad.

Una vez a la semana, aparecía por el Jay's Bar un empleado de la compañía de máquinas *pinball* que hacía a la vez de recaudador y de mecánico. Era un hombre de unos treinta años, de una delgadez anormal, que apenas hablaba con nadie. Entraba en el bar y, sin mirar siquiera a Jay, abría con una llave la tapa que se encontraba debajo de la mesa de *pinball* y, con un entrechocar de monedas, vaciaba su contenido en una gran bolsa de lona. Luego cogía una de las monedas y la arrojaba dentro de la máquina para revisar su funcionamiento. Tras comprobar el estado del muelle del resorte unas dos o tres veces, lanzaba la bola con cara de absoluta indiferencia. Hacía rebotar la bola contra los *bumpers* para revisar el estado de los imanes, la hacía recorrer todos los carriles y abatir todas las dianas. *Drop targets, kickout holes, lotto target...* Al final, cuando se encendía la luz de *bonus light,* en su rostro aparecía una expresión que venía a decir: «Bueno, ya está», dejaba que cayera la bola en el carril de bola perdida y terminaba la jugada. Acto seguido, se volvía hacia Jay, asentía como diciéndole: «Todo está en orden», y se iba. No tardaba más que el tiempo de consumir medio cigarrillo.

Yo me olvidaba hasta de sacudir la ceniza, el Rata, hasta de beber cerveza: ambos nos quedábamos mirando boquiabiertos aquella técnica soberbia.

—Parece un sueño —decía el Rata—. Con una habilidad como ésa se pueden conseguir fácilmente ciento cincuenta mil puntos. ¡Qué va! Quizá doscientos mil.

—Claro. Es un profesional —lo consolaba yo. Pero era en vano. El orgullo del rey de los pilotos ya no se recuperaría jamás.

—Comparado con esto, lo mío es como agarrar el dedo meñique de una mujer —decía el Rata y enmudecía. Y quedaba inmerso en un eterno sueño de marcadores que sobrepasaban las seis cifras.

—Para él, sólo es un trabajo. —Yo no cejaba en mi empeño de convencerlo—. Al principio, quizá fuera divertido. Pero imagínate haciendo lo mismo de la mañana a la noche. Cualquiera acabaría harto.

—No —decía el Rata sacudiendo la cabeza—. Yo no me hartaría.

14

El Jay's Bar estaba lleno a rebosar por primera vez desde hacía tiempo. Casi todos eran rostros nuevos, pero la clientela es la clientela, y Jay no se mostraba precisamente de malhumor. El crujido del punzón picando el hielo, el tintineo de los cubitos en los vasos que iban pasando de mano en mano, las risas, los Jackson Five en la máquina de discos, las blancas nubes de humo que flotaban hacia el techo como bocadillos de *manga:* era como si hubiese vuelto el apogeo del verano.

Con todo, el Rata parecía pertenecer a otro mundo. Sentado solo en un extremo de la barra, releyó, una y otra vez, la misma página hasta que, resignado, cerró el libro. Si hubiese podido, habría tomado el último trago de cerveza que le quedaba y se habría ido a casa a dormir. Si *realmente* hubiese podido dormir...

Aquella semana, la suerte le había dado la espalda. Sueño irregular, cerveza y tabaco, hasta el tiempo había empezado a estropearse. El agua de lluvia, tras lavar la faz de la montaña, había afluido al río y el mar estaba moteado de marrón y de gris. Una vista desagradable. Tenía la impresión de que le habían embutido una bola de papel de periódico viejo en la cabeza. Su sueño era ligero, siempre breve. El tipo de modorra que tienes en la sala de espera del dentista con la calefacción demasiado alta. Cada vez que alguien abre la puerta te despiertas. Y miras el reloj.

A mitad de semana, mientras estaba solo bebiendo whisky, decidió congelar sus pensamientos durante un tiempo. Cubrió cada uno de los resquicios de su conciencia con una capa de hielo tan gruesa que hubiese podido cruzarla incluso un oso polar, y se durmió con la esperanza de ser capaz de superar, de aquel modo, la segunda mitad de la semana. Sin embargo, al despertar, todo continuaba igual que antes. Sólo que le dolía un poco la cabeza.

El Rata contempló vagamente las seis botellas de cerveza vacías que se alineaban ante sus ojos. Entre los cascos, se veía la figura de Jay de espaldas.

«Quizás ya vaya siendo hora de que me retire», pensó el Rata. La primera vez que se había tomado una cerveza en aquel bar tenía dieciocho años. Miles de cervezas, miles de patatas fritas, miles de discos en la máquina de discos. Todo había venido y se había desvanecido como las olas que embisten una balsa. ¿No había bebido ya suficiente cerveza? Podía seguir tomándola a los treinta, a los cuarenta, a la edad que fuera, por supuesto. «Pero», se dijo, «la cerveza que beba *aquí* es otro asunto...» Veinticinco años. No era una mala edad para retirarse. Era una edad en que las personas avispadas ya habían salido de la universidad y estaban trabajando en la sección de préstamos de un banco.

El Rata añadió un casco más a la hilera de botellas vacías, apuró de un trago la mitad del vaso, lleno a rebosar. Con un gesto reflejo se secó los labios con el dorso de la mano y se enjugó la mano en la parte trasera de los pantalones de algodón.

«¡Va! Piensa un poco», se dijo el Rata. «No huyas y piensa. Veinticinco años... A esa edad ya puedes pensar un poco, ¿no? Son los años que suman dos chicos de doce. ¿Vales tú eso? ¡Qué va! Ni siquiera vales lo que uno. Ni lo que un bote de encurtidos lleno de arañas... Pero ¡basta! Ya está bien de metáforas absurdas. No te llevan a ninguna parte. Piensa. Tú te equivocaste en algún sitio. Acuérdate... ¿Dónde fue? ¿Lo sabes?»

Resignado, el Rata apuró la cerveza que le quedaba. Levantó la mano y pidió otra.

—Hoy estás bebiendo demasiado —le dijo Jay. No obstante, acabó poniéndole delante la octava cerveza.

Le dolía un poco la cabeza. Sintió varias veces cómo su cuerpo subía y bajaba, igual que si lo arrastraran las olas. Notaba pesadez en los ojos. «¡Vomita!», le dijo una voz en el fondo de la cabeza. «Vomita primero. Y luego, piensa con calma. ¡Va! Levántate y ve al lavabo...» Pero era en vano. No podía dar ni un paso... Sin embargo, apretándose el pecho con la mano caminó hasta el lavabo, abrió la puerta, echó a una chica que estaba retocándose la raya de los ojos ante el espejo, se puso delante de la taza del váter, se acuclilló.

¿Cuántos años hacía que no vomitaba? Ni siquiera se acordaba de cómo se hacía. ¿Tenía que quitarse los pantalones?... ¡Qué broma tan estúpida! «¡Cállate y vomita de una vez! Vomita hasta que eches todo lo que tienes en el estómago.»

Tras echar hasta la bilis, el Rata se sentó en la taza del váter y se fumó un cigarrillo. Luego se lavó la cara y las manos con jabón y, ante el espejo, con las manos mojadas, se puso en orden el pelo. Tenía el rostro algo sombrío, pero ni la nariz ni el mentón eran feos. Es posible que le hubiesen gustado a una maestra de una escuela pública de secundaria.

Al salir del lavabo se dirigió a la mesa de la mujer que sólo había conseguido trazarse media raya en el ojo y se disculpó educadamente. Volvió a la barra, bebió medio vaso de cerveza y, luego, se tomó de un trago el agua con hielo que le ofrecía Jay. Sacudió la cabeza dos o tres veces y, justo cuando acababa de encender un cigarrillo, su cabeza empezó a funcionar de nuevo con normalidad.

«Bueno, ya está bien», se dijo el Rata en voz alta. «La noche es larga, piensa con calma.»

15

Durante el invierno de 1970 sucumbí de lleno al embrujo de las *pinball*. Tengo la sensación de que aquel medio año me lo pasé metido en un oscuro agujero. Como si hubiera excavado un hoyo a medida en medio de un prado, me hubiera enterrado dentro y hubiera cerrado los oídos a cualquier sonido. No había absolutamente nada que cautivara mi interés. Y cuando caía la noche, me despertaba, me ponía el abrigo y pasaba las horas en un rincón de una sala de juegos.

Por fin había encontrado la máquina «Space Ship» de tres *flippers,* el mismo modelo que había en el Jay's Bar. Cuando introducía una moneda y pulsaba el botón de *play,* la máquina, con un estremecimiento, producía una serie de sonidos mientras levantaba diez dianas, apagaba la luz de *bonus light,* hacía retroceder el contador a los seis ceros y enviaba la primera bola al carril. Tras un número infinito de monedas arrojadas a la máquina, justo un mes después, un atardecer de principios de invierno en el que caía una lluvia fría e incesante, el marcador, como si fuera un globo aerostático que arrojara el último saco de arena, alcanzó las seis cifras.

Aparté mis dedos temblorosos de los *flippers,* como si los arrancara, me recosté en la pared y, mientras bebía una lata de cerveza fría como el hielo, me quedé un buen rato con los ojos clavados en los seis dígitos que configuraban en el marcador la cifra 105.220.

Así empezó mi breve luna de miel con la máquina *pinball.* Apenas aparecía por la universidad, me gastaba en la máquina la mitad de lo que ganaba con mi trabajo por horas. Dominaba la mayoría de las técnicas de juego —*hugging, pass, trapp, stop shot*—. A mis espaldas, siempre tenía a alguien mirando. Incluso había una estudiante de bachillerato con los labios pintados de rojo que apretaba sus suaves pechos contra mi brazo.

Cuando el marcador arrojó los 150.000 puntos ya había llegado el invierno de verdad. En aquella gélida y semidesierta sala de juegos me envolvía en una trenca, me subía la bufanda hasta las orejas y me fundía en un abrazo con mi máquina *pinball.* Mi rostro, que veía a veces de pasada reflejado en el espejo del lavabo, era delgado y huesudo, tenía la piel terriblemente reseca. Después de tres partidas, hacía siempre una pausa recostado en la pared y me bebía una cerveza tiritando. El último trago de cerveza me sabía siempre a plomo. Sembraba el suelo de colillas, mordisqueaba un perrito caliente que llevaba embutido en el bolsillo.

Era maravillosa. La «Space Ship» de tres *flippers*... Sólo yo la comprendía y sólo ella me comprendía a mí. Cada vez que pulsaba el botón de *play,* ella marcaba seis ceros con un agradable sonido y me dirigía una sonrisa. Yo tiraba del resorte con una precisión milimétrica, lanzaba la reluciente bola plateada al campo de juego a través del carril. Y, mientras la bola recorría el tablero, mi corazón alcanzaba una libertad sin límites, igual que si hubiese fumado hachís de primera calidad.

A mi mente afloraban y se desvanecían pensamientos deshilvanados. En el cristal que cubría el tablero se dibujaban y se desvanecían figuras humanas. La lámina de cristal reflejaba mi corazón, como un espejo doble que proyectara mis sueños, y parpadeaba al compás de los *bumpers* y de las *bonus light*.

«No es culpa tuya», me decía ella. Y sacudía la cabeza repetidas veces. «No tienes nada que reprocharte. ¿Acaso no has hecho todo lo posible?»

«No es verdad», decía yo. El *flipper* de la izquierda, *tap transfer*, diana número 9. «No es verdad. No he conseguido absolutamente nada. No he podido mover ni un solo dedo. Pero, si lo hubiese intentado, lo habría conseguido.»

«Es muy poco lo que el ser humano puede hacer», decía ella.

«Tal vez», respondía yo. «Pero no ha terminado nada. Seguro que todo seguirá igual, eternamente.» *Return lane, trap, kick-out holes, rebound, hugging,* diana número 6... *Bonus light.* 121.150.

«Se acabó. Todo, todo», decía ella.

Ⓠ

En febrero del año siguiente, ella desapareció. La sala de juegos fue derribada y, al mes, en su lugar, había una tienda de donuts de las que están abiertas toda la noche. Una tienda de esas en que las chicas llevan un uniforme con un estampado que parece sacado de una cortina y que te sirven donuts secos en platos decorados con el mismo dibujo. Estudiantes de bachillerato que habían aparcado sus motocicletas en fila frente a la fachada, conductores en servicio nocturno, hippies pasados de moda y mujeres empleadas en bares de copas se congregaban allí a tomar café con idéntica expresión de hastío. Yo pedí un café malo y un donut de canela, y le pregunté a la camarera si sabía algo de la sala de juegos.

Me dirigió una mirada de desagrado. La misma mirada que si estuviese contemplando un donut tirado en el suelo.

—¿Una sala de juegos?

—Sí, una que había aquí hasta hace poco.

—Ni idea. —Sacudió la cabeza con cara de sueño. Aquí nadie se acuerda de lo del mes anterior. Así es esta ciudad.

Recorrí las calles con ánimo sombrío. Nadie conocía el paradero de la «Space Ship» de tres *flippers*.

Y yo dejé las *pinball*. Llegado el momento, todo el mundo las deja. Sólo eso.

16

La lluvia que caía sin interrupción desde hacía días cesó de repente el viernes al atardecer. La ciudad que tenía a sus pies al mirar por la ventana se veía totalmente hinchada tras haber absorbido el agua de la lluvia hasta hartarse. La luz del ocaso confería un extraño matiz a las nubes que justo empezaban a abrirse y su reflejo teñía el interior de la habitación del mismo color.

El Rata se deslizó un anorak por la cabeza sobre la camiseta y salió a la ciudad. Las calles asfaltadas, llenas de plácidos charcos, se extendían, negruzcas, hasta el infinito. La ciudad olía al crepúsculo que sigue a la lluvia. Los pinos que flanqueaban el río estaban empapados y las puntas verdes de las agujas dejaban caer gotas minúsculas. El agua de lluvia teñida de color marrón había afluido al río y, ahora, se deslizaba hacia el mar por el cauce de hormigón.

El crepúsculo llegaba a su fin y un empapado manto de oscuridad empezó a cubrir los alrededores. La humedad iba convirtiéndose rápidamente en niebla.

Sacando el codo por la ventanilla, el Rata recorría despacio la ciudad. La blanca niebla se iba extendiendo por la cuesta de Yamanote, en dirección al oeste. Al final, bajó hasta la costa a lo largo del cauce del río. Detuvo el coche junto al rompeolas, reclinó el asiento y se fumó un cigarrillo. La playa, los bloques de cemento del dique, los árboles de protección contra la arena, todo estaba mojado y teñido de negro. A través de las persianas de la casa de la mujer se filtraba una cálida luz amarillenta. Miró el reloj de pulsera. Las siete y cuarto. La hora en que la gente acaba de cenar y se dispone a fundirse en la cálida intimidad de sus hogares.

El Rata cruzó las manos detrás de la cabeza, cerró los ojos e intentó recordar cómo era la casa de la mujer. No había estado más que un par de veces y sus recuerdos eran inciertos. Al abrir la puerta, había una cocina-comedor de unos seis *tatami*... Un mantel de color naranja, macetas con plantas decorativas, cuatro sillas, zumo de naranja y un periódico encima de la mesa, una tetera de acero inoxidable... Todo en un orden escrupuloso, sin una mancha... Al fondo, dos habitaciones convertidas en una tras quitar el tabique que las separaba. El escritorio, largo y estrecho, cubierto con una lámina de cristal y, encima..., tres jarras de cerveza de artesanía. Dentro de ellas se apiñaban diversos lápices, reglas, plumas de dibujo. En una bandeja, gomas de borrar, pisapapeles, líquido corrector, viejas facturas, cinta adhesiva, clips de distintos colores... También un sacapuntas, sellos.

Junto a la mesa, un tablero de dibujo muy usado, una lámpara de brazo largo. La pantalla era... verde. En la pared del fondo había una cama. Una pequeña cama de madera blanca de estilo nórdico. Cuando se subían encima dos personas, rechinaba como la barca de un parque.

Con el paso de las horas, la niebla iba haciéndose más densa. Una oscuridad lechosa fluía despacio por la playa. De vez en cuando se aproximaba por delante la luz amarillenta del faro antiniebla y barría despacio el costado del coche del Rata. Las minúsculas gotas que penetraban por la ventanilla mojaban todo lo que había en el interior del coche. Los asientos, el parabrisas, el anorak, el tabaco que llevaba en el bolsillo, absolutamente todo. Las sirenas para la niebla de los buques de carga anclados en alta mar empezaron a lanzar agudos lamentos parecidos a los de un ternero que se hubiera separado del rebaño. Las sirenas atravesaban las tinieblas con notas altas o bajas de la escala musical y se perdían en dirección a la montaña.

Y, en la pared de la izquierda..., siguió pensando el Rata. Una estantería, un pequeño equipo de música y discos. También el armario ropero. Dos reproducciones de Ben Shahn. En la estantería no había buenos libros. La mayoría eran obras especializadas en arquitectura. Junto con libros de viajes, guías turísticas, diarios de viajes, mapas, algunos *best sellers*. Una biografía de Mozart, partituras musicales, diccionarios... En la solapa de un diccionario de francés figuraban unas palabras de dedicatoria a un galardonado. Casi todos los discos eran de Bach, Haydn y Mozart. Además de otros recuerdos de su adolescencia. Pat Boone, Bobby Darin, The Platters.

Aquí, el Rata llegó a un punto muerto. Faltaba algo. Y, encima, era algo importante. Por su culpa, el conjunto de la casa flotaba por el aire sin visos de realidad. ¿Qué era? OK. Espera un momento... Seguro que me acordaré. La luz y... la moqueta. ¿Qué luz había? ¿De qué color era la moqueta?... No logró recordarlo de ninguna de las maneras.

El Rata sintió el impulso de abrir la portezuela del coche, cruzar el bosquecillo de prevención contra la arena, llamar a la puerta de la casa y comprobar cómo eran la luz y el color de la moqueta. ¡Qué estupidez! Volvió a recostarse en el asiento y dirigió, ahora, la mirada hacia el mar. Sobre la negra superficie del océano, aparte de la blanca niebla, no se veía absolutamente nada. Sólo, al fondo, la luz anaranjada del faro repetía su seguro parpadeo como el latido de un corazón.

La casa de la mujer, desprovista de techo y de suelo, flotó vagamente por la oscuridad durante unos instantes. Y, poco a poco, partiendo de los pequeños detalles, la imagen fue palideciendo hasta que acabó borrándose por completo.

El Rata volvió la cabeza hacia el techo y cerró los ojos despacio. Después, como si cortara la corriente, apagó todas las luces del interior de su cabeza y enterró su corazón en una nueva oscuridad.

17

La «Space Ship» de tres *flippers*... No dejaba de llamarme desde algún lugar. Siguió haciéndolo días y días.

Yo estaba despachando toda aquella montaña de trabajo acumulado a una velocidad de vértigo. Al mediodía ni almorzaba ni jugaba con los gatos abisinios. No hablaba con nadie. La chica de la oficina venía de vez en cuando a ver cómo me encontraba y se iba, sacudiendo la cabeza con aire de perplejidad. Acababa el trabajo del día antes de las dos, arrojaba los borradores sobre la mesa de la chica y salía disparado de la oficina. Recorrí todas las salas de juego de Tokio en busca de la «Space Ship» de tres *flippers*. Pero fue en vano. Nadie la había visto, nadie había oído hablar de ella.

—¿No le sirve la «Expedición al centro de la Tierra» de cuatro *flippers*? Acabamos de recibirla —me dijo el dueño de una sala de juegos.

—No. Lo siento.

Pareció algo decepcionado.

—También tenemos la «Southpaw». Da bola extra cada vez que se consigue un *hit for the cycle*.

—Lo siento mucho, pero sólo me interesa la «Space Ship».

A pesar de todo, tuvo la amabilidad de darme el nombre y el teléfono de un conocido suyo entusiasta de las *pinball*.

—Quizás él pueda decirle algo sobre la máquina que anda buscando. Es un auténtico fanático. No hay nada que no sepa sobre las *pinball*. Pero es un tipo un poco raro.

—Gracias —le expresé mi agradecimiento.

—De nada. Ojalá la encuentre.

Entré en una tranquila cafetería y marqué el número de teléfono. Al quinto timbrazo se puso un hombre. Su voz era calmada. Al fondo, se oían las noticias de las siete de la cadena NHK y el llanto de un bebé.

—Querría preguntarle algo sobre una máquina *pinball*. —Abordé el asunto con estas palabras tras decirle mi nombre.

Por unos instantes, al otro lado reinó un silencio absoluto.

—¿De qué máquina se trata? —quiso saber el hombre. Había bajado el volumen del televisor.

—De una máquina de tres *flippers* llamada «Space Ship».

El hombre gruñó como si estuviera cavilando.

—Tiene unos planetas y una nave espacial pintados en el tablero del marcador...

—La conozco muy bien —me interrumpió el hombre. Carraspeó. Hablaba igual que un profesor asociado recién salido de los cursos de posgrado—. Es un modelo de 1968, de Gilbert & Sands, de Chicago. Algunos la llaman la máquina de la mala suerte.

—¿Máquina de la mala suerte?

—¿Qué le parece? —dijo—. ¿No podríamos vernos y hablar?

Quedamos al día siguiente al atardecer.

Ｑ

Tras intercambiarnos las tarjetas, le pedimos un café a la camarera. Me quedé atónito al saber que realmente era profesor universitario. Tendría poco más de treinta años y el pelo ya empezaba a clarearle, pero se lo veía bronceado y fuerte.

—Enseño español en la universidad —me dijo—. Mi trabajo es como echar agua en el desierto.

Asentí, admirado.

—¿En su oficina de traducción trabajan con el español?

—Yo me encargo del inglés y mi socio, del francés. Con estas dos lenguas ya estamos desbordados.

—¡Qué lástima! —exclamó con los brazos cruzados. Aunque no parecía sentirlo tanto. Estuvo toqueteándose el nudo de la corbata unos instantes—. ¿Ha estado alguna vez en España? —me preguntó.

—No. Me gustaría, pero no —dije.

Cuando nos trajeron el café, dejamos de hablar de España y tomamos el café en silencio.

—La compañía Gilbert & Sands era, como si dijéramos, una recién llegada al mundo del *pinball*. —De repente, el hombre empezó a hablar—. Desde la segunda guerra mundial hasta la guerra de Corea, fabricó principalmente dispositivos de lanzamiento de proyectiles para los bombarderos, pero, a raíz del armisticio de la guerra de Corea, decidió explorar nuevas áreas de producción. Máquinas *pinball*, máquinas de bingo, máquinas tragaperras, máquinas de discos, expendedoras de palomitas... En una palabra, industria de paz. Acabó su primera máquina *pinball* en 1952. No estaba mal. Era muy sólida y, también, económica. Pero carecía de encanto. Según una crítica publicada en la revista *Billboard*, aquella *pinball* era como uno de los sujetadores distribuidos por las fuerzas terrestres del ejército soviético a sus miembros femeninos. Con todo, fue un triunfo en ventas. La exportaron a México y a otros países de Centro y Sudamérica. En esos países hay pocos técnicos especializados. De modo que prefieren una máquina sólida, que se averíe poco, a otra más sofisticada.

Enmudeció, tomó un sorbo de agua. Era una verdadera lástima que no tuviera una pantalla para proyectar diapositivas y un largo puntero.

—Por cierto, como usted sabrá, el mercado americano o, lo que es lo mismo, el mercado mundial, está controlado por un oligopolio de cuatro grandes compañías. Gottlieb, Bally, Chicago Coin y Williams... Se las conoce como las «Big Four». Y la empresa Gilbert penetró en su territorio. Durante cinco años luchó con ferocidad. Y, en 1957, se retiró de las *pinball*.

—¿Se retiró?

Asintiendo, tomó el último sorbo de café con cara de disgusto y se secó concienzudamente la comisura de los labios con un pañuelo.

—Exacto. Fue derrotada. Sin embargo, la compañía en sí ganaba dinero. Gracias a la exportación a Centro y Sudamérica. Pero, para que la herida no se hiciera más profunda, decidieron abandonar... En realidad, la fabricación de las *pinball* precisa de grandes conocimientos técnicos. Se necesitan muchos técnicos especializados y con gran experiencia y un planificador que los dirija. Se requiere una red de conexiones que cubra todo el país. Hace falta un proveedor que tenga siempre piezas a mano y, asimismo, cierto número de mecánicos que puedan desplazarse corriendo a donde sea a arreglar una máquina en menos de cinco horas. Por desgracia, la compañía novata Gilbert no tenía esta logística. Así que, haciendo de tripas corazón, se retiraron y, durante los siete años siguientes, fabricaron máquinas expendedoras y limpiaparabrisas para Chrysler. Pero no habían renunciado a las *pinball*.

En este punto enmudeció. Se sacó un paquete de tabaco del bolsillo de la americana y, tras golpear suavemente el extremo de un cigarrillo sobre la mesa, lo prendió con el mechero.

—No habían tirado la toalla. Tenían su orgullo. Continuaron la investigación en una fábrica secreta. A escondidas, reclutaron a gente que provenía de las «Big Four» y formaron un equipo para desarrollar un proyecto. Invirtieron una suma colosal de dinero en investigación con la orden de que crearan una máquina superior a cualquiera de las *pinball* de las «Big Four» y que, además, la tuvieran lista en cinco años. Esto sucedía en 1959. Durante aquellos cinco años, la empresa tampoco perdió el tiempo. Aprovechando la fabricación de otros productos, creó una perfecta red de conexión que iba desde Vancouver a Waikiki. Con aquello, concluían todos los preparativos.

»La nueva máquina vio la luz en 1964, tal como estaba previsto. Se trataba de la "Big Wave".

Sacó un álbum negro de recortes de su maleta de piel, lo abrió por una página y me lo entregó. Allí había pegado lo que parecía ser el recorte de una revista con una fotografía donde la «Big Wave» aparecía entera, un cuadro del campo de juego, el diseño del tablero del marcador e, incluso, la placa de instrucciones.

—Era una máquina realmente original. Poseía diversos mecanismos nunca vistos hasta entonces. Como, por ejemplo, distintas secuencias de juego. En la «Big Wave» podías elegir el juego que quisieras, según tu habilidad. La máquina tuvo una aceptación enorme.

»Estas invenciones de la empresa Gilbert ahora nos parecen normales y corrientes, pero en aquella época eran terriblemente novedosas. Además, la máquina estaba fabricada a conciencia. En primer lugar, era muy sólida. La vida útil de una *pinball* de las "Big Four" era de unos tres años, y, en cambio, aquélla tenía una duración de cinco años. En segundo lugar, estaba hecha pensando en la técnica, no en criterios comerciales... Más tarde, la empresa Gilbert crearía otras máquinas famosas siguiendo siempre la misma línea. La "Oriental Express", la "Skay Pilot", la "Trans-America"... Todas ellas muy valoradas por los fanáticos de las *pinball*. La "Space Ship" fue su último modelo.

»La "Space Ship" presentó unas características completamente distintas a las cuatro anteriores. Así como éstas contenían artilugios de lo más novedoso, la "Space Ship" era una máquina muy simple y ortodoxa. No tenía un solo mecanismo que no hubiesen usado ya las "Big Four". Sin embargo, a pesar de ello, no cabe duda de que representaba un desafío. Tenían una gran confianza en sí mismos.

Hablaba despacio para que yo pudiera asimilarlo bien. Sin parar de asentir, bebí café; cuando el café se hubo terminado, bebí agua; cuando el agua se hubo terminado, fumé.

—La «Space Ship» era una máquina extraña. A simple vista parece que no tenga ningún valor. Pero, en cuanto la pruebas, ves que posee algo distinto. Los *flippers* son los mismos, las dianas son las mismas, pero tiene algo que la hace distinta a las demás. Y ese algo engancha como una droga. No sé por qué... Antes he llamado a la «Space Ship» la máquina de la mala suerte. Lo he hecho por dos razones. La primera es porque la gente no llegó a comprender lo suficiente lo maravillosa que era. Y cuando al fin empezó a comprenderlo, ya era demasiado tarde. La segunda es porque la empresa quebró. La habían fabricado demasiado a conciencia. La compañía Gilbert fue absorbida por un conglomerado. La oficina central decidió que no necesitaba una sección de *pinball*. Y aquí acabó el asunto. Sólo se fabricaron, en total, mil quinientas máquinas «Space Ship» y, por esta razón, ahora es una famosa máquina fantasma. En América, entre los fanáticos, la «Space Ship» llega a cotizarse a dos mil dólares, pero nadie la vende.

—¿Por qué?

—Porque nadie quiere desprenderse de ella. Nadie puede desprenderse de ella. Es una máquina extraña.

Cuando terminó de hablar, miró el reloj de manera mecánica, se encendió un cigarrillo. Yo pedí un segundo café para ambos.

—¿Cuántas máquinas se importaron a Japón?

—Lo he comprobado. Tres.

—¡Qué pocas!

Asintió.

—Japón no se encontraba en su ruta de distribución. En 1969, una agencia de importaciones hizo un pedido como prueba. Son las tres que le he dicho. Cuando intentó pedir más, Gilbert & Sands ya no existía.

—¿Y usted conoce el paradero de las tres?

Removió repetidas veces el azúcar de la taza, se rascó el lóbulo de la oreja.

—Una fue a parar a una pequeña sala de juegos de Shinjuku. La sala de juegos quebró hace dos años en invierno. No sé dónde está ahora la máquina.

—Ésa la conozco.

—Otra fue a parar a una sala de juegos de Shibuya, que se quemó la primavera pasada en un incendio. Gracias al seguro contra incendios, nadie sufrió pérdidas. Sólo que la «Space Ship» desapareció de este mundo... Realmente, considerando todo esto, resulta inevitable llamarla máquina de la desgracia.

—Parece el halcón maltés, ¿verdad? —dije yo.

Asintió.

—Por cierto, desconozco adónde fue a parar la tercera máquina.

Le di la dirección y el número de teléfono del Jay's Bar.

—Pero ya no la tiene. Se deshizo de ella el verano pasado.

Lo apuntó todo con gran cuidado en la agenda.

—La que me interesa a mí es la que estaba en Shinjuku —dije—. ¿No sabrá usted qué ha sido de ella?

—Existen varias posibilidades. Lo más frecuente es que acaben en el desguace. La rotación de las máquinas es muy rápida. Una máquina normal, a los tres años, ya está amortizada y sale más rentable sustituirla por otra nueva que costear las reparaciones. También deben tenerse en cuenta las modas, por supuesto. Por eso suelen ir a parar al desguace... La segunda posibilidad es que la compren de segunda mano. Las máquinas de modelos antiguos que todavía pueden utilizarse van a parar a menudo a algún bar. Y allí acaban sus días en manos de borrachos y aficionados. La tercera posibilidad, aunque muy excepcional, es que la adquiera algún fanático de las *pinball*. Pero el ochenta por ciento de las veces acaban en el desguace.

Sosteniendo el cigarrillo sin encender entre los dedos, reflexioné con ánimo sombrío.

—Con respecto a la tercera posibilidad, ¿no podría usted averiguarlo?

—No tengo ningún inconveniente en mirarlo, pero será complicado. Se trata de un mundo en el que apenas se producen contactos entre los fanáticos de las máquinas. No hay listas, tampoco hay boletines para miembros de ninguna asociación... Sin embargo, lo intentaré. Yo también siento cierto interés por la «Space Ship».

—Se lo agradezco.

Se apoltronó en el hondo asiento y dio una calada sin aspirar el humo.

—Por cierto, ¿cuál ha sido el mejor resultado que ha obtenido con la «Space Ship»?

—Ciento sesenta y cinco mil puntos —dije.

—Increíble —dijo sin alterar la expresión—. Realmente increíble. —Y volvió a rascarse el lóbulo de la oreja.

18

Me pasé la semana siguiente sumido en una calma y en una quietud extrañas. El eco de la *pinball* continuaba resonando en mis oídos, pero aquel zumbido perturbador, similar al batir de alas de una abeja caída en un rayo de sol de invierno, fue apagándose. El otoño avanzaba día a día, y bajo los árboles que rodeaban el campo de golf iban amontonándose las hojas secas en el suelo. Habían encendido hogueras para quemar la hojarasca en diversos puntos de las suaves colinas de las afueras, y desde la ventana de mi apartamento se veían, aquí y allá, delgadas columnas de humo alzándose al cielo como cuerdas mágicas.

Las gemelas se mostraban cada día más calladas y, también, más cariñosas. Juntos, paseábamos, tomábamos café, escuchábamos discos, nos abrazábamos bajo las mantas y dormíamos. El domingo caminamos una hora hasta el jardín botánico, comimos sándwiches de setas *shiitake* y espinacas en un bosquecillo de robles. Sobre los árboles, unos pájaros de cola negra gorjeaban con voz cristalina.

Como el aire era cada día más frío, les compré un par de camisas de *sport* nuevas y les di unos jerséis míos viejos. Gracias a ello, ya no fueron la 208 y la 209, sino la del jersey de cuello redondo de color verde oliva y la del cárdigan de color beige, pero ninguna de las dos puso objeción alguna. También les compré calcetines y unas zapatillas deportivas nuevas. Con ello, me sentí como un abuelo dadivoso.

La lluvia de octubre era preciosa. Una lluvia de gotas menudas como cabezas de alfiler, y suave como copos de algodón, regaba toda la superficie del césped, que ya empezaba a secarse, del campo de golf. Y, sin formar charcos, la tierra iba embebiéndola. Después de la lluvia, los bosquecillos olían a hojarasca mojada y algunos rayos de sol del ocaso penetraban a través de los árboles moteando el suelo con manchas de luz. Algunos pájaros cruzaban los senderos que atravesaban los bosquecillos a tanta velocidad que parecía que corrieran.

En la oficina, todos los días eran iguales. El trabajo había empezado a aflojar y yo traducía con calma mientras escuchaba casetes de viejo jazz como Bix Beiderbecke, Woody Herman o Bunny Berigan, fumaba, bebía whisky a cada hora y comía galletas.

Sólo la chica de la oficina permanecía ocupada mirando horarios y haciendo la reserva de vuelos y hoteles; y aún encontró tiempo para zurcirme dos jerséis y sustituir los cierres metálicos de mi blazer. Se cambió de peinado, sustituyó su lápiz de labios por otro de color rosa pálido, se puso un jersey fino que resaltaba la redondez de sus senos. Y todo fue fundiéndose en el aire de otoño.

Todo aquello quedaría eternamente grabado en mi memoria. Fue una semana maravillosa.

19

Le costaba decirle a Jay que abandonaba la ciudad. No sabía por qué, pero le resultaba terriblemente difícil. Fue tres veces seguidas al bar, pero ninguna de las tres fue capaz de abordar el tema. Cada vez que intentaba decírselo, se le secaba la garganta y, entonces, sentía la necesidad de beber cerveza. Y continuaba bebiendo, dominado por una impotencia ante la cual no podía hacer nada. «Por más que luches, tú nunca vas a ninguna parte», se dijo.

Cuando el reloj señalaba las doce, el Rata desistió, se levantó con cierta sensación de alivio, dio, como siempre, las buenas noches a Jay y salió del bar. El aire nocturno ya había refrescado. Regresó a su apartamento, se sentó en la cama, vio distraídamente la televisión. Abrió una lata de cerveza, encendió un cigarrillo. Una vieja película del Oeste, Robert Taylor, anuncios, el parte meteorológico, anuncios, interferencias... El Rata apagó el televisor, se metió en la ducha. Abrió otra lata de cerveza, encendió otro cigarrillo.

No sabía adónde debía ir tras dejar la ciudad. No tenía ningún destino concreto.

Por primera vez en su vida sentía cómo el pánico iba ascendiendo, reptando, desde el fondo de su corazón. Era un pánico similar a unos gusanos negros y brillantes de las profundidades de la tierra. No tenían ojos, no tenían piedad. Y querían arrastrar consigo al Rata al interior de la tierra. El Rata sentía su tacto viscoso por todo el cuerpo. Abrió una lata de cerveza.

Durante aquellos tres días, el Rata dejó el piso lleno de latas de cerveza vacías y de colillas. Ansiaba ver a la mujer. Sentir la calidez de su piel en todo su cuerpo, quedarse para siempre en su interior. Pero ya no podía volver a su casa. «¿Acaso no has sido tú quien ha quemado todos los puentes?», se dijo el Rata. «¿Acaso no has sido tú quien ha levantado los muros y se ha emparedado en su interior?...»

El Rata contempló el faro. El cielo clareaba y el mar empezaba a teñirse de color gris. Cuando la nítida luz de la mañana se disponía a apartar las tinieblas como quien retira un mantel, el Rata se metió en la cama y se durmió con un sufrimiento que no iba a ninguna parte.

Q

La decisión de abandonar la ciudad parecía, por el momento, firme e inquebrantable. Había estudiado la situación desde diversos ángulos, tomándose su tiempo, y aquélla era la conclusión a la que había llegado. No parecía haber resquicio alguno. Mejor. Había encendido una cerilla y quemado todos los puentes. Había sofocado cualquier sentimiento que pudiera dejar atrás. Tal vez quedaran en la ciudad sombras de su existencia. Pero eso a nadie debía de importarle. La ciudad iría cambiando y, pronto, también aquellas sombras irían borrándose... Entonces se diría que todo marchaba bien.

Jay...

El Rata no comprendía por qué la presencia de Jay lo perturbaba tanto. Con un: «Dejo la ciudad. Que te vaya bien», debería de quedar zanjado el asunto. No sabían nada el uno del otro. Una persona encuentra a otra, se cruza con ella y sigue su camino. No era más que eso. Sin embargo, el Rata sufría. Se tumbó de espaldas en la cama, dirigió varias veces el puño cerrado al techo.

Q

Poco después de la medianoche del lunes, el Rata levantó la puerta metálica del Jay's Bar. Jay se encontraba, como siempre, con la mitad de las luces apagadas, sentado a una mesa, fumando un cigarrillo sin hacer nada. Al ver entrar al Rata, esbozó una sonrisa y asintió con la cabeza. Sumido en la penumbra, Jay se veía terriblemente envejecido. La sombra negra de la barba le cubría las mejillas y la barbilla, tenía los ojos hundidos, los delgados labios estaban resecos y agrietados. En el cuello le sobresalían las venas.

Las yemas de los dedos estaban teñidas de amarillo por la nicotina del tabaco.

—¿Estás cansado? —le preguntó el Rata.

—Un poco —dijo Jay y enmudeció por unos instantes—. Hay días así, ¿no? Le pasa a todo el mundo.

El Rata asintió, arrastró una silla hasta la mesa y tomó asiento frente a Jay.

—Los días de lluvia y los lunes, todos tenemos el corazón sombrío. Ya lo dice la canción, ¿no?

—Exacto —reconoció Jay mirándose fijamente los dedos que sostenían el cigarrillo.

—Será mejor que hoy vuelvas pronto a casa y que te acuestes.

—No. Estoy bien —repuso Jay negando con la cabeza. La movió tan despacio que parecía que estuviese ahuyentando un insecto—. Total, aunque volviera a casa, dudo que pudiese dormir bien.

En un acto reflejo, el Rata echó un vistazo al reloj de pulsera. Eran las doce y veinte minutos. El tiempo parecía haber hallado la muerte en la penumbra de aquel sótano donde nada se oía. El Jay's Bar, con la puerta metálica bajada, no conservaba un solo destello del resplandor que él había buscado allí durante tantos años. Se veía todo descolorido, exhausto.

—¿Me pasas una Coca-Cola? —dijo Jay—. Tú puedes tomarte una cerveza.

El Rata se levantó, sacó una Coca-Cola y una cerveza de la nevera, las llevó a la mesa junto con los vasos.

—¿Y la música? —preguntó Jay.

—Déjalo. Hoy mejor nos quedamos en silencio —dijo el Rata.

—Parece un funeral.

El Rata se rió. Ambos estuvieron bebiendo sin decir nada.

El reloj que el Rata había dejado sobre la mesa empezó a emitir un tictac tan fuerte que parecía anormal. Las doce y treinta y cinco minutos. Parecía haber transcurrido muchísimo tiempo. Jay apenas se movía. El Rata miraba fijamente cómo el cigarrillo de Jay se iba consumiendo hasta la boquilla en el cenicero de cristal.

—¿Por qué estás tan cansado? —le preguntó el Rata.

—¡Uf! Vete a saber —contestó Jay. Descruzó las piernas y volvió a cruzarlas—. No es por nada en concreto.

El Rata vació medio vaso de cerveza y lo depositó de nuevo sobre la mesa con un suspiro.

—Oye, Jay. Los seres humanos, absolutamente todos, nos vamos pudriendo, ¿verdad?

—Yo diría que sí.

—Hay diferentes maneras de pudrirse. —Con un gesto inconsciente, el Rata se llevó el dorso de la mano a los labios—. Pero cada uno tiene muy pocas opciones. A lo sumo..., dos o tres.

—Es posible.

El resto de la cerveza, ya sin espuma, se había estancado en el fondo del vaso como si fuera un charco. El Rata se sacó del bolsillo un paquete de cigarrillos aplastado y se puso el último entre los labios.

—Pero eso, ahora, ya no me importa tanto. De todos modos, vamos a pudrirnos igualmente, ¿no? ¿Qué te parece?

Manteniendo el vaso de Coca-Cola inclinado, Jay escuchaba al Rata en silencio.

—Pero, a pesar de ello, las personas van cambiando. Yo jamás había entendido lo que significaba eso. —Mordisqueándose los labios, el Rata se quedó absorto con los ojos clavados en la mesa—. Luego, pensé lo siguiente. Que si cualquier evolución, cualquier cambio, no dejaría de ser, a fin de cuentas, un paso más hacia la decadencia. ¿Crees que desbarro?

—No, no lo creo.

—Por eso jamás he podido sentir ni una pizca de amor, o simpatía, por esa gente que se dirige a la nada feliz y contenta... Y tampoco por esta ciudad.

Jay permanecía en silencio. También el Rata enmudeció. Cogió las cerillas de encima de la mesa y encendió un cigarrillo despacio hasta que el fuego del fósforo empezó a prender en el palillo.

—El caso —dijo Jay— es que tú también vas a cambiar, ¿no?

—Sí.

Transcurrieron unos segundos de absoluto silencio. Debieron de ser unos diez segundos. Jay abrió la boca.

—El ser humano está hecho de una manera muy torpe. Muchísimo más de lo que piensas.

El Rata vertió en el vaso la cerveza que quedaba en la botella y la apuró de un trago.

—Estoy dudando.

Jay asintió con la cabeza repetidas veces.

—Es difícil tomar una decisión.

—Ya me lo figuraba. —Tras decir estas palabras, Jay sonrió como si estuviera cansado de hablar.

El Rata se levantó despacio, se embutió el tabaco y el mechero en el bolsillo. El reloj señalaba la una de la madrugada pasada.

—Buenas noches —dijo el Rata.

—Buenas noches —respondió Jay—. Oye, alguien dijo eso de, ¿sabes?, «Anda despacio y bebe mucha agua».

El Rata dirigió una sonrisa a Jay, abrió la puerta, subió las escaleras. Las farolas iluminaban con mucha claridad unas calles donde no había un alma. El Rata se sentó en una barrera de seguridad, alzó la vista al cielo y se preguntó cuánta agua tendría que beber.

20

El profesor de español me telefoneó el miércoles, justo después del puente de noviembre. Antes del descanso del mediodía, había ido al banco con mi socio y, en aquellos instantes, estaba en la cocina-comedor comiéndome unos espaguetis que había preparado la chica de la oficina. La pasta había hervido dos minutos de más y sobre los espaguetis, en vez de albahaca, había picado ajedrea, pero no sabían nada mal. En pleno debate sobre la elaboración de los espaguetis sonó el teléfono. Se puso la chica y, tras pronunciar tres o cuatro palabras, me pasó el auricular encogiéndose de hombros.

—Llamo por lo de la «Space Ship» —dijo el hombre—. Ya he descubierto su paradero.

—¿Dónde está?

—Por teléfono me resulta difícil informarle —dijo. Enmudecimos a ambos lados del aparato.

—¿O sea que...? —pregunté.

—O sea que me cuesta explicárselo por teléfono.

—Es decir, que hay que verlo para creerlo.

—No —balbuceó—. Aunque usted la tuviera delante, me costaría explicárselo. Es a eso a lo que me refiero.

No atiné a decir nada, así que esperé a que prosiguiera.

—No crea que me estoy haciendo de rogar o que bromeo. En todo caso, me gustaría que quedáramos.

—De acuerdo.

—¿Qué le parecería hoy a las cinco?

—Muy bien —contesté—. Por cierto, ¿se puede jugar?

—Por supuesto —dijo.

Le di las gracias y colgué. Y seguí comiendo los espaguetis que aún tenía en el plato.

—¿Adónde vas?

—A jugar con una *pinball*. No sé dónde está.

—¿Con una *pinball*?

—Sí, golpeas la bola con los *flippers*...

—Eso ya lo sé. Pero ¿por qué...?

—¡Uf! Vete a saber. El mundo está lleno de cosas que nuestra filosofía no puede dilucidar.

Ella se quedó reflexionando con los codos hincados en la mesa y la barbilla entre las manos.

—¿Eres bueno jugando a la *pinball*?

—Lo era. Ha sido la única cosa de la que he podido enorgullecerme.

—Yo no tengo ninguna.

—Quien nada tiene nada pierde.

Volvió a quedarse pensativa; mientras tanto, yo me comí el resto de los espaguetis. Saqué un *ginger-ale* de la nevera y me lo bebí.

—Las cosas que se pueden perder algún día no significan gran cosa. Ya lo dicen, ¿no? Que la gloria de las cosas condenadas a desaparecer no es verdadera gloria.

—¿Quién dijo eso?

—No me acuerdo. Pero tenía razón.

—¿Y hay en este mundo cosas que no se pierden?

—Estoy convencido de que las hay. Y tú también deberías creerlo.

—Lo intentaré.

—Quizá sea demasiado optimista. Pero no soy tan estúpido.

—Ya lo sé.

—No creas que me siento orgulloso de ello, pero es mucho mejor que lo contrario.

Ella asintió.

—Así que esta noche vas a jugar a la *pinball*, ¿no?

—Sí.

—Levanta los brazos.

Alcé los brazos hacia el techo. Ella examinó con atención las costuras del jersey bajo las axilas.

—¡OK! Hasta luego.

Q

El profesor de español y yo nos encontramos en la misma cafetería que la primera vez y tomamos enseguida un taxi. Él le indicó al taxista que siguiera recto por la avenida Meiji. En cuanto arrancó el coche, sacó un paquete de tabaco, encendió un cigarrillo y me ofreció otro a mí. Llevaba un traje de color gris y una corbata con tres rayas oblicuas de color azul. La camisa también era azul, de un tono algo más pálido que el de la corbata. Yo llevaba un jersey gris, vaqueros y las botas de ante ennegrecidas. Me sentía como un mal estudiante obligado a comparecer en el despacho del profesor.

Justo antes de cruzar la avenida Waseda, el taxista le preguntó si tenía que continuar. El profesor le indicó que se dirigiera hacia la avenida Mejiro. Poco después, el taxi enfilaba ya por ella.

—¿Vamos muy lejos? —le pregunté.

—Bastante —contestó y buscó un segundo cigarrillo.

Yo dejaba que mis ojos se deslizaran despacio por las calles comerciales que iban desfilando al otro lado de la ventanilla.

—Me ha costado mucho averiguarlo —me dijo—. Primero me puse en contacto con todos los miembros que figuran en la lista de entusiastas de las *pinball*. Son unas veinte personas, no sólo en Tokio, sino en todo el país. Pero no obtuve ningún resultado. No sabían nada que nosotros no supiéramos ya. A continuación, me dirigí a los comerciantes que tratan con máquinas de segunda mano. No son muchos. Sólo que, ¿sabe?, consultar las listas de todas las máquinas que han pasado por sus manos es una tarea ingente. Porque la cifra es enorme.

Asentí, miré cómo se encendía el cigarrillo.

—De todos modos, me fue de gran ayuda conocer la fecha. Febrero de 1971. Me lo miraron. Y allí estaba. Una «Space Ship», de Gilbert & Sands, con el número de serie 165029. El día tres de febrero de 1971 había pasado a liquidación de residuos.

—¿Liquidación de residuos?

—Desguace. Como en *Goldfinger,* ya sabe. Reciclan la chatarra convertida en bloques cuadrados, la hunden en las aguas del puerto...

—Sin embargo, usted...

—Escúcheme, se lo ruego. Me resigné, di las gracias al comerciante y me fui a casa. Sin embargo, ¿sabe?, había algo que no me convencía. Era una especie de corazonada. Algo que me decía: «No. No es cierto». Así que, al día siguiente, decidí ir a ver otra vez al comerciante. Y fui hasta la planta de tratamiento de chatarra. Tras permanecer una media hora mirando cómo realizaban las tareas de desguace, entré en las oficinas y le ofrecí mi tarjeta a un empleado. Eso de que ponga «profesor de universidad» suele surtir algún efecto entre quienes desconocen de qué va el asunto.

—Hablaba un poco más rápido que la primera vez que nos habíamos visto. Esto, a mí, me hacía sentir más cómodo, no sé por qué razón—. Entonces le dije lo siguiente. Que estaba escribiendo un libro. Y que quería saber cosas sobre la tarea del desguace.

»Él parecía dispuesto a colaborar. Pero no sabía nada sobre una *pinball* de febrero de 1971. Es lógico. Dos años y medio son mucho tiempo y no llevan un registro de cada una de las máquinas. Las cogen, las aplastan y listos. Entonces decidí enfocarlo de otro modo. Le pregunté si, en el caso de que quisiera algo de lo que tenían allí, como, por ejemplo, una lavadora, o la carrocería de alguna moto, si podría adquirirlo tras abonar la suma correspondiente. Me respondió que sí. Y, entonces, le pregunté si había sucedido alguna vez.

Aquel atardecer otoñal llegó enseguida a su fin y la oscuridad cayó sobre las calles. El coche prosiguió su camino hacia las afueras.

—Me dijo que, si quería saber más al respecto, que me dirigiera al primer piso y que hablara con el supervisor. Yo, evidentemente, subí al primer piso y se lo pregunté. Si en 1971 alguien había recogido una *pinball*. Me respondió que sí. Cuando le pregunté de qué tipo de persona se trataba, me dio su número de teléfono. Al parecer, le había pedido que lo llamara cada vez que entrase una *pinball*. Ya se había quedado con varias. Entonces le pregunté que con cuántas se había quedado. «¡Uff! Vaya usted a saber», me respondió. «A veces las recogen después de haberlas visto, y otras veces no. Pues no sé.» «Con una cifra aproximada me basta», le pedí y, entonces, me lo dijo. Que no bajarían de cincuenta.

—¡Cincuenta! —grité.

—Por eso —prosiguió— vamos a visitar a ese sujeto.

21

Ya había caído la noche por completo. La negrura no era monocroma. Parecía untada con una gruesa y mantecosa capa de pintura de diversas tonalidades.

Con el rostro apoyado en el cristal de la ventanilla, permanecí todo el tiempo contemplando las tinieblas. La oscuridad era misteriosamente plana, como una loncha de materia sin sustancia cortada con una afilada cuchilla. Una perspectiva extraña dominaba la oscuridad. Una enorme ave nocturna se plantó ante mis ojos con las alas desplegadas.

A medida que avanzábamos, el número de casas iba disminuyendo hasta que, al final, sólo quedaron bosquecillos y herbazales donde el chirrido de decenas de miles de insectos recordaba el rugido de las profundidades de la tierra. Las nubes colgaban pesadamente, como rocas, y todo lo que se hallaba en el suelo enmudecía, encogido, entre las tinieblas. Sólo los insectos se habían adueñado de la faz de la tierra.

El profesor de español y yo no decíamos nada; nos limitábamos a fumar por turno. El taxista también fumaba, con los ojos clavados en la luz de los faros. En un gesto inconsciente, hice tamborilear los dedos en el muslo. De vez en cuando sentía el impulso de abrir de un empujón la portezuela del coche y salir corriendo.

El cuadro de distribución, el obstáculo de arena, la cancha de golf, el descosido del jersey... y la *pinball*... Me preguntaba hasta dónde tendría que llegar. Estaba perplejo, con un montón de cartas incoherentes, desaparejadas, en la mano. Me moría de ganas de volver a casa. De meterme lo antes posible en el baño, tomar una cerveza, deslizarme dentro de la cama caliente con un cigarrillo y con Kant.

¿Por qué seguía corriendo en la oscuridad? Cincuenta

máquinas *pinball*. Eso sobrepasaba todos los límites. Era un sueño. Y, encima, un sueño que no tenía ni pies ni cabeza.

Con todo, la «Space Ship» de tres *flippers* seguía llamándome.

Q

El profesor de español hizo detener el taxi en medio de un descampado, a unos quinientos metros de la carretera. Era un solar plano, cubierto de una suave hierba que me llegaba hasta los tobillos, tal como crecería en el vado de un río. Bajé del coche, me desperecé, respiré hondo. Olía a granja avícola. No se veía ninguna luz. Sólo los faros de la carretera iluminaban tenuemente el paisaje a nuestro alrededor. Los chirridos de innumerables insectos nos cercaban. Tenía la sensación de que me iban a arrastrar, tirándome de los pies, hacia alguna parte.

Durante unos instantes dejamos que nuestros ojos se acostumbraran a la oscuridad.

—¿Esto todavía es Tokio? —pregunté.

—Por supuesto. ¿Le daba la impresión de que no lo era?

—Parece el fin del mundo.

El profesor de español asintió con cara de circunstancias sin añadir nada. Fumamos un cigarrillo, aspirando el olor a hierba y a gallinaza. El humo del tabaco flotaba a poca altura como si fueran señales de humo.

—Allí hay una alambrada. —Como si estuviera haciendo prácticas de tiro, el profesor alargó el brazo en línea recta y apuntó hacia el corazón de las tinieblas. Aguzando la vista, logré distinguir algo parecido a una alambrada.

—Siga recto unos trescientos metros a lo largo de la alambrada. Al final encontrará un almacén.

—¿Un almacén?

Asintió sin mirar hacia mí.

—Sí. Es un almacén frigorífico muy grande, no tiene pérdida. Antes se usaba para conservar los pollos congelados. Pero ya no se utiliza. La granja avícola ha quebrado.

—Pero huele a pollo —dije yo.

—¿Que huele...? ¡Ah, sí! El olor ha impregnado la tierra. Los días de lluvia todavía es peor. Incluso da la impresión de que se oye cómo baten las alas.

Al fondo de la alambrada no se veía nada. Sólo una oscuridad terrorífica. Hasta los chirridos de los insectos me cortaban la respiración.

—La puerta del almacén está abierta. El propietario se la ha dejado a usted abierta. La máquina que busca está dentro.

—¿Ha entrado usted allí?

—Sólo una vez... Me dejó pasar. —Asintió con el cigarrillo en los labios. La brasa anaranjada osciló en la oscuridad—. Justo al entrar, a mano derecha, está el interruptor de la luz. Tenga cuidado con las escaleras.

—¿Usted no viene?

—Vaya usted solo. Éste fue el trato.

—¿Trato?

Tiró la colilla entre la hierba que crecía a sus pies y la apagó pisándola con cuidado.

—Exacto. Puede permanecer allí todo el tiempo que quiera. Cuando se vaya, apague la luz.

El frío era cada vez más intenso y ascendía a nuestro alrededor desde el suelo.

—¿Ha visto usted al propietario?

—Sí, lo he visto —respondió tras una breve pausa.

—¿Qué tipo de persona es?

El profesor se encogió de hombros, sacó un pañuelo del bolsillo y se sonó la nariz.

—No tiene nada de especial. Al menos, nada que se aprecie a simple vista.

—¿Y por qué ha reunido cincuenta máquinas *pinball?*

—¡Uf! En este mundo hay personas de todo tipo. No creo que la cosa vaya más allá.

Yo no podía creer que sólo fuera eso. No obstante, le di las gracias al profesor, nos separamos y caminé solo a lo largo de la alambrada de la granja avícola. «No es sólo eso», pensé. Las razones que llevan a alguien a coleccionar cincuenta etiquetas de vino son algo distintas de las que lo llevan a reunir cincuenta máquinas *pinball.*

El almacén parecía un animal agazapado. A su alrededor crecía, frondosa, una hierba alta, y en las paredes verticales de color gris no se abría ninguna ventana. Era un edificio lóbrego. Sobre la puerta metálica de dos batientes había pintado, en blanco, lo que parecía haber sido el nombre de la granja avícola.

Permanecí unos instantes a diez pasos de distancia, con los ojos alzados hacia el edificio. Por más vueltas que le daba, no se me ocurría nada que valiese la pena. Resignado, caminé hasta la puerta y empujé las hojas de hierro, frías como el hielo. La puerta cedió sin hacer ruido. Ante mis ojos se extendía una negrura de una calidad completamente distinta a la anterior.

22

Envuelto en las tinieblas accioné el interruptor de la pared y, tras un intervalo de varios segundos, empezaron a parpadear con un chasquido los fluorescentes del techo y una luz blanca inundó el almacén. Habría unos cien fluorescentes en total. El almacén era mucho más grande de lo que aparentaba visto desde fuera, pero, a pesar de ello, la intensidad de la luz era abrumadora. Cegado, cerré los ojos. Poco después, cuando los abrí de nuevo, la oscuridad había desaparecido y sólo quedaban el silencio y el frío.

El almacén parecía el interior de un enorme frigorífico, lo que, considerando la función del edificio, no dejaba de ser lógico. Las paredes sin ventanas y el techo estaban recubiertos de una brillante pintura blanca, pero había pegotes amarillos, negros y de colores indefinidos adheridos por todas partes. A simple vista, se apreciaba que los muros eran de un grosor enorme. Me daba la sensación de estar metido en una caja de plomo. De pronto, la idea de que quizá no pudiera salir de allí nunca más cruzó por mi cabeza y, aterrado, me volví, una y otra vez, hacia la puerta. No cabía imaginar un edificio más inquietante que aquél.

Mirándolo con gran benevolencia podía recordar una tumba de elefantes. Pero, en todo su campo visual, en vez de huesos blancos de elefantes con las patas dobladas se sucedían, en fila, sobre el suelo de hormigón, máquinas *pinball*. Plantado en lo alto de la escalera, me quedé con la vista clavada en aquella extraña visión bajo mis pies. Involuntariamente, deslicé ambas manos por las comisuras de mis labios y volví a metérmelas en los bolsillos.

Había muchísimas máquinas *pinball*. Exactamente setenta y ocho, ni más ni menos. Conté las máquinas repetidas veces, tomándome mi tiempo. Setenta y ocho, sin duda. Todas las máquinas estaban vueltas hacia el mismo lado, dispuestas en ocho filas verticales que llegaban hasta la pared del fondo del almacén. Parecía que las hubiesen alineado siguiendo unas rayas de tiza trazadas en el suelo, porque las filas no se desviaban un solo centímetro. Todo estaba tan inmóvil como una mosca atrapada en resina sintética. Ni el menor atisbo de movimiento. Setenta y ocho muertes, setenta y ocho silencios. En un acto reflejo, me moví. Porque me daba la sensación de que, si no lo hacía, incluso yo acabaría formando parte de aquel conjunto de gárgolas.

Hacía frío. Y, cómo no, olía a pollo muerto.

Bajé despacio los cinco escalones de la estrecha escalera de hormigón. Abajo, aún hacía más frío. A pesar de ello, yo estaba sudando. Era un sudor extraño. Saqué un pañuelo del bolsillo y me enjugué el sudor. Pero no podía hacer nada con el sudor que me empapaba las axilas. Me senté a los pies de la escalera, me fumé un cigarrillo con manos temblorosas... La «Space Ship» de tres *flippers:* yo no quería encontrarme con ella de aquel modo. Y lo mismo debía de sucederle a ella... Probablemente.

Una vez cerrada la puerta, no se oía el chirrido de ningún insecto. Un silencio total cubría la superficie de la tierra como si fuera una densa niebla. Las setenta y ocho máquinas *pinball* clavaban firmemente sus trescientas doce patas en el suelo y soportaban, impertérritas, aquel peso que no iba a ninguna parte. Una triste visión.

Sentado aún, silbé los cuatro primeros compases de *Jumpin' with Symphony Sid.* Stan Getz y la Head Shaking and Foot Tapping Rhythm Section. En aquel frigorífico vacío, sin nada que los interceptase, mis silbidos resonaron con una belleza extraordinaria. Algo reconfortado, silbé los cuatro compases siguientes. Y, luego, los cuatro siguientes. Parecía que todos los objetos estuviesen aguzando el oído. Por supuesto, no había nadie que sacudiese la cabeza o que siguiera el ritmo con los pies. Sin embargo, mi silbido desapareció absorbido por cada uno de los rincones del almacén.

—¡Qué frío tan horrible! —Tras silbar un rato, murmuré estas palabras.

La voz del eco no recordaba, en absoluto, a mi voz. Reverberó en el techo y descendió, bailando, hasta posarse en el suelo. Con el cigarrillo entre los labios lancé un suspiro. No podía permanecer sentado allí eternamente haciendo mi *one man show*. Si no me movía, el aire helado acabaría metiéndoseme hasta los tuétanos junto con el olor a pollo. Me puse en pie, me sacudí con la mano la tierra helada que tenía adherida a los pantalones. Apagué el cigarrillo en la suela del zapato, lo arrojé dentro de una vasija de lata que había allí cerca.

La *pinball...*, la *pinball*. ¿Acaso no era por eso por lo que había ido hasta allí?

El frío había estado a punto de embotar, incluso, mi mente. ¡Piensa! Máquinas *pinball*. Setenta y ocho máquinas *pinball...* ¿Vale? Un interruptor. En alguna parte del edificio tiene que haber un interruptor de alimentación para accionar las setenta y ocho máquinas *pinball...* Un interruptor. ¡Búscalo!

Con las manos embutidas en los bolsillos de los vaqueros, caminé despacio a lo largo de los muros del edificio. De las desnudas paredes de hormigón pendían, arrancados de cualquier modo, restos de instalación eléctrica y tuberías de plomo de cuando aún se utilizaba como frigorífico. Diversos aparatos, contadores, cajas de conexiones e interruptores habían sido arrancados de cuajo por una fuerza descomunal y habían dejado grandes boquetes en las paredes. Éstas eran mucho más lisas y suaves de lo que parecían desde lejos. Como si una enorme babosa acabara de arrastrarse por encima. Al recorrer el edificio pude comprobar sus enormes dimensiones. Era anormalmente grande para ser un almacén frigorífico de una granja avícola.

Justo enfrente de la escalera por la que había descendido, había otra igual. Y, arriba, otra puerta de hierro idéntica. Todo, absolutamente todo, se parecía tanto que me asaltó la ilusión de haber dado una vuelta completa. Empujé la puerta con la mano para ver qué pasaba, pero no se movió ni un centímetro. No tenía echado ni el cerrojo ni la llave, pero no cedía lo más mínimo, como si estuviese sellada con pintura. Aparté la mano de la puerta y, con un gesto involuntario, me enjugué el sudor del rostro con la palma de la mano. Olía a pollo.

El conmutador estaba junto a la puerta. Era un conmutador grande, tipo palanca. Cuando tiré de él, un rugido sordo que parecía brotar del centro de la tierra se extendió, a un tiempo, por todo el recinto. Me dieron escalofríos. Acto seguido, se oyó una especie de aleteo, como si una bandada de decenas de miles de pájaros batiera las alas. Me volví, miré el almacén frigorífico. Era el rumor de las setenta y ocho máquinas *pinball* succionando electricidad y arrojando millares de ceros en los marcadores. Cuando cesó aquel estrépito, sólo quedó un sordo zumbido eléctrico que recordaba un enjambre de abejas. Y el almacén se llenó de la efímera vida de setenta y ocho máquinas *pinball*. Todas ellas hacían parpadear luces de diversos colores en el campo de juego, lucían sus sueños en el tablero del marcador.

Descendí las escaleras, caminé despacio entre las setenta y ocho *pinball* como si pasara revista a las tropas. Algunas de ellas eran máquinas *vintage* que sólo había visto en fotografías; otras, unos modelos que me resultaban familiares por haberlos visto en la sala de juegos. También había máquinas que se habían desvanecido en el tiempo sin que nadie las recordara. ¿Cómo se llamaría el astronauta dibujado en el tablero del marcador de aquella «Friendship-7», de Williams? ¿Glenn...? Era de principios de los sesenta. Y la «Grand Tour», de Bally, con su cielo azul, la torre Eiffel, el feliz viajero americano... Y la «Kings and Queens», de Gottlieb, un modelo con ocho carriles de *roll-over*. El rostro optimista, de bonitos bigotes recortados, del jugador del Lejano Oeste, el as de espadas escondido en la liga del calcetín...

Superhéroes, monstruos, *college girls,* fútbol, cohetes, y mujeres... Todas y cada una de ellas eran sueños cotidianos, normales y corrientes, descoloridos y destrozados en oscuras salas de juego. Diferentes héroes y mujeres me sonreían desde el tablero. Rubias, rubias platino, morenas, pelirrojas, mexicanas de negra cabellera, colas de caballo, hawaianas con la melena hasta la cintura, Ann-Margret, Audrey Hepburn, Marilyn Monroe... Todas ellas proyectaban hacia delante su pecho exuberante, exhibiéndolo con orgullo. Algunas, bajo finas blusas desabrochadas hasta la cintura; otras, bajo bañadores de una pieza; y otras, bajo sujetadores de copas puntiagudas... Todas ellas conservarían el pecho eternamente erguido mientras la realidad haría que sus colores palidecieran. Y hacían parpadear las luces al compás del latido de sus corazones. Setenta y ocho máquinas *pinball:* un cementerio de viejos sueños. Tan viejos que era imposible recordarlos. Yo fui pasando despacio por su lado.

La «Space Ship» de tres *flippers* se hallaba al final de una de las filas, esperándome. Flanqueada por compañeras con llamativos maquillajes, parecía terriblemente tranquila. Igual que si me estuviera esperando sentada sobre una piedra plana en el bosque. Me planté frente a ella, contemplé el añorado tablero del contador. El espacio de color azul cobalto, un tono de azul que recordaba la tinta vertida. Y las blancas estrellas. Saturno, Marte, Venus... En primer plano

266

flotaba la nave espacial de una blancura inmaculada. Las ventanas estaban iluminadas y hasta dirías que, en su interior, se veía una escena de vida familiar. Unas estrellas fugaces trazaban líneas en la oscuridad.

El campo de juego también era el mismo que antes. El mismo color azul oscuro. Las dianas me sonreían con su blanquísima dentadura. Las diez *bonus light* de color amarillo limón que se disponían en forma de estrella hacían fluctuar lentamente, arriba y abajo, sus luces. Los dos *kick-out holes,* Saturno y Marte; la *lotto target,* Venus... Todo sumido en una paz absoluta.

«Hola», dije... No, puede que no lo dijera. En todo caso, puse las dos manos sobre el cristal del campo de juego. Estaba frío como el hielo y el calor de mi mano empañó la superficie y dejó una huella blanca con la forma de mis diez dedos. Como si despertara, ella me sonrió al fin. Su añorada sonrisa. Yo también sonreí.

«Me da la sensación de que hacía mucho tiempo que no nos veíamos», me dice ella.

Simulo que pienso, doblo los dedos.

«Pues hará unos tres años. ¿Quién lo diría? ¡Qué rápido ha pasado el tiempo!»

Asentimos los dos y permanecemos unos instantes en silencio. En la cafetería habría sido el momento de tomar unos sorbos de café o de toquetear con los dedos las cortinas de encaje.

«He pensado mucho en ti, ¿sabes?», le digo. Y, entonces, siento una gran compasión por mí mismo.

«¿Las noches en que no podías dormir?»

«Sí. Las noches en que no podía dormir», repito.

Ella no borra la sonrisa de sus labios.

«¿No tienes frío?», me pregunta.

«Sí, tengo frío. Mucho frío.»

«Es mejor que no te quedes mucho rato. Aquí hace demasiado frío para ti.»

«Quizá sí», digo. Con las manos algo temblorosas, me saco el tabaco del bolsillo, enciendo un cigarrillo y le doy una calada.

«¿No juegas?», me pregunta ella.

«No», respondo yo.

«¿Por qué?»

«Mi mejor resultado fue de 165.000. ¿Te acuerdas?»

«Claro que me acuerdo. Ése fue también *mi* mejor resultado.»

«Pues no quiero ensuciarlo», digo.

Enmudeció. Sólo continuó haciendo parpadear lentamente, arriba y abajo, las diez *bonus light*. Yo fumaba con los ojos clavados en el suelo.

«¿Por qué has venido?»

«Tú me llamabas.»

«¿Te llamaba?» Dudó unos instantes y sonrió con timidez. «Sí. Es posible. Es posible que te llamara.»

«Te he buscado por todas partes.»

«Gracias», dice. «Cuéntame algo.»

«Han cambiado muchas cosas, ¿sabes?», digo. «La sala de juegos donde estabas se ha convertido en una tienda de donuts de esas que están abiertas las veinticuatro horas. Hacen un café espantoso.»

«¿Tan malo es?»

«En las películas antiguas de Disney sobre animales, las cebras moribundas bebían un agua fangosa, ¿sabes? Pues el café tiene exactamente el mismo color.»

Ella soltó una risita sofocada. Su risueña faz me parecía adorable.

«Era una ciudad odiosa», dice ella con un gesto serio. «Todo era tan rudo, tan sucio...»

«Es la época.»

Ella asintió muchas veces.

«¿Y qué estás haciendo ahora?»

«Traduzco.»

«¿Novelas?»

«¡Qué va!», exclamé. «Sólo cosas insustanciales del día a día. Voy pasando el agua de una alcantarilla a otra. Nada más que eso.»

«¿No es divertido?»

«No sé qué decirte. Jamás me lo he planteado.»

«Y las chicas, ¿qué tal?»

«Pues quizá no te lo creas, pero ahora vivo con unas gemelas. Hacen un café estupendo.»

Aún con la sonrisa en los labios, dirigió unos instantes la mirada hacia el vacío.

«No sé por qué, pero todo es muy extraño. Parece que nada de esto haya ocurrido en realidad.»

«Sí, ha ocurrido todo. Sólo que ya ha pasado.»

«¿Es duro?»

«No.» Sacudí la cabeza. «Las cosas que han nacido de la nada han vuelto a su lugar de origen. Sólo eso.»

Enmudecimos otra vez. Lo único que teníamos en común era un fragmento de tiempo que había muerto en el pasado. Sin embargo, algunos cálidos recuerdos seguían errando, como una vieja luz, por mi corazón. Y esa luz me acompañaría en mi tránsito por el tiempo efímero hasta que la muerte me atrapara y me arrojara, de vuelta, al crisol de la nada.

«Es mejor que te vayas ya», dijo ella.

Ciertamente el frío se había intensificado hasta hacerse casi insoportable. Tiritando, apagué el cigarrillo de un pisotón.

«Gracias por venir a visitarme», me dijo. «Tal vez no volvamos a vernos más. Cuídate.»

«Gracias», dije. «Adiós.»

Crucé las hileras de *pinball*, subí las escaleras, bajé la palanca del conmutador. Como si se les hubiera retirado el aire, la corriente eléctrica de las *pinball* se apagó y el silencio absoluto y el sueño se adueñaron del recinto. Durante el largo tiempo que me llevó volver a atravesar el almacén, subir las escaleras, apagar las luces y cerrar la puerta a mis espaldas, no me volví. No me volví ni una sola vez.

Q

Era poco antes de medianoche cuando llegué a casa en un taxi que había parado por el camino. Justo en aquel momento, las gemelas estaban en la cama, a punto de acabar el crucigrama de una publicación semanal. Yo estaba terriblemente pálido y mi cuerpo despedía olor a pollo congelado. Arrojé toda la ropa que llevaba puesta en la lavadora y me di un baño caliente. Tras permanecer unos treinta minutos sumergido en el agua, recobré la conciencia de una persona normal, pero, con todo, no pude sofocar el frío que se me había metido hasta los tuétanos.

Las gemelas sacaron una estufa de gas del armario empotrado y la encendieron. A los diez minutos, el temblor había cesado y, tras darme un respiro, me calenté una lata de sopa de cebolla y me la tomé.

—Ya estoy bien —dije.

—¿De verdad?

—Aún estás frío —me dijo con aire preocupado una de las gemelas, agarrándome la muñeca.

—Enseguida entraré en calor.

Nos metimos en la cama y completamos las dos últimas palabras del crucigrama. Una era «trucha-arcoíris» y, la otra, «avenida». Enseguida entré en calor y los tres, al unísono, nos sumimos en un profundo sueño.

Yo soñé con Trotski y con los cuatro renos. Los cuatro renos llevaban calcetines de lana. Hacía un frío espantoso en aquel sueño.

23

El Rata no volvió a ver a la mujer. También dejó de contemplar las luces encendidas de su casa. Incluso dejó de acercarse a la ventana. Igual que el hilillo de humo blanco que se eleva tras apagar de un soplo una vela, algo en su corazón flotó en el aire durante unos instantes y se desvaneció. Luego se produjo un oscuro silencio. El silencio. ¿Qué le quedaría a él después de que le hubiesen quitado capa tras capa de fina piel? Ni el mismo Rata lo sabía. ¿El orgullo?... Metido en la cama, el Rata se contempla muchas veces las manos. Sin una pizca de orgullo quizás una persona no pueda vivir. Pero no tener nada más que eso es muy triste. Demasiado triste.

Separarse de ella resultó fácil. Dejó de telefonearla un viernes por la noche. Simplemente. Quizás ella estuvo esperando la llamada hasta medianoche. Al Rata le dolía pensarlo. Tuvo que refrenar varias veces el impulso de alargar la mano hacia el auricular. Se puso los cascos y estuvo escuchando un disco tras otro con el volumen alto. Sabía que ella no llamaría, pero ni siquiera quería oír el sonido del timbre.

Ella tal vez estuvo esperando hasta las doce y, probablemente, desistió. Se lavó la cara, se cepilló los dientes y se metió en la cama pensando que tal vez él la llamaría por la mañana. Apagó la luz y se durmió. El sábado por la mañana, tampoco sonaría el timbre del teléfono. Ella abriría la ventana, se prepararía el desayuno, regaría las plantas. Esperaría hasta mediodía y, entonces sí, desistiría de verdad. Mientras se cepillaba el pelo frente al espejo, intentaría dibujar varias veces una sonrisa, como si estuviera ensayando. Y pensaría que, al fin y al cabo, había pasado lo que tenía que pasar.

Cada uno de aquellos minutos, el Rata lo pasó en su habitación, con las persianas bajadas y los ojos clavados en el reloj colgado en la pared. No corría ni una gota de aire. La somnolencia se había adueñado de su cuerpo varias veces. Las agujas del reloj ya no tenían ningún sentido. Sólo los matices de la oscuridad repitiéndose una y otra vez. El Rata había visto cómo su propia carne había ido perdiendo sustancia, cómo había ido perdiendo peso, cómo había ido perdiendo sensibilidad. «¿Cuánto tiempo, cuántas horas llevaré así?», pensó. La pared blanca que tenía ante sus ojos había vibrado despacio al compás de su respiración. El espacio había cobrado una densidad que había comenzado a infiltrarse en su carne. Cuando el Rata vio que había llegado a un punto en que ya no podía seguir soportándolo más, se levantó, se metió en la ducha y, en un estado semiinconsciente, se afeitó. Luego se secó, se bebió un zumo de naranja de la nevera. Se puso un pijama limpio, se metió en la cama y se dijo a sí mismo: «Aquí acaba todo». Y un profundo sueño lo inundó. Un sueño probablemente muy profundo.

24

—He decidido marcharme de la ciudad —le dijo el Rata a Jay.

Eran las seis de la tarde y el bar acababa de abrir. La barra estaba recién encerada, en los ceniceros del local no había ninguna colilla. Las botellas, bien abrillantadas, se alineaban en fila con la etiqueta a la vista, las servilletas de papel nuevas estaban perfectamente dobladas, los botes de tabasco y los saleros descansaban sobre pequeñas bandejas. Jay estaba mezclando tres tipos diferentes de aliño en tres boles distintos. El olor a ajo flotaba a su alrededor como una ligera neblina. Una escena que apenas duraría hasta que llegara el primer cliente.

El Rata había dicho aquello mientras, con un cortaúñas que le había pedido prestado a Jay, se cortaba las uñas sobre un plato.

—¿Que te vas...? ¿Y adónde?

—Iré sin rumbo fijo. A alguna ciudad que no conozca. Mejor a una que no sea muy grande.

Sirviéndose de un embudo, Jay vertió los aliños en tres grandes frascos. Luego los metió en el frigorífico y se secó las manos con una toalla.

—¿Y qué vas a hacer allí?

—Trabajar. —Cuando acabó de cortarse las uñas de la mano izquierda, se miró los dedos repetidas veces.

—¿Y aquí no puedes hacerlo?

—Imposible —dijo el Rata—. Me gustaría tomarme una cerveza.

—Te invito.

—Acepto encantado.

El Rata se sirvió despacio la cerveza en un vaso enfriado con hielo y se bebió la mitad de un trago.

—¿No me vas a preguntar por qué aquí es imposible?

—Porque creo que ya lo sé.

Tras una sonrisa, el Rata hizo chasquear la lengua.

—Mal, Jay, muy mal. Si todos hiciéramos lo mismo que tú y nos entendiéramos sin preguntar ni hablar, no llegaríamos a ninguna parte. No me gusta lo que voy a decir, pero... Me da la sensación de que ya llevo demasiado tiempo estancado en este ambiente.

—Quizá tengas razón —admitió Jay tras reflexionar unos instantes.

El Rata, después de tomar otro trago de cerveza, empezó a cortarse las uñas de la mano derecha.

—Le he dado muchas vueltas. Que si, vaya a donde vaya, siempre será, al fin y al cabo, igual. Pero me voy. Aunque sea lo mismo.

—¿No volverás nunca?

—Pues claro que volveré algún día. Alguna vez. No puede decirse que esté huyendo.

El Rata partió con un crujido la cáscara de uno de los cacahuetes que había en un platito y la tiró al cenicero. Enjugó con una servilleta de papel el vaho frío que la cerveza había dejado sobre el panel de madera de la barra.

—¿Cuándo te vas?

—Mañana, o pasado. No lo sé. Probablemente, uno de los próximos tres días. Ya lo tengo todo preparado.

—Ha sido muy de repente, ¿no?

—Sí... A ti también te he causado muchas molestias.

—Bueno, ha habido un poco de todo. —Jay asintió repetidas veces mientras enjugaba con un paño seco los vasos alineados en los anaqueles—. Pero, una vez ha pasado, todo acaba pareciendo un sueño.

—Quizá sí. Pero ¿sabes?, me da la impresión de que todavía tardaré un poco en llegar a pensar realmente de este modo.

Tras un corto intervalo, Jay se rió.

—Es verdad. A veces se me olvida que nos llevamos veinte años.

El Rata vació el resto de la cerveza en el vaso y se la bebió despacio. Era la primera vez que se tomaba la cerveza tan despacio.

—¿Quieres otra?

El Rata sacudió la cabeza.

—No, está bien así. Me la he tomado con la intención de que sea la última. La última que me tomo *aquí*.

—¿No vendrás más?

—Ésa es mi intención. Es que sería muy duro, ¿sabes? Jay sonrió.

—Espero que volvamos a vernos algún día.

—La próxima vez que nos veamos, quizá no me reconozcas.

—Te conoceré por el olor.

El Rata volvió a contemplar con calma sus dos manos, ya limpias, se metió el resto de los cacahuetes en el bolsillo y, tras enjugarse las comisuras de los labios con una servilleta de papel, se levantó del asiento.

Q

El viento soplaba sin hacer ruido, como si resbalase por unas fallas invisibles en la oscuridad, agitaba un poco las ramas de los árboles y hacía caer las hojas a intervalos regulares. Las hojas iban cayendo sobre el techo del coche con un ligero crujido y, tras unos instantes, resbalaban por el parabrisas y se acumulaban en el guardabarros.

Entre los árboles del cementerio, el Rata, solo, tras haber perdido todas las palabras, miraba fijamente al otro lado del parabrisas. Unos metros por delante del coche, el terreno estaba cortado en vertical y, más allá, se extendía la vista nocturna del cielo oscuro, del mar y de la ciudad. Inclinado hacia el parabrisas, con las manos posadas en el volante, sin hacer el menor movimiento, el Rata mantenía la vista clavada en un punto del cielo. Sostenía entre los dedos un cigarrillo apagado cuyo extremo iba trazando en el aire dibujos complicados y sin sentido.

Después de decírselo a Jay había caído en un estado de postración absoluta. Diversos flujos de conciencia que a duras penas había logrado mantener unidos hasta entonces se habían puesto de pronto en movimiento en direcciones distintas. El Rata no sabía hasta dónde tendría que llegar para que aquellos flujos volvieran a reencontrarse. Eran corrientes de ríos oscuros que estaban condenados a desembocar, tarde o temprano, en el vasto mar. Quizá no volvieran a reencontrarse jamás. Podía decirse que había vivido veinticinco años sólo para aquello. «¿Por qué?», se preguntó el Rata. No lo sabía. Era una buena pregunta, pero no conocía la respuesta. Las buenas preguntas nunca tienen respuesta.

El viento sopló con un poco más de fuerza y barrió a algún remoto lugar de la tierra el poco calor que se elevaba de la vida cotidiana de la gente, atrás sólo dejaba las frías tinieblas y las innumerables estrellas titilantes. El Rata apartó las manos del volante del coche, durante unos instantes hizo rodar el cigarrillo entre los labios y, de repente, lo prendió con el mechero.

Le dolía un poco la cabeza. Más que dolor, tenía una sensación extraña, como si las yemas heladas de unos dedos le apretaran las sienes. El Rata sacudió la cabeza para ahuyentar diferentes pensamientos. Fuera como fuese, ya había acabado todo.

Sacó de la guantera del coche un mapa nacional de carreteras, fue volviendo las páginas despacio, leyendo en voz alta, por orden, el nombre de varias ciudades. La mayoría eran ciudades pequeñas de las que jamás había oído hablar. Ciudades que se sucedían hasta el infinito a lo largo de la carretera. Tras leer algunas páginas en voz alta, el cansancio de los últimos días lo golpeó, de repente, como una ola gigantesca. Un cuajarón iba recorriendo lentamente sus venas.

Quería dormir.

Tenía la sensación de que el sueño lo borraría completamente todo. Sólo con dormir...

Cuando cerró los ojos, en el fondo de sus oídos sonó el rumor del oleaje. Las olas de invierno que se estrellaban contra el rompeolas y se retiraban deslizándose entre los bloques de hormigón del dique.

«Ahora ya no tengo que decirle nada a nadie», reflexiona el Rata. Y piensa que, en el fondo del mar, debe de haber más calidez, paz y silencio que en cualquier ciudad. «No. Ya no quiero pensar más. Nada más...»

25

El zumbido de la *pinball* desapareció por completo de mi vida. También se borraron aquellos pensamientos que no iban a ninguna parte. Esto no quiere decir, por supuesto, que hayamos llegado a un «desenlace» a la manera de *El rey Arturo y los caballeros de la tabla redonda*. Todavía falta mucho para eso. Cuando mi caballo esté extenuado, mi espada rota y mi armadura oxidada, entonces me tenderé en un prado donde crezca frondosa la hierba y escucharé tranquilamente el rumor del viento. Y luego seguiré el camino que tenga que seguir. Cualquier camino. El fondo del pantano o el almacén frigorífico de la granja avícola.

El epílogo de este breve lapso de tiempo de mi vida es tan humilde como un tendedero a la intemperie.

A saber...

Un día, las gemelas compraron un paquete de bastoncillos de algodón en el supermercado. El paquete contenía trescientos bastoncillos. Cada vez que tomaba un baño, las gemelas se me sentaban una a cada lado y me limpiaban, las dos al mismo tiempo, los oídos. Tanto la una como la otra eran fantásticas limpiando oídos. Con los ojos cerrados, me tomaba una cerveza mientras iba sintiendo el rumor sordo del bastoncillo hurgando en el fondo de los orificios. Pero, una noche, en plena labor de aseo, solté un estornudo. Y, en aquel preciso instante, dejé de oír casi por completo por ambos oídos.

—¿Me oyes? —preguntó la de la derecha.

—Un poco —dije yo. Mi voz resonaba en el interior de mi nariz.

—¿Y por este lado? —dijo la de la izquierda.

—Igual.

—Eso es porque ha estornudado.

—¡Hala! ¡Qué tontería!

Suspiré. Era como si, en la bolera, me estuvieran hablando los bolos siete y diez después de haber hecho un *split*.

—¿Crees que mejorarás si bebes agua?

—¡Qué dices! —grité, enojado.

Sin embargo, las gemelas me hicieron beber un cubo entero de agua. Lo único que conseguí fue llenarme el estómago de líquido. Como los oídos no me dolían, supuse que lo que debía de haber sucedido era que, al estornudar, habían empujado el cerumen hasta el fondo. Era la única explicación que se me ocurría. Saqué dos linternas del armario empotrado y les pedí que echaran una ojeada. Las dos dirigieron el foco de luz hacia el fondo de los orificios como si se asomaran al interior de una caverna y los examinaron durante unos minutos.

—No hay nada.

—Ni pizca de cera.

—¿Y entonces por qué no oigo nada? —repetí gritando.

—Se te habrá gastado el oído.

—Te has quedado sordo.

Sin hacerles caso, consulté el listín telefónico y llamé a la clínica de otorrinolaringología más cercana. Me costó horrores entender la voz del teléfono, pero, gracias a ello, la enfermera pareció compadecerse algo de mí. Y me dijo que podía esperar un rato antes de cerrar, pero que fuera enseguida. Nos vestimos a todo correr, salimos de casa y caminamos siguiendo el recorrido del autobús.

La doctora era una mujer de unos cincuenta años que, pese a llevar un peinado que recordaba una enredada alambrada de púas, parecía muy simpática. Abrió la puerta de la sala de espera y, después de dar unas palmadas para hacer callar a las gemelas, me invitó a sentarme en una silla y me preguntó, sin excesivo interés, qué me sucedía.

Cuando terminé de explicárselo, me dijo que dejara de vociferar porque ya sabía lo que me pasaba. Y sacó una enorme jeringa sin aguja, la llenó hasta los topes de un líquido ambarino, me entregó una especie de megáfono de lata y me indicó que me lo pusiera bajo una oreja. Me introdujo la jeringa en uno de los orificios y el líquido, tras penetrar en el agujero brincando como una manada de cebras, rebasó el agujero y se derramó en el megáfono. Tras repetirlo tres veces, la doctora me hurgó el fondo del oído con un delgado bastoncillo de algodón. Cuando concluyó la operación en las dos orejas, mis oídos habían recuperado la normalidad absoluta.

—Ya oigo —dije.

—*Cerumen* —dijo ella lacónicamente. Sonó como si estuviéramos jugando a las palabras encadenadas.

—Pero no se veía nada.

—Están curvados.

—¿...?

—Los conductos de tus oídos están más curvados de lo normal.

Me dibujó la forma del agujero en el dorso de una caja de cerillas. Recordaba una de esas escuadras metálicas que se clavan en las esquinas de las mesas para reforzarlas.

—Por eso, si tu cerumen dobla esta esquina, ya pueden llamarte que tú no te enterarás.

Solté un gemido.

—¿Y qué tengo que hacer?

—¿Que qué tienes que hacer?... Pues, simplemente, ir con cuidado al limpiarte los oídos. *Cuidado.*

—Eso de tener los agujeros más curvados de lo normal, ¿tiene alguna influencia sobre otros aspectos?

—¿Influencia sobre otros aspectos?

—Por ejemplo..., psicológicos.

—*Ninguna* —respondió ella.

Dimos un rodeo de unos quince minutos y regresamos al apartamento atravesando el campo de golf. El curvado *dog leg* del hoyo número 11 me recordó los agujeros de mis oídos, la bandera me recordó un bastoncillo de algodón.

Más aún. Las nubes que cubrían la luna me trajeron a la memoria un escuadrón de B-52, el frondoso bosquecillo del oeste me trajo a la memoria un pisapapeles con forma de pez, las estrellas del firmamento me trajeron a la memoria perejil en polvo enmohecido... Dejémoslo. En todo caso, mis oídos eran capaces de distinguir cualquier sonido de la tierra con una agudeza extraordinaria. Parecía que el mundo se hubiera desprendido de un fino velo. A muchos kilómetros de distancia cantaba un pájaro nocturno; a muchos kilómetros de distancia, la gente cerraba las ventanas; a muchos kilómetros de distancia, la gente hablaba de amor.

—¡Qué bien! —dijo una.

—¡Eso! ¡Qué bien! —dijo la otra.

Q

Tennessee Williams dice lo siguiente. Que al pasado y al presente les corresponde un «así es». Al futuro, un «quizá».

Sin embargo, cuando volvemos la mirada a través de las tinieblas del camino que hemos recorrido, sólo podemos referirnos a las cosas inciertas que allí había con un «quizá». Lo único que somos capaces de percibir con claridad es el instante llamado presente, aunque, en realidad, sólo se deslice a través de nuestros cuerpos.

Esto era, más o menos, lo que estaba pensando mientras caminaba antes de despedirme de las gemelas. Permanecí en silencio mientras cruzábamos el campo de golf y andábamos hasta dos paradas de autobús más allá. Eran las siete de la mañana del domingo, el cielo era tan azul que parecía transparente. El césped bajo mis pies preveía una muerte transitoria hasta la primavera. Pronto se acumularía sobre él la escarcha, la nieve. Y brillaría bajo la luz translúcida de la mañana. El césped reseco crujía bajo nuestros pies.

—¿En qué estás pensando? —preguntó una de las gemelas.

—En nada —dije.

Llevaban puestos los jerséis que les había dado y, en unas bolsas de papel que aguantaban bajo el brazo, habían metido las sudaderas y algo de ropa para cambiarse.

—¿Adónde vais? —pregunté.

—Al lugar de donde venimos.

—Regresamos, sólo eso.

Cruzamos el obstáculo de arena, atravesamos la calle recta del hoyo número 8, bajamos andando la escalera mecánica al aire libre. Innumerables pájaros nos contemplan por encima del césped y desde la verja metálica.

—No sé muy bien cómo expresarlo —dije—, pero os echaré mucho de menos.

—Nosotras también.

—Te echaremos de menos.

—Pero ¿os vais?

Las dos asintieron.

—¿De verdad tenéis a donde volver?

—Claro que sí —dijo una.

—Si no, no podríamos volver —dijo la otra.

Saltamos por encima de la verja metálica del campo de golf, cruzamos el bosquecillo y, sentados en el banco de la parada, esperamos a que llegara el autobús. El domingo por la mañana, la parada estaba terriblemente silenciosa, bañada por los dulces rayos de sol. Envueltos en aquella luz, jugamos a las palabras encadenadas. Cinco minutos después, cuando llegó el autobús, les di dinero para pagar los billetes.

—Espero que volvamos a vernos en alguna parte —dije.

—Volveremos a vernos en alguna parte —dijo una.

—Volveremos a vernos en alguna parte, ¿eh? —repitió la otra.

Sus palabras resonaron unos instantes en mi corazón, como un eco.

La puerta del autobús se cerró con un ligero sonido, las gemelas agitaron la mano por la ventanilla. Todo se repetía una y otra vez... Regresé solo por el mismo camino y, en mi habitación inundada por el sol de otoño, escuché el disco *Rubber Soul* que me habían dejado las gemelas, me preparé un café. Y permanecí todo el día contemplando cómo aquel domingo de noviembre iba pasando de largo al otro lado de la ventana. Un domingo de noviembre tan apacible que parecía que todas las cosas fueran a volverse transparentes.